Das Buch

Tim hat von Anfang an ein komisches Gefühl: Seine beste Freundin Janina heiratet, und die Hochzeit muss einfach perfekt werden! Aber als Janina ihm die Gästeliste zeigt, ist klar: Sie birgt so viel Sprengstoff, dass Tim etwas tun muss. Allein das kölsche Frohgemüt Diethart Füllkrug mit seinen dreckigen Witzen und peinlichen Spielen, Risikoklasse 6, könnte die Hochzeit ins Fiasko stürzen ... Kurz entschlossen trommelt Tim seine Freunde zusammen.

Die ersten Hürden nimmt das Rettungsteam problemlos. Der Trauzeuge kommt pünktlich, der Kunstfotograf wird freundlich ermahnt, den Damen nicht unter den Rock zu fotografieren, und Tims Lachanfall im Standesamt wird von Jil, der Neuen im Team, höchst romantisch vereitelt. Doch dann ist auf einmal das Hochzeitsauto weg, der Pfarrer liefert sich einen Kleinkrieg mit dem Brautvater, und alles droht aus den Fugen zu geraten. Tim und seine Freunde kämpfen verzweifelt um das Glück des Hochzeitspaares – und Tim auch um sein eigenes mit Jil.

Der Autor

Matthias Sachau ist einer der erfolgreichsten deutschen Comedy-Schriftsteller. Er lebt in Berlin und liebt Hochzeiten. Behauptet er zumindest. *Hauptsache, es knallt* ist nach Bestsellern wie *Kaltduscher* und *Wir tun es für Geld* sein neuer Roman.

Bitte beachten Sie auch: www.matthias-sachau.de
www.twitter.com/matthiassachau
www.facebook.com/matthias.sachau

Von Matthias Sachau sind in unserem Hause bereits erschienen:
Andere tun es doch auch · *Kaltduscher* · *Linksaufsteher*
Schief gewickelt · *Wir tun es für Geld*

Matthias Sachau

HAUPTSACHE, ES KNALLT

Roman

Ullstein

Besuchen Sie uns im Internet:
www.ullstein-taschenbuch.de

Originalausgabe im Ullstein Taschenbuch
1. Auflage Juni 2013
2. Auflage 2013
© Ullstein Buchverlage GmbH, Berlin 2013
Umschlaggestaltung und Farbschnitt:
ZERO Werbeagentur, München
Titelabbildung: FinePic ®, München (Luftballon & Schleier);
Mauritius Images/Image Source (Auto & Brautpaar)
Satz: LVD GmbH
Gesetzt aus der Candida, Aphrodite und Bank Gothic
Papier: Munken Print von Arctic Paper
Munkedals AB, Schweden
Digitaler Farbschnitt: Kösel GmbH & Co. KG,
www.koeselbuch.de
Druck und Bindearbeiten: GGP Media GmbH, Pößneck
Printed in Germany
ISBN 978-3-548-28440-8

*Die schönsten Augen sind die,
die dich hineinlassen.*

Gästeliste

- Sven Wiesenhöfer "Eiserne Faust"
- Timur Bramak
- Bertram Ziegler
- Arnd Gumelsbach
- Oliver Krachowitzer — Nicht singen lassen! Alle wollen ein Kind von ihm
- Susanne Ziegler
- Hermine Gumelsbach
- Jan-Uwe Fitz !!?!
- Birgit Ziegler
- Sinja Gumelsbach !!!
- Regula Richter
- Andrea Koßmann
- Gerlinde von Ranfft — spinnt!
- Karl-Eosander Richter
- Europameisterin Bananentorte Carmen Hentschel
- Arthur von Ranfft
- Jorinde-A. Richter
- Mirka Uhrmacher
- Ottilie Wückenwerth
- Kasimir-M.-A. Richter
- Paula Lambert !!!!
- Carlos Westerkamp — Grammatikfetischist
- Linda Hasemann
- Dr. Adam Hund
- Almut Mitscherlich
- Kurt Eschwein — sammelt Spinner
- Gisela Hund
- Hans-Gerog Mitscherlich — falsch! Namen kurz chen checken!
- Michaela von Aichberger
- Volker Hund — gegen fast alles allergisch
- Vladimir Barenkow
- Lukas Fink — legt Jazz auf
- Diethart Füllkrug
- Nikolai Amarowski
- Ines Herzog
- Matthias Sachau — Wer hat den eingeladen??
- Leonid Brokamow
- Kai Findling
- Erwin Zetter
- Jewgeni Bolankjew
- Lara Rautenberg
- Fantasia Zetter
- Anatoli Byschowez
- Ansgar Oberholz
- Fantasia Zetter jr.
- Alexandr Kokorin
- Tim Boltz !!??
- Gernot Astloch — Nicht über Namen lachen!
- Igor Rastakoljow
- Peter Breuer ?!?
- Jutta Meyer-Astloch
- Walter Adler
- Fabian Frickler
- Balduin Astloch

Trinken! Viel!

Alles noch viel schlimmer

Ich will mich jetzt nicht im Nachhinein als Held aufspielen, aber eins muss ich sagen: Ich war immerhin der Letzte, der die Hoffnung aufgegeben hat. Patrick und Bülent waren längst fertig mit der Welt. Sie kauerten im hintersten Winkel des Grünen Saals und schoben die Trümmer der Musikanlage hin und her. Völlig sinnlos, aber ich konnte sie verstehen. So kriegten sie wenigstens nicht so viel vom Hauptschlamassel mit. Henriette erwischte dagegen die volle Breitseite. Ich sehe jetzt noch vor mir, wie sie sich neben der großen Flügeltür an die Wand presste und schreckensbleich auf die grässliche Schlange vor ihrer Nase starrte.

Wenigstens war Jil im Blauen Salon etwas abseits vom Getümmel. Sie versuchte gerade, einen riesigen Orientteppich als Tischdecke über dem Billardtisch auszubreiten. Diese unglaubliche Frau hatte es immer noch nicht aufgegeben, Janina und Markus die Hochzeit zu retten. Ich ahnte ihren Plan: Wir sollten uns zu ihr flüchten. Samt Nachtisch, frischem Kaffee und dem Brautpaar. Und die Türen hinter uns abschließen. Nicht schlecht. Aber je mehr sich Jil mit dem Riesenteppich abmühte, umso verzweifelter sah sie aus.

Ich könnte mich jetzt einfach irgendwo im hintersten Winkel von Schloss Walchenau verstecken und warten, bis alles vorbei ist, flackerte es kurz durch mein Hirn, aber Jils Anblick gab mir einen letzten Schubs. Wir mussten ihr helfen! Ich packte Henriette an der Hand und zog sie hinter mir her. Mit ein paar Schritten waren wir im Blauen Salon. Jil sah als Erstes meinen Leopardenfell-Lendenschurz und seufzte tieftraurig. Doch ich ließ mich nicht unterkriegen.

»Super Idee, das mit dem Teppich, Jil! Jetzt stellen wir noch alle Kerzen drauf, die wir finden können. Dann wird das die romantischste Tafel, die man je auf Schloss Walchenau gesehen hat. Hab ich recht, Henriette?«

»Aber Janina und Markus trauen sich eh nicht mehr aus ihrem Hochzeitszimmer heraus, Tim.«

Noch nie zuvor hatte ihre Stimme so leise und verzagt geklungen.

»Wartet doch mal ab«, versuchte ich zu beschwichtigen. »Vielleicht kommen sie ja gleich im nächsten Moment durch die Tür?«

Und nun das Tolle: Obwohl ich das einfach nur dahingesagt hatte, passierte es tatsächlich. Gerade als Jil und ich die gut zwei Dutzend zusammengesammelten Kerzen ohne Rücksicht auf Verluste auf der Teppichtischdecke festgetropft hatten und Henriette den Kronleuchter ausschaltete und das wunderbare, warme Licht kreuz und quer über die verschlungenen Muster auf unserer improvisierten Tafel flackerte, kam Janina durch die hintere Tür. Ihr Brautkleid sah immer noch ganz ordentlich aus, wenn man bedachte, was schon alles passiert war. Und dass sie geweint hatte, sah man in dem Schummerschein kaum. Aber dass sie beim Anblick unserer Teppich-Kerzenlicht-Tafel ein ganz klein wenig lächelte, das bekam ich sehr wohl mit.

Wenn es jetzt noch ein zweites Mal so gut mit dem Timing klappt, dachte ich mir. Wenn Bräutigam Markus nun auch noch kommt. Und Patrick und Bülent mit der wundergeheilten Musikanlage gleich hinterher. Und wenn Bülent dann sofort »Ain't no Sunshine when she's gone« auflegt, während wir alle Türen so fest verrammeln, dass keiner der ganzen Freaks mehr zu uns vordringen kann. Ja, wenn das alles geklappt hätte, wäre diese Hochzeit am Ende doch noch unter einem goldenen Stern ins leuchtende Abendrot gesegelt, da war ich mir sicher.

Weil ich nichts ahnte.

Ich fragte Janina nach Markus. Und komisch, Janina wusste gar nicht, wo ihr Bräutigam war, dabei waren sie doch eben noch zusammen in ... Aber bevor ich weiterdenken konnte, hallte auch schon dieser fürchterliche Schrei durchs ganze Schloss. Natürlich war auf diesem Fest ein Schrei schon längst kein Grund mehr, das laufende Geschäft zu unterbrechen. Spätestens seit der Sache mit der Todeskralle wurde hier praktisch im Minutentakt geschrien. Aber dieser Schrei war anders. Ein Urschrei. Pures Entsetzen in Lautform. Nur ein Mensch in höchster Agonie konnte so einen Schrei ausstoßen. Sogar die Schlange zwei Türen weiter hielt auf einmal still, und der schreckliche Gesang verstummte.

Und im nächsten Augenblick kam Markus zu uns hereingestolpert. Mit zerknittertem Bräutigamfrack, tellergroßen Augen und einem zur Maske erstarrten Gesicht.

Und ohne Hose.

Uns schien er überhaupt nicht zu bemerken. Er starrte nur geradeaus ins Leere und stammelte immer wieder einen einzigen Satz. Jil sagte später, es war ein Satz wie ein Vorschlaghammer. Andere sprachen von Donnerhall oder Keulenschlag. Ich finde aber, dass ein brennender 32-Tonnen-Tanklastzug, der ungebremst in ein

Atomsprengkopflager hineinrast, den Satz immer noch am besten beschreibt:

»Ich glaube, ich habe gerade mit einer anderen Frau geschlafen.«

Und spätestens nach diesem Satz, das muss ich ehrlich zugeben, hatte auch ich keine Hoffnung mehr. Ein irrer Lachanfall stieg mit Urgewalt in mir hoch. Ich stemmte mich dagegen, wusste aber, dass ich keine Chance hatte. Doch komisch, ein kleiner Restteil meines Hirns arbeitete trotz allem noch gut. Und diesem kleinen Restteil fiel plötzlich auf, dass alles in Wirklichkeit noch viel, viel schlimmer war. Aber vielleicht sollte ich besser von vorne anfangen.

Teil 1

Die Gefährten

LASHATAK-KANIWUKI

Der erste Vorbote des Desasters erreichte Henriette, Patrick, Bülent und mich schon knapp ein Jahr vorher. Ein Luxus-Briefumschlag mit silberfarbener Karte, den wir alle am gleichen Tag aus unseren Briefkästen fischten. Abenteuerlich verschnörkelte Schrift:

> *Save the Date*
>
> *Markus Mitscherlich und Janina Ziegler werden am Samstag, den 21. 7. 2012 heiraten.*
>
> *Einladung folgt.*

Und nichts gegen silberfarbene Karten mit verschnörkelter Schrift, aber dieses Datum kannte nun wirklich jeder von uns längst in- und auswendig. *21. 7. 2012! Janinas und Markus' Hochzeit! Absolut heilig! Alle Termine drumherum absagen!* Das trugen wir tief und unauslöschbar in unsere Hirne gemeißelt mit uns herum.

Neun Monate später kam dann die richtige Einladung. Diesmal mit goldenem Umschlag und Karte aus handgeschöpftem Büttenpapier. Und auf dem Büttenpapier fanden wir das volle Programm. Alles an einem Tag. Standesamtlich, kirchlich und abends Riesenbohai mit

Essen, Trinken, Tanzen und und und. Das Ganze selbstverständlich auf einem Schloss. Schloss Walchenau. Irgendwo in der Pampa, sechzig Kilometer nordwestlich von hier. Ein Anfahrtsplan für Ortsfremde lag bei. Ebenfalls auf Büttenpapier.

Aber auch wenn ich an diesem Tag zum ersten Mal ganz vage das Gefühl hatte, dass Janina und Markus es ein bisschen übertrieben, ging die Geschichte doch erst richtig los, als ich ein paar Wochen später die Gästeliste sah. Ich erinnere mich noch genau: Es ist Samstag, und ich treffe mich mit Janina zum Kaffee bei Bäcker Scheckenbach in der Fußgängerzone unseres beschaulichen Städtchens Salzminden. Die Frühlingssonne scheint, die Vögel in den zurechtgestutzten Fußgängerzonenbäumen zwitschern so laut, dass man es sogar durch die Scheibe hört, und die alte Frau Scheckenbach hinter dem Tresen hat gerade zum ersten Mal in diesem Jahr gelächelt.

Nur Janina. Ein Gesicht wie sieben Tage Regenwetter, plus Gipsbein und Steuerbescheid. Und es liegt nicht an der anstrengenden Frühschicht, die sie heute Vormittag als Altenpflegerin im Kunigundenstift hatte. Nein, sie macht sich Sorgen. Die Hochzeit soll unbedingt der schönste Tag ihres Lebens werden. Nicht einfach nur ein Fest, bei dem sich alle ein bisschen wohl fühlen und freuen, nein, *schönster Tag ihres Lebens*, darunter macht sie es nicht.

Zugegeben, das klingt, als wäre meine beste Freundin Janina eine hysterisch-überkandidelt-verwöhnte Schnitte, aber das stimmt nicht. Im Gegenteil, Janina ist normalerweise mehr so wie eine Eiche. Man vergleicht zwar Frauen gewöhnlich nicht mit Eichen, aber sagen wir trotzdem mal kurz, Janina ist eine Eiche. Und Eiche jetzt nicht, weil sie riesig und kräftig ist. Janina misst knapp 1,70 und hat eine Traumfigur, Junge, Junge. Aber vom Wesen her halt Eiche: ruhig und erhaben. Und eine besonders angenehme Form von ruhig und erhaben. Nicht im Sinn von »Ihr könnt mich alle mal«. Nein, Janina ist eine Eiche, die am liebsten überdrehte Spatzen und durchgeknallte Papageien in ihren Ästen sitzen hat. Und wenn ihre freundlichen braunen Rehaugen dich angucken, sagen sie: »Ich bin zwar eine Eiche, aber hey, was stellen wir heute an?« So ungefähr.

Doch Eiche hin oder her, Janina hat ein paar wunde Punkte. Und dazu gehört nun mal die Sache mit der Hochzeit. Weil, das muss ich kurz erzählen, Janinas Eltern sind Hippies. Also, richtige Hippies. Und ich habe lange gedacht, die beiden wären gar nicht verheiratet, weil Hippies halt nicht heiraten, aber irgendwann hat mir Janina die ganze Geschichte erzählt. Ihre Eltern haben nämlich doch geheiratet. Aber natürlich nicht normal, sondern nach einem alten indianischen Ritus. Mitten in der Nacht auf einem Acker. Und Janina, damals acht Jahre alt, war dabei. Und sie musste mit ansehen, wie ihre Eltern sich erst halbnackt, dann ganz nackt im Fackelschein in wildeste Ekstase tanzten. Und sie sollte dazu auf Indianertrommeln trommeln und singen. *Lashatak-Kaniwuki* nennt man das unter Indianerkennern. Es endete in einem Wolkenbruch. Und als Janina am Ende zusammen mit ihren Eltern klatschnass durch den Schlamm zum Auto zurückgewatet ist, da hat irgendetwas tief in ihr drin beschlossen, dass ihre eigene Hochzeit der schönste Tag ihres Lebens werden muss. Mit Brautkleid, Torte, Schloss und allem Drum und Dran. Kann man nachvollziehen, finde ich.

»Aber was genau macht dir denn Sorgen, Janina?«

Die Sonnenstrahlen spiegeln sich auf ihrem glänzenden braunen Haar. Sie seufzt und zuppelt an dem Zuckertütchen auf ihrer Untertasse herum. Ihr Blick schnellt durch den Raum, als wäre ihr eine Herde Flöhe entkommen. Ich kann ihre Aufregung ja ein bisschen verstehen. Andererseits, lassen wir die Kirche im Dorf, das Wichtigste bei dieser Hochzeit stimmt schon mal: Janina und Markus sind das tollste Paar der Welt. Seit der Schule zusammen und nur ein einziges Mal getrennt, als Markus das eine Jahr in Barcelona war. Aber dann kam er wieder zurück, und peng, waren sie gleich wieder zusammen und so weiter.

Also, wenn zwei Leute wirklich ruhig mal heiraten können, dann Janina und Markus. Das sagt sogar einer wie ich, der Veränderungen sonst überhaupt nicht leiden kann. Aber bei denen verändert die Hochzeit ja auch gar nichts. Sie wohnen schon ewig zusammen, haben sich gemeinsam eine riesige Couchlandschaft gekauft und denken laut über Kinder nach. Kommen halt jetzt noch die Ringe dazu, fertig. Kein Problem für mich. Nur wenn die Hochzeit schiefgeht, das ... oh ja, *das* könnte tatsächlich etwas zwischen den beiden verändern. Wie ein gigantischer Troll poltert dieser Gedanke auf einmal durch meinen Kopf. Mist. Jetzt werde ich auch unruhig. Und wie. Bauch, Herz, kleiner Finger, Urin, alle Winkel des Körpers, die als Sitz des menschlichen Instinkts gelten, brüllen mir plötzlich ins Ohr, dass irgendeine große Gefahr über dem Glück der beiden schwebt. Und je länger ich darüber nachdenke, umso mehr wollen auch meine Hände nach einer Zuckertüte grapschen und daran zuppeln.

»Ich weiß nicht, Tim, vielleicht bin ich einfach nur zu nervös.«

Dachte ich eben auch noch, aber jetzt nicht mehr. Trotzdem, ich muss ja nicht gleich Öl ins Feuer gießen.

»Klar bist du nervös, Janina. Wäre ich auch. Wäre jeder. Aber das hat gar nichts zu bedeuten. Es wird wunderschön, du wirst sehen.«

Sie seufzt, und ihre Augen gehen wieder auf Wanderschaft. Nein, sie ist nicht nur nervös, sie hat was Bestimmtes auf dem Herzen. Bei ihr spüre ich das sofort. Ich kenne sie immerhin seit der ersten Klasse und ... Da. Die malträtierte Zuckertüte platzt zwischen ihren Fingern auf. Und sie gibt sich endlich einen Ruck.

»Okay, also, vielleicht ist es furchtbar doof für dich, Tim, aber kannst du dir das einmal anschauen?«

Sie streift sich die Zuckerkrümel von den Fingern und zieht mehrere eng beschriebene Blätter aus ihrer Tasche.

»Moment mal, Janina, das ist doch nicht etwa ...?«

»Doch.«

»Oha. So viele?«

»Tja. Allein Markus und ich hatten schon ohne Ende Gäste auf der Liste. Aber sieh dir mal an, wen seine Eltern dann noch alles dazu eingeladen haben.«

Markus' Eltern. Auch so ein Kapitel für sich. Das krasse Gegenteil von Janinas Hippie-Eltern. Seinem Vater, Torsten Mitscherlich, gehört »Auto Mitscherlich«, das größte Autohaus in ganz Salzminden. Und er ist natürlich mit Leib und Seele Autoverkäufer, sprich ein total verschlagener Hund, obendrein auch noch ein Angebertyp. Und Markus' Mutter, Margitta Mitscherlich, züchtet Pimpinellifoliae-Rosen. Und die beiden bezahlen mit großer Geste die ganze Hochzeit. Dafür wollen sie aber auch Gott und die Welt einladen dürfen. Weil ganz Salzminden sehen soll, wie die Mitscherlichs es krachen lassen können.

Wenigstens verstehen sie sich richtig gut mit Janinas Eltern. Ein kleines Wunder, finde ich. Aber hin und wieder passieren sogar bei uns in Salzminden, der Stadt, in der sonst nie etwas passiert, kleine Wunder.

»Gut, dann lass mal sehen.«

Janina legt die Liste auf den Tisch. Jetzt erkenne ich es erst. Sie hat die ganzen Namen über und über mit einem Gewirr aus Verbindungsstrichen, Anmerkungen und Gewitterblitzen bemalt. Es sieht erschütternd aus. Wie ein Schlachtplan. Die komplette Hälfte der Gäste scheint mit der kompletten anderen Hälfte der Gäste verfeindet zu sein. Und umgekehrt und mehrfach und kreuz und quer.

»Hm, siehst du da nicht ein wenig zu schwarz?«

»Vielleicht.«

»Erzähl doch einfach mal.«

»Wo soll ich anfangen?«

Ach komm, Janina, so schlimm kann es auch wieder nicht sein.

INNERER RITTER

»Und zu guter Letzt ...«

Wie jetzt, Janina ist immer noch nicht fertig? Ihr Vortrag *Gästekonstellation vs. Traumhochzeit* hat schon eine gefühlte Stunde gedauert. Ich sitze zwar immer noch aufrecht, aber das ist nur meine körperliche Hülle. Innen drin bin ich zu einem kleinen, vor Entsetzen erstarrten Häschen zusammengeschrumpft. Janina hat aus der harmlos aussehenden Gästeliste ein Szenario des Grauens herausdestilliert, das selbst Stephen King bis ins Mark erschüttert hätte. Und was sie sagte, war nicht nur schlimm, sondern auch logisch. Ihre Worte hätten sogar eine Gruppe hochkarätiger Psychologie-Professoren davon überzeugt, dass ganze Heerscharen von Gästen massive Probleme haben. Mit sich, mit anderen Gästen, meistens beides. Und selbst wenn sie alle einen gnädigen Tag erwischen, ich kann nur sagen: Gute Nacht.

Janina sieht mich an. Es hat sie erleichtert, endlich mal mit jemandem über diese Freakversammlung reden zu können, keine Frage. Aber das löst die Probleme nicht. Und ich muss mich jetzt endlich auch mal dazu äußern. Schließlich spricht sie schon eine kleine Ewigkeit, und ich habe nichts weiter getan, als mit dem Kopf zu nicken. Aber mein Ich ist gerade, wie gesagt, ein erstarrtes Häschen. Meine äußere Hülle muss die Arbeit alleine erledigen. Mein Mund räuspert sich, holt Luft und kommentiert die Lage mit einem mutigen: »So, so.«

Natürlich ist das nicht genug.

»Im Ernst, Tim, was meinst du? Steigere ich mich da zu sehr rein?«

Und jetzt schwingt sich mein Mund doch noch zu einer Heldentat auf. Ich weiß nicht, wo er es hernimmt, aber er findet ganz von alleine die richtigen Worte.

»Auf jeden Fall steigerst du dich da zu sehr rein, Janina. Du bist einfach nur aufgewühlt, aber das ist auch kein Wunder. Entspann dich einfach, lass es auf dich zukommen und versuch nicht mehr drüber nachzudenken.«

»Aber ...«

»Nichts aber. Die mögen alle noch so schräg drauf sein, an diesem Tag kommen sie nur, um euch ein schönes Fest zu bereiten. Du wirst sehen, jeder Einzelne wird auf seine Art alles dafür tun. Es wird wunderbar. Der schönste Tag deines Lebens. Versprochen.«

Janina blinzelt mich unsicher an. Diese Rehaugen. Mit elf war ich ja mal heftig in sie verliebt. Und sagen wir so, Janina mochte mich auch, aber damals war sie halt noch nicht so romantisch. Händchen halten? Küssen? Was soll das? Da war sie wieder mehr so Eiche und konnte nur darüber kichern. Dass ich irgendwann damit klargekommen bin, war vielleicht das Schwerste, was ich je in meinem Leben geschafft habe. Sie ist bis heute meine beste Freundin geblieben, aber für Liebe und so Zeug musste dann erst viele Jahre später der große, knuddelige Markus daherkommen. Und plötzlich, schwupps, Eiche doch verliebt. Und Markus vermutlich der glücklichste Mann der Welt.

»Na fein, wenn du das sagst, Tim. Irgendwie fühle ich mich jetzt schon etwas wohler.«

»Sehr gut. Am besten, du unternimmst noch was Schönes und vergisst das Ganze.«

»Ich versuche es. Wir fahren heute eh noch an den See. Oh, und ich muss dringend los. Markus wartet um drei am Waldemartor auf mich.«

»Bestens. Und lass mir die Gästeliste einfach hier. Die erinnert dich zu sehr an die Hochzeit.«

»Und du glaubst wirklich nicht, dass Tante Otti ...?«

»Nein.«

»Oder dass meine Nichte Sinja ...?«

»Nein!«

Ich pflücke ihr die Gästeliste aus der Hand. Janina gibt endlich auf. Sie drückt mich herzlich und verschwindet. Ich schaue ihr durch die Scheibe hinterher. Nicht zu glauben. Sie sieht jetzt wirklich entspannter aus. Ich atme tief durch und beobachte sie, bis sie hinter der nächsten Ecke verschwunden ist.

Danach passiert Folgendes: Ein riesiger Stiefel erscheint in meinem Inneren und gibt meinem Häschen-Ich einen gewaltigen Tritt. Es schreckt hoch und zappelt herum. Der Stiefel holt zum nächsten Tritt aus, aber das Häschen hat schon verstanden. Es streift den Angsthasenpelz ab und wird ganz schnell wieder zu einem Mann. Der Mann zieht sich seine Ritterrüstung an, schnappt sich seine Lanze und schwingt sich auf sein Pferd.

Von all dem kriegen die Leute am Nebentisch natürlich nichts mit. Sie sehen nur, dass ich mein Handy aus der Hosentasche reiße und loswähle. Als Erstes Henriette. Dann Patrick und Bülent. Nur Kurt erreiche ich nicht. Schläft bestimmt noch, weil er wieder die halbe Nacht indonesische B-Movies geguckt hat. Macht nichts. Kurt ist eh zu wenig Kämpfertyp für diesen Job.

FURCHTERREGENDES KLIPPENMASSIV

Perfekte Organisation. Nur zwei Stunden später sitzen wir alle bei meinem Arbeitskollegen und besten Freund Patrick im Garten. Na ja, Garten ist gut. Es ist mehr so ein kleines Fleckchen Rasen, das an der Altstadt-Erdgeschosswohnung dranklebt, in der er wohnt, seit er sie vor ein paar Jahren von seiner Großmutter geerbt hat. Aber irgendwie liegt das Fleckchen Rasen so gut zwischen den Hauswänden, dass man sich am Nachmittag wunderbar in der Sonne räkeln kann. Und für einen Kerl von Patricks Gewicht ist eine Wohnung im Erdgeschoss auch sonst absolut perfekt. Jede Treppenstufe bedeutet nämlich Höllenqualen für ihn, und Aufzüge streiken, wenn sie seinen mächtigen Körper auch nur von weitem sehen.

Und Aufzüge sind eine super Überleitung zu Bülent. Der lümmelt sich neben Patrick auf einem Gartenstuhl, hat die Lehne ganz nach hinten gekippt und lässt seine Ray-Ban-Fliegerbrille mit den flaschengrünen Gläsern gegen die Frühlingssonne kämpfen. Und super Überleitung, denn Bülent ist Aufzugswartungstechniker. Kein schlechter Job, denken Patrick und ich uns manchmal. Während wir den ganzen Tag in dem öden Büro in dem öden Betonfertigteilwerk in dem öden Gewerbegebiet, dem unser Städtchen Salzminden seine dicken Steuereinnahmen verdankt, die Drehstühle breitsitzen, sieht er die große weite Welt: Zerbin-Assekuranz-Hochhaus,

Allenbach-Center, Maribu-Hotel Gillingsberg, überall Aufzüge, die gewartet werden müssen. Aber dafür muss man natürlich dieses Technikzeug können, und das ist nichts für Patrick, geschweige denn für mich.

Und Maribu-Hotel Gillingsberg ist eine super Überleitung zu Henriette, die auf der rechten Seite von Patricks Gartenbank sitzt und ihre nackenlangen, eh schon hellblonden Haare noch ein wenig mehr von der Sonne ausbleichen lässt. Henriette ist nämlich Wellness-Managerin im Maribu-Hotel Gillingsberg. Hört sich toll an, und sie beklagt sich auch gar nicht, aber ich glaube trotzdem, dass ein Viel-Energie-Mensch wie sie da total unterfordert ist. Deswegen hat sie sich ein richtig anspruchsvolles Hobby gesucht: Segelfliegen. Und natürlich fliegt sie nicht nur, sie hängt sich auch voll bei ihrem Segelflugverein rein. Was sie da alles ehrenamtlich tun muss, holla die Waldfee, das ist schon fast wie ein zweiter Job. Wie sie das schafft, da bewundere ich sie ja schon. Und manchmal ahne ich, dass das mit dem Segelfliegen bei ihr auch so ein bisschen von der Sehnsucht nach ihrem Freund Florian kommt. Der ist nämlich die Hälfte des Jahres beruflich in Zürich. Und das wäre theoretisch in der Reichweite von so einem Segelflugzeug. Aber da denke ich wahrscheinlich viel zu romantisch.

Und romantisch ist natürlich wieder die super Überleitung zurück zu Patrick, denn der trägt mit jedem Gramm seiner gewaltigen Körpermasse mindestens ein Gramm Romantik und ein Zusatzgramm Einfühlungsvermögen herum. Und was für goethemäßige Sätze der immer mit seiner hellen Singstimme von sich gibt. Der könnte sogar Betonfertigteile zum Seufzen bringen, denke ich manchmal. Und ich mag das sehr an ihm.

So weit, so gut. Dann wird es aber schwierig. Neben Henriette, auf der linken Gartenbankseite, sitzt nämlich noch jemand: ihre neue Arbeitskollegin Jil. Und zu Jil finde ich überhaupt keine gute Überleitung. Kein Wunder, ich sehe sie gerade zum ersten Mal. Und was ich von ihr sehe, sind vor allem Unmengen an Haaren. Diese kräftigen braunen Wuschellocken, wirklich, wie eine Streitmacht. Fast hat man Angst, sie würden sich im nächsten Augenblick über ihr Gesicht hermachen. Aber da ist ja noch ihr Mund. Viel zu groß für dieses Gesicht, denkt man im ersten Moment. Aber im zweiten Moment erkennt man, dass so alles im Gleichgewicht ist. Die mächtigen Haare haben Respekt vor dem großen Mund und wagen es nicht, in sein Territorium einzudringen. Den Rest ihres Gesichts, die kleine Nase mit dem Meer von winzigen Sommersprossen, die sich darauf austoben, das Kinn mit dem kleinen Grübchen und vor allem die Augen mit dem zartblauen Schimmer, das alles sieht man erst, wenn man genau hinschaut.

Und ich finde, ich brauche auch gar keine gute Überleitung zu Jil. Sie hat nämlich, meiner Meinung nach, hier überhaupt nichts verloren. Also, nichts gegen Jil, ich sehe sie gerade zum ersten Mal, wie gesagt, und sie hat mir auch nichts getan. Aber darum geht es jetzt nicht. Das hier ist eine Besprechung im engsten Kreis. Wir kennen uns alle seit vielen Jahren. Mit Henriette und Bülent haben wir uns als Teenager in dem Formationstanzkurs angefreundet, in den Janina mich reingeschleppt hatte. Und Patrick kenne ich seit meinem ersten Tag im Betonfertigteilwerk, also seit ewig und drei Tagen. Was wollen wir mit Jil? Klar, Henriette hat schon viel von ihr erzählt. Total sympathisch, bisschen verrückt, sofort angefreundet und so weiter. Aber wir haben uns getroffen, um Janinas und Markus' Hochzeit zu retten. Wie soll sie uns dabei bitte helfen? Sie weiß doch überhaupt nichts von den beiden.

»Okay, Freunde, wir sind nicht zum Vergnügen hier.«

Sehr gut, Henriette ergreift das Wort. Ohne sie sind wir, unter uns gesagt, immer nur ein netter Haufen geballtes Chaos.

»Janina macht sich Sorgen, dass die Hochzeit nicht so schön wird, wie sie es sich vorstellt, und Tim meint, wir müssen was tun. So weit richtig?«

»Richtig, nur völlig untertrieben.«

»Untertrieben?«

Ich ziehe die Gästeliste heraus und lege sie auf den kleinen runden Tisch in unserer Mitte.

»Schaut euch das mal an.«

Alle beugen ihre Köpfe über Janinas Werk. Unsere Wangen berühren sich fast. Dummerweise sitzt ausgerechnet Jil neben mir, und ihr Duft weht mir um die Nase. Irgendwas mit Orange, aber auch was Grasiges dabei. Nicht übel, aber echt jetzt, wenn sie sich hier schon reindrängelt, kann sie dann nicht wenigstens ihren Duft bei sich behalten? An die anderen bin ich gewöhnt, aber wenn sich so ein fremder Duft in deiner Nase austobt, wie soll man sich da konzentrieren?

Zum Glück habe ich Janinas Worte noch ganz frisch im Kopf und schaffe es, alles wiederzugeben. Von der greisen Großtante Gerlinde bis zum vierjährigen Kasimir-Mehmet-Achim spule ich alle Bedenken herunter, und der finstere Gedankenabgrund, der mich bei Bäcker Scheckenbach verschlungen hat, tut sich erneut auf.

Als ich fertig bin, sehe ich hoch. Hat meine Rede gewirkt? Zumindest Patrick ist leichenblass geworden.

»Oh mein Gott! Was für ein furchterregendes Klippenmassiv! Die MS Janinas Traumhochzeit droht daran zu zerschellen wie ein Weinglas an einem Amboss!«

So redet er immer. Aber besser kann man es wohl tatsächlich kaum ausdrücken.

»Ach, so schlimm ist es doch gar nicht.«

Bülent, dieser penetrante Optimist.

»Mal ehrlich, Janina soll sich beruhigen. Solange wir alle da sind, kann es doch gar nicht schlecht werden. Schließlich haben wir vor zwei Jahren sogar eine ganze Regenwoche auf Mallorca zusammen Spaß gehabt, oder?«

»Das stimmt, aber ...«

»Und als mein Bruder neulich geheiratet hat, waren wir 250 Leute. Drei Familienstreits, zwei Schlägereien, fünf Verletzte, eine Verhaftung. Ganz normal.«

»Aber das kannst du nicht vergleichen, Bülent.«

»Warum?«

Ich schaue verzweifelt zu Henriette, aber sie scheint ebenfalls noch nicht restlos überzeugt zu sein, dass wir etwas tun müssen. Na gut, dann geht es wohl nicht anders.

»Also, ich erzähle euch jetzt was. Aber vorher müsst ihr schwören, dass ihr es niemandem weitersagt. Niemals und unter keinen Umständen.«

»Okay. Erzähl.«

»Moment. Ich will einen richtigen Schwur. Von jedem. Am besten was mit Blut.«

SCHERBENHAUFEN

Die Geschichte ist draußen. Alle wissen jetzt von der Hippiehochzeit auf dem Acker, die Janina als Kind über sich ergehen lassen musste. Ich habe ein schlechtes Gewissen. Janina hat mir zwar nicht gesagt, dass ich es nicht weitererzählen darf, aber ich wollte es trotzdem nie tun. Und jetzt ist sogar Jil eingeweiht, eine völlig Fremde.

Wenigstens hat die Geschichte gewirkt. Bülent ist noch blasser geworden als Patrick vorhin.

»Was sind das für Eltern!«

»Sie sind okay, Bülent. Sie haben an dem Tag einfach Mist gebaut. Sie wissen es selber.«

»Arme Janina.«

Auch Henriette ist sichtbar erschüttert. Und Jil? Keine Ahnung. Ist auch egal. Wir schweigen. Lange. Schließlich holt Henriette tief Luft. Sie hat, wie so oft, als Erste ihre Gedanken sortiert.

»Gut. Alles klar. Janina braucht eine klassische Traumhochzeit auf einem Schloss, mit vielen Gästen und vollem Programm. Und es *muss* der schönste Tag ihres Lebens werden. Noch Fragen?«

Danke, das war deutlich. Ich spüre, wie nun endlich auch bei den anderen die inneren Ritter in ihre Rüstungen schlüpfen und auf ihre Pferde steigen.

»Ich sehe da nur ein grundsätzliches Problem für unser Vorhaben.«

»Spuck es aus, Patrick.«

»Mich deucht, dass sich eine klassische Traumhochzeit mit vielen Gästen und vollem Programm *und* schönster Tag des Lebens gegenseitig ausschließen. Wenn ich allein an die vielgestaltigen Belastungen für das Brautpaar bei einer so großen Veranstaltung denke, die unvorhergesehenen Verwicklungen, ganz zu schweigen von den schaurigen Gefahren der Gästeliste, die wir bereits ...«

»Vielleicht hast du recht, Patrick, aber dieser Gedanke ist ab heute für uns tabu. Es *wird* der schönste Tag in Janinas Leben. Ich werde alles dafür tun, ihr auch?«

Manchmal möchte ich Henriette küssen. Es gibt keine Zweifel mehr an unserer Mission. Alle nicken stumm. Auch Jil. Hey, warum so übereifrig? Echt jetzt, die weiß doch gar nicht, worauf sie sich da einlässt. Aber mir doch egal. Ich übernehme wieder das Wort.

»Fein, fangen wir an. Zum Glück sehen wir durch Janinas Gästeliste den ganzen Scherbenhaufen klar und deutlich vor uns. Klein ist er ja nicht gerade, aber wir können ab sofort gezielt mit den Sanierungsarbeiten ...«

»Moment, Tim.«

Was will Henriette denn nun noch?

»Jil hat auch noch etwas zu sagen.«

Wie bitte?

»Jil war nämlich vor einem halben Jahr zu einer Hochzeitsfeier auf diesem Schloss Walchenau eingeladen. Und was sie da erlebt hat ... Hm, ich glaube, du erzählst es besser selber, Jil.«

Ach, deswegen ist Jil hier? Na gut.

Sie holt tief Luft, und ihre zartblauen Augen bekommen diesen Schimmer, den Augen immer bekommen, wenn Menschen sich an den Tod ihres ersten Haustiers oder einen schrecklichen Autounfall erinnern. Selbst die Blumen in Patricks Garten scheinen ein wenig die Köpfe zu senken, als sie zu sprechen beginnt. Und auch wenn ihre Stimme fest und klar klingt, ist sie doch in diesem Moment eine Stimme, wie man sie von gut vorbereiteten Grabreden her kennt.

»Schloss Walchenau ist wirklich wunderschön.«

SOPRANTRILLERPFEIFE

Schloss Walchenau ist *wirklich* wunderschön. Das hat uns Jil eindrucksvoll geschildert. Spätklassizistischer Bau, vor zehn Jahren mit großem Aufwand saniert und durch ein dezent gestaltetes modernes Gästehaus am früheren Standort der Pferdeställe ergänzt. Die größte Attraktion aber ist der wunderschöne Schlossgarten. Der wurde im 19. Jahrhundert von einem berühmten Landschaftsarchitekten entworfen und bei der Sanierung exakt nach dessen alten Plänen wieder angelegt. Wassergarten, Rosengarten, gepflegte Rasenfläche, Seerosenteich und ein kleiner Eichenwald im Hintergrund. Steht man auf der Terrasse, schaut man sozusagen direkt ins Paradies.

Und dreht man sich um, schaut man auf die prächtige Schlossfassade. Da kann man sich als Heiratender jederzeit sagen:»Wow, ich werde meine Hochzeitsnacht in einem echten Schloss verbringen. Keine Pseudokacke, Schloss!«

Und in diesem Moment ist es sehr wahrscheinlich, dass man nicht nur die wunderschöne Schlossfassade sieht, sondern auch eine Frau, die davor steht und nach dem Rechten sieht. Und diese Frau heißt Frau von Weckenpitz. Und Frau von Weckenpitz ist rein äußerlich sicher kein unschöner Kontrast zur Schlossfassade, sagt Jil. Bisschen älter, gepflegte Erscheinung, immer gut frisiert und top gekleidet. Nein, das mit dem Aussehen ist nicht das Problem mit Frau von Weckenpitz. Ihre Stimme schon eher. Die ist nämlich recht unangenehm, sagt Jil. Ein Art Dauerkeifen in der Tonfrequenz einer Soprantrillerpfeife, falls es so etwas gibt, und in der Lautstärke einer gut warmgesungenen mittelgroßen Zweitliga-Fangruppe. Allerdings benutzt sie nur sehr selten unflätige Ausdrücke, das müsse man ihr lassen.

Und Frau von Weckenpitz gehört das Schloss. Nein, genau genommen gehört es ihr nicht. Nicht mehr. Sie hat sich finanziell verhoben. Die Sanierung wurde zwar fast vollständig durch EU-Fördergelder abgedeckt, aber das neue Gästehaus. Und dann ist auch noch ihr Mann auf und davon. Und plötzlich ging ihr Konzept »Hier ist meine Residenz, nur ab und zu mal eine Hochzeit, damit Geld aufs Konto kommt« nicht mehr auf. Zum Glück fand sich ein Investor, der ihr nicht nur alles abkaufte, sondern sie auch noch als Verwalterin weiter dort wohnen ließ. Natürlich jetzt nicht mehr im ganzen Schloss, sondern nur in der neugeschaffenen Verwalterinnen-Wohneinheit im ersten Stock Westflügel. Aber immerhin kann sie sich weiter als Schlossherrin fühlen. Zumindest wenn gerade mal keine Hochzeit stattfindet.

Leider, also aus ihrer Sicht leider, finden nun aber andauernd Hochzeiten auf Schloss Walchenau statt, weil der Investor will ja sein Geld wieder herein und so weiter. Und Frau von Weckenpitz ist eigentlich dafür zuständig, für reibungslose Abläufe zu sorgen und dafür, dass sich die Gäste wohl fühlen. Aber sie selbst sieht ihre Zuständigkeit etwas anders. Sie ist Schlossherrin. Und am wichtigsten ist es, dass *sie* sich wohl fühlt. Und dazu müssen sich die Gäste so benehmen, wie sie es sich vorstellt. Der Stammsitz der von Weckenpitzens ist schließlich kein Partykeller. Und wer das nicht beherzigt, dem erklärt sie das auch gerne einmal in einem spontanen persönlichen Gespräch, Hochzeit hin oder her.

Jil will unsere Zeit nicht zu sehr in Anspruch nehmen und fasst sich mit ihrem Bericht von der Feier, die sie erlebt hat, kurz. Auffällig ist, dass in jedem Satz »Frau von Weckenpitz« vorkommt. Und es sind immer die Stellen, an denen der Satz ins Negative kippt: »… aber Frau von Weckenpitz war der Meinung, dass … scheiterte am Verbot von Frau von Weckenpitz, die … sehr zum Ärger von Frau von Weckenpitz, die umgehend … um zu verhindern, dass Frau von Weckenpitz das Schloss von der Polizei räumen ließ …« Und so was bei der völlig harmlosen Hochzeit einer Bibliothekarin und eines Angestellten der Stadtwerke, die beide in ihrer Freizeit gerne Vögel beobachten. Kein Zweifel, so eine Person wirkt auf jede Art von Feier wie ein Fass Wasser auf ein Freudenfeuer.

Aber Janina und Markus haben natürlich nur das schöne Schloss gesehen und »Nehmen wir!« gesagt, ohne zu ahnen, was für einen bösen Haken die Sache hat. Nicht gut. Wirklich nicht. Aber sollen wir jetzt wegen Frau von Weckenpitz das Handtuch werfen? Ausgerechnet Henriette, die als Einzige schon vorher von Jil aufgeklärt worden war, hat die Hände vor das Gesicht geschlagen. Der Bericht war wohl noch schlimmer, als sie dachte. Mist. Wenn Henriette schlappmacht, ist das für uns, wie wenn in einer Schlacht die Fahne fällt. Ich darf nicht zulassen, dass wir jetzt aufgeben.

»Danke, Jil. Hey! Ich will keinen von euch sehen, der sich hängen lässt! Wir sammeln erst mal nur die Fakten rund um die Hochzeit. Ich schreibe alles sorgfältig auf. Anschließend haben wir noch alle Zeit der Welt, um Lösungen zu finden. Also, gibt es außer dem Schlossdrachen und der Gästeliste noch irgendeine Gefahr, um die wir uns kümmern müssen? Ja, Bülent?«

»Markus' Trauzeuge.«

»Aber das ist doch unser Freund Kurt. Was ist das Problem mit ihm? Die langen Haare? Dass er bisschen langsam und schusselig ist? Dass er den ganzen Tag vor dem Fernseher sitzt und es keinen Film auf der Welt gibt, den er noch nicht zweimal gesehen hat? Komm, er muss doch nur auf der Urkunde unterschreiben, das kriegt er hin. Oder bist du sauer, dass Markus nicht dich gefragt hat? Okay, ich habe mich auch erst gewundert, weil du bist ja so ziemlich sein bester Freund. Aber Markus kennt den Kurt halt schon seit der Grundschule. Und treue Seele, die er nun mal ist ...«

»Das ist nicht das Problem, Tim.«

»Was dann?«

»Der Standesamttermin ist um elf. Habt ihr jemals erlebt, dass Kurt pünktlich zu einem Termin gekommen ist, geschweige denn zu einem Termin an einem Vormittag?«

Mist, er hat recht. Gibt es denn wirklich gar nichts an dieser Hochzeit, das keine Schwierigkeiten macht?

»Okay, Kurt kommt auch auf die Liste. Noch was?«

»Die Brauteltern. Nashashuk und Namida Ziegler. Sehr klangvolle Namen, aber ...«

»Oh, ich weiß was du denkst, Patrick, aber dazu kann ich was sagen. Janinas Eltern haben den heiligen Ishikana-Schwur getan, sich normal anzuziehen und sich normal zu benehmen. ›Ihr sollt selbst entscheiden, wie ihr Lashatak-Kaniwuki ... also Mann und Frau, werdet, so wie wir es damals auch taten, wir reden euch da nicht hinein‹, haben sie zu Janina gesagt. Alles, was Janinas Vater übernehmen will, ist das Feuerwerk. Und ein Feuerwerk hat sich Janina auch ausdrücklich gewünscht. Markus und sie haben sich nämlich bei einem Feuerwerk zum ersten Mal geküsst. Und Janinas Vater kann das wohl auch richtig gut. Der hat sich jahrelang mit alter indianischer Feuerwerkskunst beschäftigt. Janina liebt seine Feuerwerke. Und nein, Henriette, abgefackelt hat er auch noch nie was.«

Ich glaube, das klang überzeugend. Patrick entspannt sich ein wenig.

»Noch etwas? Henriette?«

»Ja. Markus' Vater. Der will doch immer noch, dass Markus eines Tages das Autohaus übernimmt.«

Stimmt. Markus will das aber nicht. Er ist leitender Angestellter bei CGK Vakuum-Technik, dem größten Arbeitgeber von Salzminden. Und da will er auch bleiben, weil international aufgestelltes Unternehmen mit viel besseren Aussichten für ihn. Die ganze Stadt weiß davon. *Dem Mitscherlich sein Sohn will dem Mitscherlich sein Autohaus nicht übernehmen ...*

»Glaubst du echt, Herr Mitscherlich würde diesen alten Streit ausgerechnet auf der Hochzeit hochkochen lassen?«

»Ich wollte es zumindest erwähnen. Was mir noch viel mehr Sorgen macht, ist allerdings: Wie fühlen sich Janinas Eltern, wenn die Mitscherlichs alles bezahlen? Die müssen sich doch auf übelste Art gedemütigt vorkommen.«

»Das geht klar, Henriette. Nashashuk und Namida Ziegler leben von selbstangebautem Gemüse und geflochtenen Körben, die sie auf Wochenmärkten verkaufen. Man könnte ihren Lebensstil salopp mit ›von der Hand in den Mund‹ umschreiben, auch wenn sie selbst den Ausdruck *Ashwini Hakaniko* dafür benutzen. Sie sind überglücklich mit der Aufteilung, dass die Mitscherlichs zahlen und sie das Feuerwerk machen. Glaub mir. Sonst noch was? Ja, Patrick?«

»Sei so gut und reich mir noch einmal die Gästeliste. Hier: *Sven Wiesenhöfer, Speditionskaufmann*. Also, ich weiß nicht, ob eine Hochzeit unter einem guten Stern stehen kann, zu der Sven Wiesenhöfer eingeladen ist, und ...«

»Hör mal, Sven ist ein alter Schulfreund von Markus. Stimmt zwar, dass er betrunken ein Anhänger der gepflegten Kneipenschlägerei ist, aber diese Hochzeit ist ja wohl eine ganz andere Umgebung.«

»... und außerdem *Maik Proschitzki, Kung-Fu- und Ashtanga-Yoga-Lehrer*.«

Ach du Schreck, Maik Proschitzki. Stimmt. Markus' Mutter macht seit einem Jahr bei ihm Yoga. Und Sven steht ganz am Anfang und Maik ganz am Ende der Gästeliste. Deswegen ist es bisher weder Janina noch einem von uns aufgefallen. Jeder, der die Geschichte unserer Stadt kennt, weiß vom letzten Zusammentreffen von Sven Wiesenhöfer und Maik Proschitzki. Die Pfadfinderparty im Jugendclub Schwalbennest. Einer von den beiden hatte den anderen angeblich »Schwuchtel« genannt. Das musste natürlich geklärt werden. Und nach intensiven Klärungsarbeiten musste zwar der Jugendclub Schwalbennest grundsaniert werden, aber geklärt war die Sache am Ende trotzdem nicht. Ist zwar wirklich lange her, aber der Zorn der beiden aufeinander ist unauslöschbar, munkelt man. Sollten sie sich irgendwann in einer dunklen Gasse über den Weg laufen, würde Sven sofort seine Lastwagen und Maik sämtliche Ashtangas vergessen, heißt es. Sie würden sich, wie in »Highlander«, mit »Es kann nur einen geben!« begrüßen und dann in einem Endkampf von nie dagewesener Brutalität alles ringsherum in Schutt und Asche legen. Mit anderen Worten, nur wer völlig bescheuert ist, lädt Sven Wiesenhöfer und Maik Proschitzki zusammen auf eine Party ein. Ich sehe die Gesichter der anderen blass und fahl werden. Kein Wunder. Nur Jil schaut fragend hinter ihren Locken hervor. Nun ja, sie ist eben eine Zugezogene.

»Gut. Sven und Maik, große Gefahr, ganz klar. Habe ich auch notiert. Weiter. Noch was? Wir finden für alles eine Lösung. Ja, Bülent? Sprich.«

»Unsere Freundin Linda. Bei ihr wissen wir ja alle Bescheid, dass sie sich ...«

Ach ja, klar, Linda. Eine wunderbare, schöne und nette Frau, die sich blöderweise ...

»... sobald sie ein Glas Wein getrunken hat, immer sofort unsterblich in das größte Arschloch im Raum verliebt und sich von ihm für mindestens das nächste halbe Jahr unglücklich machen lässt.«

Genau so ist es. Linda arbeitet im Friseurstudio Cre-Haartiv, und wir lassen uns, trotz des Namens, alle von ihr die Haare schneiden. Erstens, weil sie es prima kann, zweitens, weil sie uns ans Herz gewachsen ist, spätestens seit sie Patrick geholfen hat, aus dem verwilderten Garten seiner Großmutterwohnung ein wunderschönes Fleckchen Erde zu machen. Dafür hat sie nämlich ebenfalls ein tolles Händchen.

Das Problem mit Linda ist nur, dass ihr aus irgendeinem Grund das Gen fehlt, mit dem andere Frauen normale Männer von Vollspackos unterscheiden. Und wenn so ein Vollspacko dann auch noch eine Uniform trägt, ist sowieso alles zu spät. Das hat sie irgendwie ganz tief drin, dass Männer in Uniformen immer ganz tolle Hechte sind. Noch bisschen Alkohol dazu, und die Katastrophe ist perfekt. Dann verliebt sie sich. Hals über Kopf. Und jedes Mal in einen Mann, der nicht einmal einen Tritt in die Eier wert ist. Und ein paar Monate später ist Katzenjammer. Unter dem Strich hat jeder von uns schon mehrere Tage seines Lebens mit Linda-Trösten verbracht. Ein weiteres Unglück in die Richtung sollte unbedingt vermieden werden. Das hat sie nicht verdient.

»Gut, Linda ist auch notiert. Sind wir jetzt durch?«

Schon wieder haben alle ihre Finger in die Höhe gereckt. Hört das denn nie auf? Ruhig bleiben. Sicher nur noch Kinkerlitzchen. Ich nehme den Stift.

»Patrick, kann ich noch einen zweiten Zettel haben?«

MELODIESÄGE

Ich muss zugeben, ganz am Ende unseres ersten Treffens bei Patrick habe ich geschwächelt. Die Gefahrenliste wurde lang und länger, und beinahe hätte ich noch ein drittes Blatt gebraucht. War ich froh, als Henriette zum Schluss vorschlug, dass wir erst mal ein paar Tage in Ruhe über alles nachdenken sollten. Jeder bekam eine Kopie der Notizen, und wir machten aus, uns das nächste Mal bei mir zu treffen.

Heute ist es so weit. Eigentlich müsste ich längst oben in meiner langweiligen Neubauwohnung sein und die Getränke vorbereiten, aber ich stehe immer noch an der Tankstelle auf dem Autowaschplatz. Ich fahre einen blauen Opel Admiral, Baujahr 1969. War eine spinnerte Idee, ihn zu kaufen, muss ich zugeben. Ich habe keine Ahnung von Autos, und erst recht nicht von alten. Aber er stand halt damals wochenlang als Deko im riesigen Schaufenster von Auto Mitscherlich, Löblinger Straße Ecke Haldesplatz, die Hauptfiliale von Markus' Vater, an der ich jeden Tag vorbeikomme. Und ich fand ihn so schön. Diese wohlige Altheit. Wenn man in diesem Wagen sitzt, vergisst man sofort alle Neubauwohnungen und Betonfertigteile. Außerdem, ich sagte es ja schon, ich mag keine Veränderungen. Und am Design des Opel Admiral wird sich nie mehr etwas ändern, denn der wird nicht mehr gebaut. Am liebsten mag ich die großen Scheinwerferaugen, die einen so schräg von unten anschauen. Fast ein bisschen wie Janina. Und wenn man drin sitzt, erst recht Janina. Fahrende Eiche. Gut, die anderen sagen »Schiff«, weil er riesig ist, und wegen »Admiral«. Aber ob Eiche oder Schiff, ich musste ihn haben, er wurde, so schien es mir, 1969 extra für mich gebaut.

Markus' Vater hat mich dann beim Kauf ganz schön über den Tisch gezogen, das muss ich leider sagen. Außen war der Admiral ja tipptopp, aber was unter der Motorhaube und sonst so alles kaputt war ... Ein Fass ohne Boden. Zum Glück habe ich einen Schrauber mit zwei goldenen Opel-Händchen gefunden. Der kostet natürlich Geld, und leider geht ständig was kaputt. Aber egal, Hauptsache, der Admiral strahlt mich jeden Tag von außen unverändert himmelblau an, wie am ersten Tag.

Und wenigstens um das Außen kümmere ich mich höchstpersönlich. Fester Termin alle zwei Wochen. Zuerst pingelige Suche nach eventuellen Roststellen. Anschließend eine zärtliche Komplettwäsche. Während er trocknet, reibe ich innen die dunkelbraunen Ledersitze mit Pflegemittel ein, und am Ende wird der Lack mit einer sündteuren Spezialpolitur gedingst. Leider muss ich mich jetzt wirklich beeilen. In einer halben Stunde steht das Hochzeitsrettungsteam vor meiner Tür.

Heute geht es in die Problemlösungsrunde. Jeder hatte die Liste, und jeder sollte sich Gedanken machen und Ideen sammeln. Und ich bin wirklich gespannt, was sich die anderen so ausgedacht haben. Wobei, ehrlich gesagt, noch gespannter bin ich, wie sie meine Idee finden. Ich bin ja sonst nicht so die Kreativkanone, aber die eine Sache, die ich mir ausgedacht habe, also wirklich, die ist der Knaller, muss ich einfach so sagen.

Trotz der Eile poliere ich fröhlich singend den letzten Quadratmeter Admiral fertig und fahre los. Nachdem ich dem Wagen in der Tiefgarage tschüss gesagt habe, schaffe ich es gerade noch, zwei Stockwerke höher in frische Klamotten zu springen, bevor meine Klingel zum ersten Mal ihre hässliche, viel zu laute elektronische Melodie in den Raum pustet.

Keine Klingel, eine Melodiesäge ist das, denke ich, als ich zum Monitor gehe. *Melodiesäge*. Gutes Wort, wird sich aber nicht durchsetzen. Und als ich Jil auf dem Monitor sehe, denke ich erneut »Melodiesäge« und drücke auf den Türöffner. Warum hat Henriette sie denn schon wieder eingeladen?

SPLATTERED CADAVERS

»Hallo Tim. Oh, bin ich die Erste?«
»Hallo Jil. Sieht ganz so aus.«
Echt jetzt, warum ist sie hier? Sie hat ihren Bericht über die Zustände auf Schloss Walchenau abgeliefert. Wichtig und gut. Aber den Rest erledigen wir, das Stammteam aus dem Formationstanzkurs. Muss ich echt nachher mal Henriette …
»Schön hast du es hier. So hell.«
Ja, mach dich nur lustig über meine seelenlose Wohnkiste. Hm, mir gefällt ihr grüner Kapuzenpullover. Passt irgendwie ziemlich gut in meine Wohnung. Also, jetzt nur der Pullover, meine ich natürlich. Das Grün und so. Ich könnte mir zum Beispiel einen grünen Teppich … Oh, Moment, ich bin ja der Gastgeber. Fast vergessen.
»Ähm, möchtest du was trinken? Oder, also, ich kann dich auch gerne rumführen.«
»Wenn du mich so fragst, dann gern rumführen. Ist das okay?«
Mist, das hatte ich doch nur pro forma angeboten.
»Weißt du, ich liebe es, mir fremde Wohnungen anzuschauen, Tim. Du auch?«
»Kommt darauf an.«
Na gut, führe ich sie halt rum. Immer noch besser, als im Wohnzimmer zu sitzen und Smalltalk mit jemandem zu machen, den man eigentlich gar nicht hier haben will.
»Zur Rechten: meine Küche. Die grünblau gespren-

kelte Arbeitsplatte und die Türen mit den kitschigen Verzierungen und den albernen Goldlackgriffen hab ich nicht selbst ausgesucht. Musste ich so übernehmen.«

Was mache ich da? Ich brauche mich doch nicht vor ihr für die hässliche Einbauküche zu rechtfertigen.

»Und die scheußlichen Badezimmerfliesen mit der Pseudo-Marmorstruktur ebenfalls. Gleiches gilt für die absolut geschmacklosen Armaturen, aber wenn man beim Waschen einfach die Augen zumacht, geht es. Dafür ist die Abstellkammer ein Hort der architektonischen Schlichtheit, wie du siehst. Und, lass mich raten, du willst jetzt auch noch gerne in dieses Zimmer schauen, was?«

Leider ist mein Schlafzimmer keine Augenweide. Und in diesem Fall kann ich es beim besten Willen nicht auf den Hauseigentümer schieben. Aber meine Schuld ist es auch nicht. Ich habe einfach ein Zimmer zu wenig. Deswegen steht da nicht nur mein Bett, sondern auch mein Schreibtisch, und überall liegt höchst unerotischer Papierkram rum, den ich nicht aufgeräumt habe. Zum Glück sägt die Melodiesägenklingel genau jetzt zum zweiten Mal los. Tja, dann vertagen wir den Rest der Besichtigung wohl mal lieber. Bülent und Henriette stehen unten und wollen reingelassen werden. Während wir auf sie warten, plappert Jil munter weiter.

»Hoffentlich finden wir heute gute Lösungen für die ganzen Probleme. Mir ist es so wichtig, dass es eine schöne Hochzeit wird, ich kann es dir gar nicht sagen.«

»Mir auch. Ich hab es ja schon erzählt, das ist einfach Janinas wunder Punkt. Wenn die Hochzeit eine Enttäuschung wird, passiert irgendwas ganz Schlimmes. Aber, mal ehrlich, warum ist es dir so wichtig? Du kennst Janina doch gar nicht.«

Jetzt atmet sie tief ein. Sosehr ihre Augen auch versteckt sind, ich sehe ein unruhiges Flackern.

»Ich habe erlebt, wie Frau von Weckenpitz meinen Freunden die Hochzeit zerstört hat. Es war so schlimm. Keiner von uns hatte damit gerechnet. Ich war die ganze Zeit wie gelähmt und konnte nicht helfen. Ich schäme mich noch heute dafür. Wir hätten die alte Ziege einfach in den Keller sperren sollen, aber wir waren zu feige. Und dann war ich irgendwann mit Henriette Kaffee trinken, und Janina kam dazu, und ich mochte sie gleich. Und danach hat mir Henriette von der Hochzeit auf Schloss Walchenau erzählt. Ich habe erst einen Riesenschreck bekommen, aber ich sehe das jetzt als meine Chance, wenigstens ein bisschen was wiedergutzumachen.«

»Okay.«

»Ehrlich gesagt, ich habe richtig Angst um die beiden.«

»Ach, keine Sorge, wir werden das alles schon so hindengeln, dass es für Janina perfekt aussieht. Wir sind schließlich zu vier ... fünft.«

»*Hindengeln*? Ich dachte, wir ...«

Doch auch wenn sie noch so sehr guckt, als hätte ich ihr gerade eine Zitrone als Snack angeboten, uns bleibt keine Zeit, um das auszudiskutieren, denn im nächsten Moment fräst sich die Melodiesäge schon wieder in unsere Trommelfelle. Diesmal in der noch hässlicheren Variante, die es zu hören gibt, wenn jemand direkt an der Wohnungstür auf den Knopf drückt. Ich lasse Henriette und Bülent rein. Kurz darauf kommt auch Patrick. Ich hole Gläser und Flaschen aus der Küche, und wenig später sitzen wir alle um meinen Couchtisch herum.

Und eins muss man sagen: So lang die Problemliste

auch gewesen sein mag, wir setzen ihr einen beachtlichen Berg von Ideen entgegen. Also, wirklich jetzt Berg. Die Ideen liegen nämlich alle auf unzählige kleine Zettel geschrieben in unserer Mitte. Darf jetzt nur keiner niesen.

»Okay, wer zieht den ersten Zettel?«

»Der Gastgeber.«

»Gut. Hier steht: *Alkoholverbot*. Hä? Bülent, das ist deine Schrift, oder?«

»Ja. Also ich meine jetzt natürlich nicht totales Alkoholverbot, aber Markus' Eltern können doch dafür sorgen, dass nur ganz leichte Sommerweine ausgeschenkt werden, oder was auch immer. Hauptsache, es knallt nicht so.«

»Verstehe. Wegen Sven Wiesenhöfer und Maik Proschitzki.«

»Und wegen Linda.«

»Und wegen Kurt. Der fängt immer an, ganz schlecht John Travolta zu imitieren, wenn er betrunken ist.«

»Und ich wüsste auch noch einige Kandidaten zu benennen.«

»Okay, einerseits ja, gute Idee, das mit den leichten Weinen. Andererseits, was ist mit der Russengruppe, die auf der Gästeliste steht?«

»Markus' Arbeitskollegen aus Sankt Petersburg? Was soll mit denen sein?«

»Wenn alles stimmt, was Markus über ihre Trinkgewohnheiten erzählt, dürften sie ziemlich lange Gesichter machen, wenn es nur leichte Sommerweine gibt.«

»Andererseits ist es ihr Problem, wenn sie mit den leichten Weinen nicht klarkommen, oder?«

»Stimmt auch wieder. Vorschlag angenommen?«

Die Arme gehen nach oben. Auch der von Jil. Hey, wer

hat gesagt, dass sie stimmberechtigt ist? Also, ich meine ja nur.
»Gut. Ich notiere: *Nur leichte Weine*. Nächste Idee.«
»Hier steht: *Keine Band!*«
»Keine Band? Von wem ist das? Patrick? Warum das?«
»Strengt euren Geist an.«
»Hm, vielleicht, weil es in ganz Salzminden keine einzige gute Band gibt außer den Splattered Cadavers, und die sind jetzt nicht so unbedingt erste Wahl für Traumhochzeiten?«
»Besser hätte ich es nicht sagen können.«
»Also lieber ein DJ.«
»Auf dem nächsten Zettel steht: *Kein DJ!*«
»Oh.«
»Darunter: *Außer es ist Bülent.*«
»Machst du es, Bülent?«
»Gebongt.«
»Nächste Idee.«

Frau Präsident

Jetzt haben wir uns wirklich eine Pause verdient. Was wir in den letzten zwei Stunden alles besprochen haben, damit könnte man normalerweise drei Hochzeiten retten. Schon mehr als die Hälfte der Gefahren auf der Gefahrenliste sind ausgestrichen. Und wenn gleich noch meine Idee aus dem Zettelberg gezogen wird, sind wir endgültig auf der Siegerstraße, ich bin ganz sicher.

»Noch jemand was zu trinken?«

Keiner. Alle räkeln sich in lustigen Pausensitzhaltungen auf dem Sofa und genießen es, sich endlich mal über andere Sachen als über die Hochzeit zu unterhalten. Ich gehe trotzdem in die Küche und tue so, als ob ich mir selber etwas hole. In Wirklichkeit will ich Henriette abpassen, die gerade auf der Toilette ist. Klappt perfekt. Als ich die Küchentür erreiche, kommt sie mir entgegen.

»Hey, alles gut, Henriette?«

»Meine Verdauung funktioniert wie keine zweite, wenn du das meinst.«

»Sag mal, warum hast du denn Jil schon wieder eingeladen?«

»Warum nicht?«

»Na hör mal, sie kennt weder Markus noch Janina näher. Und uns auch kaum. Wie soll …«

»Ist doch gut, wenn man auch jemanden dabeihat, der das Ganze von außen betrachtet. Findest du nicht?«

»Aber sie wirkt so überengagiert. Nicht, dass sie dadurch am Ende alles kaputt ...«

»Jil ist ziemlich schlau und kann unglaublich kreativ sein, wenn es drauf ankommt.«

»Mag ja sein, aber ... ich fühle mich halt wohler, wenn wir unter uns sind. Weißt du, dann kann ich mehr aus mir herausgehen und so.«

»Es kommt aber nicht drauf an, dass du aus dir herausgehst, sondern dass wir die Hochzeit retten. Und apropos aus dir herausgehen – bis jetzt war noch keine Idee von dir dabei, wenn ich mich recht erinnere.«

»Kommt noch, warte nur ab.«

»Okay, ich bin gespannt. Los, wir scheuchen den Haufen mal wieder hoch. Es gibt noch eine Menge zu tun.«

Bald sind wir wieder bei der Arbeit. Wir winken erneut ein paar gute, aber unspektakuläre Ideen durch: Henriette und Bülent werden unseren transusigen Trauzeugen Kurt morgens eigenhändig aus dem Bett holen und anziehen. Und Kurt soll seinen großen Laptop und ein paar lustige DVDs aus seiner Sammlung mitbringen, für die Gästekinder, wenn sie sich langweilen. Patrick und ich werden eine Stunde früher beim Standesamt sein und alles kontrollieren. Vor dem Festessen werden wir die Platzkärtchen auf den Tischen im Schloss heimlich umgruppieren, damit der und der auf keinen Fall neben dem und dem sitzt. Und so weiter.

Nach einer kleinen Ewigkeit wird endlich mein Zettel gezogen. Jil liest vor:

»*Frau von Weckenpitz verschwinden lassen.*«

Bülent schaut ratlos, Patrick entsetzt, Henriette dagegen einen klitzekleinen Moment bewundernd. Bevor sie, zusammen mit allen anderen, den Kopf schüttelt.

»Wie soll das gehen?«

So, erst mal eine Kunstpause.

»Gar nicht schwer.«

Alle schauen mich an, keiner sagt mehr ein Wort. Ha. Mag ja sein, dass ich nur eine einzige Idee beigetragen habe, aber die hat es einfach in sich.

»Also, hört gut zu. Ganz einfacher Plan: Frau von Weckenpitz kriegt ein paar Wochen vorher einen Brief. Und dieser Brief ist eine Einladung zu einer Tagung der deutschen Schlossherrinnen und Schlossherren in Wasweißichwohausen. Und die Tagung ist zufällig genau am Hochzeitstermin. Sie sucht sich eine Vertreterin, fährt zur Tagung, und bevor alles auffliegt, sind Janina und Markus längst in den Flitterwochen. Fertig. Und wer auch immer Madam Weckenpitz auf dem Schloss vertreten wird, so schlimm wie die kann er oder sie doch auf keinen Fall sein.«

Ich sehe Jil nicken. Was ist mit den anderen? Hey, das ist eine Hammeridee. Ich will eure Nasen rauf- und runtergehen sehen. Frau von Weckenpitz ist die größte Gefahr von allen. Wer dieses Problem löst, ist der Held des Tages, oder nicht?

»Hm.«

»Hm, hm.«

»Hmmmmmm.«

»Schöne Idee, aber das wird nicht klappen, Tim.«

»Wieso nicht, Henriette?«

»Na, wenn sie zum Beispiel vorher versucht, bei diesem Schlossherrendings anzurufen, weil sie irgendwelche Fragen hat, dann fliegt es sofort auf.«

»Wer sagt überhaupt, dass es sie interessiert? Vielleicht will sie mit anderen Schlosshanseln gar nichts am Hut haben.«

»Ich ahne auch eine Reihe von Unwägbarkeiten.«

Genau wie auf der Arbeit im Betonfertigteilwerk. Kaum hat man eine gute Idee, schon wird sie einem kaputtgeredet. Sollen sie doch erst mal was Besseres vorschlagen.

»Wir füllen die Weckenpitz einfach gleich zu Anfang so ab, dass sie aus dem Spiel ist.«

»Oder wir bringen einen Lustknaben für sie mit.«

»Kann man denn nicht dafür sorgen, dass sie an dem Tag einfach krank ist?«

Pah!

Ich verschränke die Hände hinter dem Kopf und versuche, nicht zu angesäuert zu schauen. Ist natürlich schwierig, denn ich *bin* angesäuert. Besserwisser, alle. Aber von mir aus, dann lassen wir uns halt die Hochzeit am Ende doch vom Schlossdrachen vermiesen. Wenn nur Janina nicht wäre. Es bricht mir das Herz, wenn ich mir vorstelle, dass die Hochzeit nicht wenigstens der drittschönste Tag ihres Lebens wird. Nein, ich muss mich gegen die Bagage durchsetzen. Die drehen sich ja nur im Kreis. Betrunken machen, Lustknaben, Krankheit, immer wieder hin und wieder zurück, aber sie wissen selbst, dass das alles nichts taugt. Sie machen das bloß, um nicht mehr über meine Idee reden zu müssen, weil ... Weiß der Teufel warum. Aber jetzt reichts. Ich ...

»Ich finde, wir sollten noch mal über Tims Idee reden.«

Wow. Das war Jil.

»Aber das klappt doch vorne und hinten nicht. Viel zu viele Details, bei denen was schiefgehen kann.«

»Dann kümmern wir uns eben um die Details. Die Grundidee ist nämlich genial, finde ich.«

Ich habe meine Hände immer noch hinter dem Kopf verschränkt und versuche unbeteiligt auszusehen. Wieder nicht leicht. Mir schwillt nämlich gerade vor Stolz dermaßen der Kamm, dass er sich fast durch meine Handflächen bohrt. Und Jils grüner Kapuzenpullover, das wollte ich noch einmal sagen, der gefällt mir wirklich ausnehmend gut.

Henriette hat tiefe Falten auf der Stirn.

»Ganz konkret, wie stellst du dir das vor, Jil?«

Was bin ich froh, dass ich jetzt nicht in ihrer Haut stecke. Wenn Henriette irgendwas »konkret« von einem hören will, steht man immer mit dem Rücken zur Wand.

»Fangen wir vorne an: Eine einfache Einladung reicht natürlich nicht. Und eine einfache Tagung auch nicht. Es müsste schon die Gründungsveranstaltung eines neuen Verbands der Schlossherrinnen und Schlossherren sein. Und wir müssten Frau von Weckenpitz in dem Brief bitten, für das Präsidentenamt zu kandidieren, das ist der entscheidende Punkt. Präsidentin des Verbands der Schlossherrinnen und Schlossherren, das will sie bestimmt unbedingt werden. Sie wird so begeistert sein, dass sie gar nicht darüber nachdenkt, dass sie reingelegt werden könnte.«

»Hm.«

»Hm, hm.«

»Und um erst gar keine Zweifel aufkommen zu lassen, fragen wir sie in dem Anschreiben, für welche Zeiten wir ihren Hin- und Rückflug buchen sollen. Und der ganze Rest muss natürlich auch völlig wasserdicht gemacht werden. Wir müssen ein Hotel heraussuchen, wir brauchen einen Briefkopf, und wir brauchen vor allem eine Telefonnummer mit Rufumleitung zu einem von uns, falls sie Fragen hat. Und mindestens ein Mal rufen *wir* sie an, um nachzuhaken. Wenn wir an alles denken, wird es klappen. Und zwar richtig gut.«

Die anderen nicken. Erst zögernd, dann immer entschlossener. Sogar Henriette. Endlich. Sie lächelt sogar. Ich schaue Jil an. Okay, vorhin hatte ich tatsächlich »Melodiesäge« gedacht, als sie unten vor meinem Haus stand. Aber das ist Quatsch. Wenn man es genau betrachtet, hat sie überhaupt nichts Sägenhaftes an sich.

REIZWÄSCHE

Ein paar Tage später. Ich habe Bülent gerade mit meinem Admiral abgeholt, und wir schaukeln sanft über den Altstadtring zur Katensteinsiedlung. Dort steht das kleine alte Häuschen, in dem Janina und Markus wohnen und in das sie all ihr Geld stecken. Obwohl ich nach der Mammutsitzung mit dem Zettelberg letzte Woche überzeugt war, dass wir den perfekten Rettungsplan für die Hochzeit beisammenhaben, gibt es nun doch noch mehr zu tun. Unser Bräutigam in spe Markus hat bei Bülent, seinem besten Freund, angerufen. Er sieht irgendein Problem mit den Russengästen. Näheres wollte er ihm bei einem kleinen Vorabendbier auf seiner Couch berichten und seinen Rat hören. Und Bülent hat Markus kurzerhand breitgeschlagen, dass Henriette, Patrick und ich auch mitkommen dürfen.

»Hast du eigentlich mal gestoppt, wie lange dein Schiff braucht, um von null auf hundert zu kommen, Tim?«

»Nicht genau, aber ein halber Tag reicht gewöhnlich.«

»Ich verstehe echt nicht, warum Janina und Markus nicht den Admiral als Brautauto nehmen. Stilvoller geht es doch gar nicht.«

»Danke, Bülent. Aber da lässt sich Papa Mitscherlich natürlich nicht reinreden.«

»Hab ich auch gehört. Der will die beiden in einem ganz dicken Geschoss herumkutschieren.«

»Tja, es soll halt jeder sehen, dass Auto Mitscherlich es richtig krachen lässt.«

»Haha, Mitscherlich und krachen lässt, wenn du wüsstest, was mir dazu gerade durch den Kopf geht.«

»Erzähl.«

Bülent überlegt kurz, dann schüttelt er den Kopf.

»Geht nicht.«

»Wenn du es mir nicht erzählst, dann hör wenigstens auf, in dich reinzukichern.«

»Okay ... Kchchchch.«

»Letzte Warnung.«

»Na gut, ich erzähle es. Aber du musst auch schwören, dass du dichthältst, so wie wir bei der Geschichte von der Hippiehochzeit.«

»Geschworen. Beide Hände auf dem heiligen Zwei-Speichen-Lenkrad, keine Finger gekreuzt. Und jetzt leg los, wir sind bald da.«

»Hm, wo fange ich an ...«

Wenn ein Instinktredner wie Bülent schon so über den ersten Satz nachdenken muss, muss es wirklich eine brisante Information sein. Wir fahren noch fast einen halben Kilometer, bis er endlich beginnt. Als er fertig ist, biegen wir bereits in Janinas und Markus' Straße ein. Seine Worte klingen in meinen Ohren nach, und ich schüttele immer wieder den Kopf.

Markus findet Frauen in Brautkleidern scharf.

Kein Wunder, dass er bei Janinas Hochzeitsträumen voll mitzieht. Und besser, sie erfährt nie etwas davon. Wie soll sie bei ihrer Hochzeitsnacht noch romantische Gefühle entwickeln, wenn sie weiß, dass ihr Kleid auf ihren Bräutigam wirkt wie nuttige Reizwäsche auf gewisse andere Männer? Und erst recht darf sie nichts von der Geschichte erfahren, die dazu geführt hat, dass

Markus Frauen in Brautkleidern scharf findet. Denn das setzt dem Ganzen noch das Hochzeitstortensahnehäubchen auf. Wenn das jemals den Weg in Janinas Ohren finden sollte, geht definitiv gar nichts mehr mit Traumhochzeit.

Es war nämlich so: Markus ist ja der Einzige von uns, der es hier mal aus Salzminden rausgeschafft hat. Studiert und so. In Hannover. Und, wie gesagt, zwischendrin sogar zwei Semester Barcelona, die einzige Phase, in der Janina und er mal kurz getrennt waren. Janina hatte derweil einen elend gescheiterten Beziehungsversuch mit einem Versicherungsmakler, das wissen alle. Wie Markus diese Zeit verbracht hat, darüber gibt es mehr Legenden als zuverlässige Informationen. Aber Bülents Bericht von eben stellt sogar noch alle Legenden in den Schatten: Irgendeine In-Bar in Barcelona fand es damals cool, einen deutschen Aushilfsbarkeeper einzustellen. Und so stand Markus da hinter dem Tresen, als eines Abends ein betrunkenes Damengrüppchen auftauchte. Aufgebrezelt waren sie alle, aber richtig herausgestochen hat die eine, die ein Brauthäubchen aufhatte. Markus, ebenfalls schon angeschickert vom Drinks-Verkosten, setzte sich in den Kopf, ihre Aufmerksamkeit zu erringen. Er begann sie mit Eiswürfeln zu bewerfen. Das mit der Aufmerksamkeit hat dann gleich ganz gut geklappt, auch wenn es erst mal zünftigen Streit gab. Dabei stellte sich heraus, dass die Frauen gerade den Junggesellinnenabschied der Dame mit dem Brauthäubchen feierten. Und, schon klar, Junggesellinnenabschied, da will man sich amüsieren und nicht streiten. Deswegen haben sie sich schnell wieder eingekriegt, Markus hat Freidrinks rausgerückt, und, na ja, außerdem ist Junggesellinnenabschied ja *theoretisch* die letzte Gelegenheit, noch ein letztes Mal mit jemand anderem … Jedenfalls, seit dieser Nacht findet Markus Frauen in Brautfummel scharf, mehr will ich jetzt nicht sagen.

»Hey, du bist gerade vorbeigefahren.«

»Ups.«

GRINSEKATZE

Wir betreten das Wohnzimmer. Henriette und Patrick haben sich bereits auf der Sofalandschaft verteilt, auf der Janina und Markus normalerweise Tatortkuscheln machen. Beide nippen wohlig an ihren Bierflaschen, Markus rutscht unruhig auf seinem Sitz herum. Was hat er nur auf dem Herzen? Janina ist ausgeflogen. Sie hat sich mit ihrer Trauzeugin und besten Freundin Svea auf den Weg gemacht, um die letzten Dinge in Sachen Brautgarderobe zu regeln. Mit anderen Worten, sie wird garantiert nicht vor Ladenschluss zurück sein. Gut so. Kriegt sie nichts von den geheimen Sorgen ihres Bräutigams mit. Sprich, freies Schussfeld, auch für die heikelsten Themen.

Jil fehlt leider auch. Erstens ist heute ihre Schicht im Maribu-Hotel, zweitens können wir zu diesem konspirativen Treffen nicht einfach eine Frau mitbringen, die Markus nur ganz flüchtig als eine neue Freundin von Janina kennt. Hätte ich mir zwar vor zwei Wochen nicht träumen lassen, dass ich einmal »Jil« und »fehlt leider« in einem Satz verwende, aber doch, ja, ich finde es schade. Also, ich hab mich halt an sie gewöhnt. Und ...

Aber jetzt erst mal Markus. Was ist das Problem mit den Russen? Er räuspert sich. Scheint nervös zu sein. Sieht man selten bei ihm. Er ist ein Riese von einem Mann. Seine drahtigen pechschwarzen Haare sind immer perfekt in Form, und wenn er nicht dauernd mit leichtem Übergewicht zu kämpfen hätte, könnte er glatt als Nachrichtensprecher durchgehen. Die Ruhe dazu hätte er jedenfalls. Normalerweise. Jetzt, wo es schönster-Tag-unseres-Lebens-technisch in die entscheidende Phase geht, ist er natürlich in einer Ausnahmesituation. Er nimmt noch einen letzten Schluck aus der Bierflasche, dann hebt er endlich an.

»Gut, also, um es kurz zu machen, in ein paar Minuten kommt uns mein Arbeitskollege Vladimir Barenkow besuchen. Vladimir und seine Kollegen sind Gäste bei unserer Hochzeit. Alles sehr nette und herzliche Menschen. Wirklich.«

Das erinnert mich gerade ganz ungut an den Moment, als Jil neulich mit »Schloss Walchenau ist wirklich wunderschön« begonnen hatte. Hat Vladimir auch einen Drachen versteckt?

»Was mir Sorgen macht: Vladimir spricht die ganze Zeit davon, dass sie gewisse Pläne ...«

Es klingelt an der Tür. Ein ebenso forsches wie fröhliches Klingeln, finde ich. Wie ein Bär, der zufällig vorbeikommt und sich spontan selbst zum Essen einlädt. Markus schluckt kurz.

»Das ist er wohl schon. Lasst es euch einfach von ihm selbst erzählen.«

Wenige Augenblicke später sitzt Vladimir in unserer Runde. Zumindest was den Punkt »Baum von einem Mann« betrifft, passen Markus und er perfekt zusammen. Nicht, dass auf dem Dreiersofa, das die beiden in Beschlag nehmen, kein Platz mehr für eine dritte Person wäre. Aber die dritte Person sollte sich das gut überlegen. Zwischen den beiden käme man sich nämlich vor wie ein minderjähriges Erdmännchen.

Was den Punkt »Zuversicht« betrifft, ist Vladimir

allerdings das krasse Gegenteil von Markus. Er kommt gleich auf den Punkt.

»Iich liebe deutsche Hochzejten!«

Er spricht es und klatscht dabei in seine Pranken, als müsste er sich sehr zurückhalten, nicht gleich hier, jetzt und sofort mit dem Feiern zu beginnen. In seinen Bärenaugen blitzt der Schalk, ach, was sage ich, eine ganze Schalk-Armee. Und während er ausbreitet, warum er und seine Landsleute sich so auf die Hochzeit freuen, wächst die Anzahl der Sorgenfalten auf unseren Stirnen im Minutentakt. Allein schon Vladimirs Vorstellungen von Markus' Junggesellenabschiedsabend sind ein einziges Weltuntergangsszenario. Wenn wir auch nur die Hälfte von dem trinken, was er sich ausmalt, wird der eine Erholungstag, den Janina und Markus zwischen den Junggesellenabschied und die Hochzeitsfeier geschoben haben, niemals ausreichen. Wir können schon froh sein, wenn wir überhaupt mit dem Leben davonkommen. Und vor allem für Markus gibt es kein Pardon. Er hat vor einem Jahr die Übernahme der russischen Firma Koshniki Vacutech in St. Petersburg eingeleitet. An der gelungenen Integration des Unternehmens hängt seine ganze Karriere. Es ist also völlig unmöglich, Vladimir und Kollegen von seinem Junggesellenabschied auszuschließen.

Und weil keinem von uns spontan einfällt, wie wir Vladimir glaubhaft vermitteln können, dass Junggesellenabschiede in Salzminden traditionell mit Kräutertee und einem Spaziergang durch die heimischen Auen begangen werden, fragen wir ihn, um Zeit zu gewinnen, was ihm denn sonst noch solche Vorfreude bereitet. Wieder blitzen seine Augen, und ich kann die Anspannung in Markus' Körper fast spüren.

»Iich muss ejch sagen, Deutschland hat beste Hoochzeitsbräujche von der chanze Welt! Habe challe nachgelese in ejne Buch.«

Wieder klatscht er in die Hände. Dazu guckt er geheimnisvoll, und der Schalk in seinen Augen macht dazu Luftsprünge.

»Tja, Mensch, Vladimir, das freut uns. Nur, hm ...«

»Also ... könntest du uns vielleicht verraten, was genau du vorhast?«

»Vielleicht können wir euch ja ... helfen?«

Er schaut etwas irritiert in die Runde und schüttelt energisch seine Riesenbirne. Aber wir geben nicht auf. Henriette legt ihren Kopf schief und holt ihr Überzeugungslächeln mit der höchsten Durchschlagskraft heraus. Dem kann niemand widerstehen. Vladimir fährt seine gesamte Willenskraft auf, aber am Ende hat er keine Chance. Er holt Luft.

»Gut, iech sage ejch. Aber nur ...«

Sein Grinsen wird so breit, dass selbst die Grinsekatze aus »Alice im Wunderland« sich in Ehrfurcht vor ihm verneigen würde.

»Nur, wenn Machrkus verlässt diese Raum, harharhar!«

AUFS OHR

Wirklich ein Glück, dass Markus den Raum verlassen hat. Seine Nerven wären im Moment zu schwach, um die Vladimir-Pläne zu verkraften. Wir vier mussten alle auch erst einmal kräftig schlucken. Aber gut, dass der Kerl überhaupt damit rausgerückt ist. Noch haben wir alle Zeit der Welt, um Maßnahmen zu ergreifen. Nur welche?

Henriette findet als Erste die Sprache wieder.

»Also, ich fasse noch mal zusammen, Vladimir: Ihr plant eine Brautentführung?«

»Riechtig. Supr alte Brauch.«

»Und ihr wollt das wirklich durchziehen? Janina nach der kirchlichen Trauung kidnappen und mit ihr durch die Kneipen der Stadt ziehen, bis Markus euch findet?«

»Und Machrkus zahlt Zeche. Wierd lustieg.«

»Hm, und ... wenn er euch nicht findet?«

»Oh, wier mache niecht so chwer. Wier chinterlasse Chinweise und in spätestens driette Chneipe bleiben wier und warten. Und Janina muss niecht viell trienken. Sagen wir fienf Vodka. Gut?«

Vladimir reibt sich seine riesigen Pranken. Er ist wild entschlossen. Mist. Natürlich gibt es normalerweise kaum etwas gegen eine kleine Brautentführung einzuwenden, aber wenn Russen und Alkohol dabei im Spiel sind, und Janina mit ihrem Schönster-Tag-des-Lebens-Spleen ... Nein, besser nicht. Aber was machen wir mit

Vladimir? Einem Russen einen Plan ausreden, der mit Trinken zu tun hat, das ist ungefähr so schwer, wie einen freistehenden Mittelstürmer zu überzeugen, nicht aufs Tor zu schießen.

»Weißt du, Vladimir, es gibt ja auch noch andere tolle Bräuche. Ihr könntet euch doch auch einfach vor die Kirche stellen und, äh, Reis werfen.«

»Chreis werfen?«

Nein, so kommen wir auf keinen grünen Zweig.

»Vladimir, worauf Henriette hinauswill, ist Folgendes: In Salzminden sind Brautentführungen abgeschafft worden.«

Die anderen machen große Augen, aber Vladimir schaut zum Glück nur zu mir. Er hat mit dem Händereiben aufgehört.

»Wieso abgeschafft?«

»Oh, ganz einfach. Vor ein paar Jahren ist etwas Fürchterliches passiert. Eine Braut wurde entführt und, tja ... Also wirklich eine schlimme Geschichte.«

»Was?«

»Man redet hier nicht gerne darüber. Es war einfach ... sehr, sehr schlimm, nicht wahr, Henriette?«

»Oh ja, entsetzlich. Wirklich ganz, ganz tragisch.«

»Drei Tage Trauerbeflaggung in der Stadt.«

»Ich möchte gar nicht mehr daran erinnert werden.«

»Jedenfalls, seitdem keine Brautentführungen mehr in Salzminden. Jeder Wirt, bei dem eine Gruppe mit entführter Braut auftaucht, dreht sofort den Zapfhahn zu.«

»Zapfhahn zu?«

Jetzt macht Vladimir große Augen. Ich habe den richtigen Ton getroffen.

»Zapfhahn zu. Und ein Jahr Lokalverbot. Also entführt, wen auch immer ihr wollt, aber nicht die Braut. Okay?«

»Okay.«

Armer Kerl. Sein Schalk ist in sich zusammengesunken und weint. Ich lege ihm die Hand auf die Schulter.

»Mach dir nichts draus. Dafür lassen wir es beim Junggesellenabschied richtig krachen, okay?«

Oh nein, warum habe ich das gesagt? Der Glanz kehrt sofort in Vladimirs Augen zurück. Und was für ein Glanz. Mitleid ist einfach ein schlechter Ratgeber. Aber gut, Hauptsache, Janina wird nicht von einer wilden Russenhorde durch die Kneipen geschleppt, während sie eigentlich mit ihrem Bräutigam im Schlossgarten lustwandeln sollte. Den Rest kriegen wir schon geregelt.

Wir holen Markus wieder herein. Er sieht nervös aus. Im Moment können wir aber nicht frei sprechen. Erst eine halbe Stunde später verabschiedet sich sein russischer Kollege mit dem Faible für Hochzeitsbräuche. Natürlich nicht, ohne allen von uns noch einmal schelmisch zuzuzwinkern. Kaum hat Markus die Haustür hinter ihm geschlossen, stürzt er zurück zu uns ins Wohnzimmer.

»Was hat der Verrückte vor? Redet!«

»Och, nichts weiter.«

»Entspann dich, Markus.«

»Wir haben alles im Griff.«

»Verlass dich auf uns.«

Er stößt einen tiefen Seufzer aus. Kein Seufzer der Erleichterung. Mehr so: »Warum das alles? Und warum ich?«

Vielleicht ist es doch besser, wir sagen es ihm.

»Okay, wenn du es unbedingt wissen willst: Die Russen wollten eine Brautentführung machen.«

»WAS?«

»Ganz ruhig. Wir haben es ihm ausgeredet.«

»Wirklich? Ausgeredet?«

»Wenn ich es dir sage.«

»Vladimir etwas ausreden, ich wusste gar nicht, dass das überhaupt geht.«

»Man muss es nur richtig anpacken.«

»Vielen Dank. Echt, vielen Dank.«

»Aber um den Junggesellenabschied mit denen kommen wir nicht herum.«

»Will ich auch gar nicht, Tim. Im Gegenteil, ich freue mich drauf.«

Oho. Weiß er auch, was er da sagt? Da steht uns wohl wirklich noch einiges ins Haus. Markus lässt sich zurück in die Polster sinken. Wieder ein tiefer Seufzer. Was ist denn jetzt noch? Ich habe keine Lust zu fragen. Irgendwie waren die Verhandlungen mit Vladimir doch ganz schön anstrengend. Aber das Nachfragen erledigt bestimmt gleich Patrick. Wenn einer eine Ader für geheime Sorgen und Nöte bei seinen Mitmenschen hat, dann er. Und er kann auch viel einfühlsamer fragen als wir alle.

»Was ist, Markus? Ich sehe immer noch eine Kummerwolke über deinem Haupt.«

Na bitte.

»Ach, nichts.«

Einsatz Henriette. Überzeugungslächeln. Fünf Sekunden reichen.

»Na gut, ich mache mir Sorgen wegen … ja, okay, wegen des Feuerwerks von Janinas Vater.«

»Ach komm, Markus, das wird der sagenhafte Höhepunkt einer romantischen und berauschenden Feier.«

»Ja, ja.«

»Im Ernst, man hört nur Gutes von Nashashuk Zieglers Feuerwerken.«

»Ich sehe schon das Schloss in Flammen stehen.«

»Er baut sein Zeug fast hundert Meter weg vom Schloss auf. Und, wie gesagt, der hat über zwanzig Jahre Erfahrung.«

»Ich verstehe echt nicht, warum dich ausgerechnet das Feuerwerk so beunruhigt?«

Markus ist wirklich runter mit den Nerven. Ein Glück nur, dass er nicht von Frau von Weckenpitz und den ganzen anderen, wirklich großen Gefahren auf unserer Liste weiß.

»Okay, es ist nur ... ich habe Angst vor Feuerwerken.«

Kaum hat er es ausgesprochen, wird sein Kopf rot wie eine Leuchtfeuerkugel. Armer Kerl, das braucht ihm doch vor seinen Freunden nicht peinlich sein. Ich denke es und fühle gleichzeitig, wie etwas anderes in mir hochsteigt. Ganz ruhig, ich habe es im Griff, ich ... ich ...

»BRUHAHAHAHAHAHA!«

Ich will nicht, aber ich kann nicht anders. Es lacht einfach aus mir heraus, und je mehr ich versuche aufzuhören, desto heftiger wird es. Das war schon immer so bei mir. Egal, wie gern ich die Leute habe oder wie viel Respekt ihnen gebührt, wenn ich etwas lustig finde, kann ich mich nicht beherrschen. Ganz schlimm ist es, wenn jemand hinfällt. Egal, ob meine Oma über ihre Hundeleine, mein Klassenlehrer über meinen Schulranzen oder mein Chef über mein Netzkabel stolperte, sie alle wurden anschließend von meiner Gelächter-Druckwelle fast an der nächsten Wand zerquetscht. Manchmal glaube ich, die Leute fabrizieren all diese lustigen Unfälle mit Absicht, um mich bloßzustellen. Jede Wette, sollte der Dalai Lama einmal nach Salzminden kommen, wird er direkt vor meiner Nase über seine Buddhisten-Toga stolpern und umfallen, so richtig schön in Zeitlupe und mit wild rudernden Armen. Und während die anderen ihm höflich schweigend wieder aufhelfen, werde ich mich, unter Missachtung sämtlicher Lärmschutzgesetze, ins Nirvana lachen.

Markus und die anderen gucken schicksalsergeben an die Decke. Sie kennen mich und wissen, dass ich mich wieder einkriege. Gleich hab ichs ... Nur, wenn ich daran denke, dass Markus Mitscherlich, Führungskraft bei CGK Vakuum-Technik, Angst vor einem Feuerw... Stopp, stopp. Ich muss an was anderes denken. An traurige, entsetzliche Dinge. Das ist die einzige Rettung. Ich schaffe das, ich schaffe das ...

Fünf in Gedanken überfahrene Kaninchen plus einen fiktiven Kaffee mit Silvio Berlusconi später kann ich wieder normal atmen. Ich schaue vorsichtshalber auf den Boden. Zu groß die Gefahr, dass es wieder von vorne losgeht, wenn ich Markus' Gesicht sehe. Aber das hilft am Ende auch nichts. Seine Worte reichen schon.

»Es war halt so, ich bin als Kind von einer schief abgeschossenen Silvesterrakete am Ohr getroffen worden, und seitdem ...«

»BRUHAHA! ... Tschuldigung.«

Markus redet weiter und versucht, mich nicht zu beachten.

»Und es stimmt zwar, Janina und ich haben uns wirklich zum ersten Mal bei einem Feuerwerk geküsst. Aber das war eigentlich ein Missverständnis. Sie dachte nämlich, ich würde zittern, weil ich so ergriffen bin. Und das fand sie so rührend, dass ... Oh, und sie denkt es übrigens heute immer noch.«

Bloß schnell raus in den Garten. Ich halte es nicht

mehr aus. Komisch. Sobald die Tür hinter mir zu ist, habe ich überhaupt keinen Drang mehr zu lachen. Was bin ich für ein komischer Freak. Ich bleibe ein paar Minuten und schäme mich. Als ich wieder hereinkomme, sind die anderen schon dabei, das Thema abzuhaken. Sie haben beschlossen, dass Markus sich zusammenreißen wird. Das Feuerwerk dauert schließlich nur zehn Minuten, und als psychologische Stütze kriegt er für diese Zeit, ganz unauffällig, ohne dass Janina davon was mitbekommt, einen Feuerlöscher in Griffweite gestellt.

»Vielleicht regnet es ja auch, Markus. Dann geht das sowieso nicht mit dem Feuerwerk, oder?«

»Es wird nicht regnen, Bülent.«

»Schon klar, das hoffen wir alle. Aber es könnte ...«

»Es wird nicht regnen. Janina hat fünfhundert Euro für eine individuelle Wettervorhersage für diesen Tag ausgegeben. Und die sagt, dass wir die ganze Zeit strahlenden Sonnenschein in Salzminden und Walchenau haben werden. Wenn das nicht stimmt, kriegen wir das Geld zurück.«

»Klingt seriös.«

»Na prima. Und ab sofort hören wir auf, uns verrückt zu machen, und freuen uns einfach drauf, okay?«

»Okay, Henriette.«

»Alles klar, Markus?«

»Alles klar.«

»BRUHAHA! ... Tschuldigung, ich hör jetzt echt auf.«

TEIL 2

OHNE WORTE

Perverses Schwein

Der Tag, der Janinas und Markus' schönster Tag des Lebens werden soll, 10:39 Uhr.

Was das Standesamt betrifft, haben wir in Salzminden großes Glück. Ein ultraromantischer alter Bau im Neoirgendwas-Stil, mit Treppengiebel, ein paar Erkern, Zierdingens um die Fenster herum, drinnen holzgetäfelte Wände und, ganz wichtig, eine große Freitreppe vor dem Eingang. Perfekt für Gruppenfotos. Patrick und ich stehen am Rand und beobachten die eintreffenden Gäste. Wenn alles gut läuft, werde ich in circa 17 Stunden zusammen mit ihm in einem weichen Doppelbett im Gästehaus von Schloss Walchenau liegen, und wir werden zufrieden den Schlaf der Gerechten schlafen. Doch bis dahin ist es ein weiter Weg.

Bis jetzt stimmt alles. Doch, wirklich alles. Okay, es ist ein wenig schwül, und wenn man ganz pingelig ist, könnte man sagen, es hat vorhin ein paarmal ganz von fern gegrummelt. Aber die Betonung liegt auf »ganz von fern«. Und sollte es später wirklich noch, im krassen Widerspruch zur 500-Euro-Garantie-Wettervorhersage, ein kleines Sommergewitter geben, wird das die Stimmung auch nicht kaputtmachen. Ganz im Gegenteil. Wir werden in unserem schönen Schloss Walchenau sitzen, durch die riesigen Fenster schauen und aus der Form der Blitze die wunderbare Zukunft des Hochzeitspaars herauslesen. Unvergessliche Momente, Romantik pur und so weiter. Aber wahrscheinlich zieht das Gewitterchen einfach in weiter Ferne vorbei, ohne irgendwelchen Schaden anzurichten.

Genau wie Markus' Junggesellenabschied vorgestern. Der war harmlos wie ein Fest im Seniorenheim. Ist in Salzminden auch ganz einfach. Hier ist so dermaßen herrlich nichts los. Wer die Sau rauslassen will, muss schon nach Paderborn fahren. Oder gleich nach Hannover. Aber das haben wir schön gelassen. Nichts Paderborn, nichts Hannover. Die Frage war nur, was machen wir mit Vladimir und seinen Kampftrinkerkollegen? Salzminden mag ja langweilig sein, doch es gibt selbst hier genug Alkohol, um einen Bräutigam in spe für die ganze nächste Woche lahmzulegen. Aber wir hatten eine Idee: Wir haben die Russenfraktion einfach nach Hannover geschickt. War kein Problem. Wir hatten ja immerhin schon die böse Frau von Weckenpitz zu einer frei erfundenen Schlossherren-Präsidentenwahl nach Schwaben gelotst. *Das* war wirklich ein harter Brocken. Jil hatte sich voll reingehängt. Briefpapier entworfen, Einladung verschickt, Telefongespräche geführt, Flug gebucht. Kann gut sein, dass sie damit den wichtigsten Job für die ganze Hochzeit gemacht hat. Okay, es war natürlich ursprünglich meine Idee, aber egal.

Zurück zu den Russen: Die nach Hannover zu bringen, war dagegen ein Kinderspiel. Als Vladimirs besorgter Handyanruf aus der Landeshauptstadt kam, brauchte ich nur ganz scheinheilig sagen: »Ach so, Hannover, Bar 53. Da seid ihr also. Tja, Mensch, hast du falsch verstanden, Vladimir. *Hannoversche Straße 53* hatte ich gesagt ... Ja, Salzminden ...« Und zu dem Zeitpunkt waren die Brüder natürlich schon viel zu besoffen, um wieder zurückzufahren.

Wir selbst waren natürlich auch ohne Russen ordentlich unterwegs, und ganz Salzminden war froh, als wir endlich ins Bett fanden. Das aber lag vor allem daran, dass wir Markus überzeugt haben, dass Rumbrüllen und Leutebelästigen bei Junggesellenabschieden viel wichtiger ist als Trinken. Wer zu betrunken ist, um ordentlich rumzubrüllen, dem droht großes Unglück, haben wir ihm gesagt. Braut mit unerotischem Brautkleid, fürchterliche Ehe und so. Deswegen hatten wir glücklicherweise gestern alle nur einen recht überschaubaren Kater. Plus sexy tiefe und heisere Stimmen, die jetzt leider schon wieder weg sind.

Janina hat in der gleichen Zeit mit ein paar Freundinnen in Paderborn zugeschlagen und auch gleich dort übernachtet. Und sie kam ebenfalls wohlbehalten wieder zurück. Ich habe per SMS bestätigt bekommen, dass sie heute Morgen pünktlich um sieben Uhr aufgestanden ist, um den ganzen Braut-Ankleide- und -Frisurzinnober entspannt und ohne Zeitdruck hinzukriegen. Und eine andere SMS teilte mir mit, dass die Lage bei Markus ähnlich beruhigend ist. Die beiden haben jeweils bei ihren Eltern geschlafen. Gute Maßnahme, finde ich. Einmal wegen Vorfreude, aber auch wegen Sich-nicht-gegenseitig-verrückt-Machen und so.

Und auch sonst hat heute Morgen alles perfekt geklappt. Henriette und Bülent haben Markus' völlig verdatterten Trauzeugen Kurt (dessen Weckerbatterien natürlich ausgerechnet in dieser Nacht den Geist aufgegeben hatten) aus dem Bett gezerrt und ihn in ordentliche Klamotten gesteckt. Dann haben sie ihm eine Festtagsfrisur verpasst. Und sogar seinen Personalausweis haben sie im letzten Moment noch hinter dem Kühlschrank gefunden. Den muss man nämlich als ordentlicher Trauzeuge auf dem Standesamt vorzeigen, hat Henriette gestern noch recherchiert. Jetzt sitzen sie im Taxi, und nichts kann sie mehr aufhalten, hat Bülent eben durchgefunkt.

Und mit Janinas und Markus' Eltern stimmt auch alles. Beide habe ich vor einer halben Stunde unter unscheinbaren Vorwänden angerufen.

»Macht euch auf was gefasst«, hat Torsten Mitscherlich gesagt. »Wenn ihr das Brautauto seht, haut es euch rückwärts in die Büsche, ihr Burschen!«

Und Nashashuk Ziegler hat sinngemäß das Gleiche über sein indianisches Feuerwerk gesagt, das er heute Nacht zum Besten geben will. Namida Ziegler sagte dagegen, dass Janinas Frisur viel zu künstlich aussähe, aber das werte ich eher als positives Zeichen. Ich meine, hey, eine Brautfrisur, die *nicht* künstlich aussieht, ist doch keine Brautfrisur.

Trotzdem, ich bin unruhig. Als finale Maßnahme und nur, um ganz sicher zu sein, gehe ich in das Standesamt hinein und klopfe zaghaft an die Tür des Standesbeamten. »Bertram Tschymbowski« steht auf dem Türschild. Herr Tschymbowski trägt einen Seitenscheitel und eine Brille und ist völlig alterslos. Der Inbegriff eines staubtrockenen Paragraphenreiters. Ich zucke kurz zusammen, als ich ihn sehe, aber im nächsten Moment denke ich mir, vielleicht ist das ja ganz gut für Janina. Ein größerer Gegensatz zur verregneten Ackerschlamm-Hippie-Hochzeit ihrer Eltern als Herr Tschymbowski geht gar nicht.

Herr Tschymbowski fragt, ob er etwas für mich tun könne. Seine Stimme ist ausdruckslos wie ein Schluck Wasser. Ich druckse ein wenig herum und frage nach der Mitscherlich-Hochzeit. Ja, der Termin sei wirklich heute, und ja, um Punkt elf, und nein, er habe nicht die Absicht, eine längere Rede mit selbst ausgedachten witzigen Anmerkungen zum Thema Ehe zu halten. Sehr gut, denke ich mir. Richtiger Tag, richtige Uhrzeit, keine doofe Rede von einem wildfremden Scheitelträger. Nun kann wirklich nichts mehr schiefgehen. Ich atme durch, und Herr Tschymbowski rollt dazu ungnädig mit den Augen. Mist. Ist er jetzt etwa für den ganzen Rest des Vormittags genervt? Und bin ich schuld?

»Tut mir leid, Herr Tschymbolz... bowski. Ich wollte nur sichergehen, ne.«

Ich wende mein Liebenswerter-Trottel-Grinsen an. Sonst meine schärfste Waffe, wenn es darum geht, Leute dazu zu bringen, mich zu mögen, aber Herrn Tschymbowskis Augen rollen unbeirrt weiter. Vielleicht doch lieber ein kleines Witzchen?

»Hehe, ich meine, kam doch bestimmt schon mal vor, dass wegen einer Terminverwechslung falsche Leute verheiratet wurden, was, hehe?«

Er schaut irritiert. Mist, Witze machen alles nur noch schlimmer. Meine Stimme schnappt leicht über. Ich hätte dieses Zimmer nie betreten sollen.

»Also, hehe, stell ich mir halt nur so vor. Wenn da zum Beispiel einer keine Ahnung hat, dass er eine Stunde zu früh dran ist, und er ist aufgeregt und schaut nicht groß hin, und bevor irgendeiner eingreifen kann, sagt er einfach *ja*. Und peng – verheiratet!«

Was jetzt mit Herrn Tschymbowskis Gesicht passiert, ist wirklich seltsam. Zuerst zuckt er komisch mit dem Mund herum, und es kommt mir vor, als würde er gleich zu weinen anfangen. Aber noch während ich darüber nachdenke, welchen empfindlichen Punkt ich wohl gerade mit meinen Überlegungen zu Vermählungs-Verwechselungen getroffen habe, entflieht seinen Lippen auf einmal ein Geräusch, das ich überhaupt nicht einordnen kann.

»Pfffüüüpppfffüfüfüüüüpppffffüüüüüfüfüfü!«

Herzrhythmusstörungen? Verdauungsbeschwerden? Ein Dämon, der plötzlich in ihn gefahren ist? Brauchen Sie Hilfe? So reden Sie doch!, will ich ausrufen, aber meine Zunge klebt fest.

»Pfffüüüpppfffüfüfüüüüpppffffüüüüüfüfüfü!«

Tränen treten in seine Augen. Moment, Moment. Er ... lacht?

»Pfffüüüpppfffüfüfüüüüpppffffüüüüüfüfüfü!«

Ja, er lacht! Ein Glück, wir sind gerettet.

»Pppfffüfüfüentschuldigung ... Peng! Pfffüüüpppfffüfü! Peng! Pfffffüfüfüüüü! Peng – verheiratet! Das haben Sie wirklich schön gesagt! Pfffffüfüfüüüüpppfff!!! ... Entschuldigung.«

Er schließt die Augen und schnauft ein paarmal tief durch. Armer Kerl. Es ist ihm peinlich. Wenn er wüsste, wie gut ich diese Lachmisere kenne. Ich betrachte die Landschaftsbilder an seiner Bürowand und versuche mich so zu verhalten, als fände ich alles ganz normal. Mehr kann ich nicht für ihn tun. Und für die Hochzeit ist das Ganze eh nur gut. Wenigstens ist er jetzt nicht mehr genervt.

Am Ende schafft es Herr Tschymbowski erstaunlich schnell, sich wieder einzukriegen. Ob er da irgendwelche Gedankentechniken hat? Lieber nicht fragen. Nicht heute. Wir plaudern noch ein paar Anstandssätze, dann verabschiede ich mich. Er gibt mir die Hand. Ich glaube, er mag mich jetzt doch. Wunderbar, hätte doch gar nicht besser laufen können.

Im Flur hängt ein großer Spiegel. Ich zupfe mir noch

einmal mein Jackett und den ungewohnten Schlips zurecht, teste mein Lächeln und begebe mich zurück zu Patrick. Der Platz vor dem Eingang füllt sich immer mehr mit perfekt herausgeputzten Traumhochzeitsgästen. Alle haben gute Laune. Was für ein Anblick. Wenn das Brautpaar gleich vorfährt, wird es auf eine massive Wand aus freudiger Erwartung stoßen.

»Ist der Fotograf eigentlich schon da, Patrick?«

»Da bin ich überfragt. Keiner weiß, wie er aussieht. Er muss aber ziemlich gut sein.«

»Das will ich hoffen.«

»Der hat sogar richtig Kunstfotografie an der Kunsthochschule studiert, sagt Markus. Ein alter Freund aus seiner Hannover-Zeit.«

Wie auch immer, wenn er in fünf Minuten nicht da ist, SMSe ich Markus, dass er mir seine Nummer geben soll, und dann mache ich dem Kerl Feuer unter seinem Kunstfotografenhintern.

Wir lassen unsere Blicke schweifen und gucken zwischendrin immer wieder auf unsere Ausdrucke der geheimen kommentierten Gästeliste, die Henriette gestern ein letztes Mal auf den neuesten Stand gebracht hat. Besonders nützliches Feature: Neben jedem Namen ist ein kleines Foto.

»Wer ist denn das dunkelgrüne Kleid mit der beigen Cashmere-Jacke und dem blauen Hut, dort an der Treppe, Patrick?«

Patrick braucht nur wenige Augenblicke.

»Markus' Großtante Almut, würde ich annehmen.«

»Mal sehen. Ah, hier. Ja, du hast recht.«

Wir studieren die Gastdaten.

Almut Mitscherlich *(Markus' Großtante)*
Risikoklasse: 3
Potentielle Zerstörungskraft: 2
Waffen: Schlägt im Extremfall mit Handtasche zu
Auslösende Faktoren: Alkohol, religiöse Themen
Gegenmittel: Ehemann (s. Großonkel Hans)
Anmerkungen: Mag Janina nicht

»Wohl eher ein kleiner Fisch.«
»Denke ich auch, Tim.«
»Aber schau mal da vorne, der Schnauzbart im Trachtenanzug mit kölschem Akzent. Der hat es in sich.«
»Lass sehen.«

Diethart Füllkrug *(Inhaber von Auto Füllkrug, Köln. Geschäftsfreund von Markus' Vater)*
Risikoklasse: 6
Potentielle Zerstörungskraft: 7
Waffen: Witze
Auslösende Faktoren: Witze von anderen, heitere Stimmung
Gegenmittel: Keine
Anmerkungen: Lacht so laut wie ein Kampfjet

»Genau so sieht er auch aus, Patrick. Mist.«
»Ja, dieser Bauch birgt gewaltigen Resonanzraum.«
»Und warum zur Hölle trägt er einen Trachtenanzug?«
»Er liebt Bayern und macht da immer Urlaub. Und den Trachtenanzug trägt er heute, weil er ihn fröhlicher findet als einen normalen Festtagsanzug, wurde mir berichtet.«

»Um Himmels willen. Wir müssen aufpassen, dass er weit weg vom Brautpaar sitzt. Und am besten, wir pflanzen zwei Trauerklöße neben ihn.«

»Bin nicht sicher. Trauerklöße sind manchmal ... Oh Gott!«

Wir starren beide gebannt auf einen alten Mann im Elektrorollstuhl, der sich mit ca. 50 km/h der Menschenversammlung nähert. Er umkurvt mit quietschenden Reifen die ersten Pulks und legt schließlich eine Punktbremsung wenige Zentimeter vor den Knien eines anderen alten Mannes hin. Den scheint das Ganze aber nicht weiter zu überraschen. Die beiden begrüßen sich mit großem Schultergeklopfe.

»Okay, das ist dann wohl eindeutig der da.«

Ich deute wieder auf die Liste.

Erich Kowalski, Rufname »Turbo-Erich«
(Janinas Großvater)
Risikoklasse: 3
Potentielle Zerstörungskraft: 5
Waffen: Schneller elektrischer Rollstuhl
Auslösende Faktoren: Keine, immer gefährlich
Gegenmittel: Batterie verschwinden lassen
Anmerkungen: Eigentlich ganz nett

»Nur Risikoklasse drei? Erstaunlich, wenn man sein Tempo eben bedenkt.«

»Er hat sein ganzes Leben lang nur leistungsschwache VWs gefahren. Erst mit dem Rollstuhl hat er den Rennsport für sich entdeckt. Aber er soll recht sicher am Steuer sein.«

»Lass es uns hoffen. Und ihn vom Alkohol fernhalten.«

»Hallo, die Herren! Oh, ich bin schon so aufgeregt!«
Jil.

Sie trägt ein schulterfreies gelbes Kleid mit Trägerdingens um ihren Hals. Wow! Und ihren großen Mund ziert hellroter Lippenstift, der ihn noch schöner macht. Also, wenn sie mir einfach so auf der Straße begegnen würde ... Aber das gehört jetzt nicht hierher. Wir sind im Einsatz. Ich räuspere mich.

»Hallo, Jil.«

»Hey, Tim.«

»Herzlich willkommen auf Janinas Traumhochzeit! Du siehst großartig aus, Jil. Jedes Sonnenblumenfeld würde sich sofort vor dir verneigen.«

»Ooh, danke Patrick!«

Jetzt ist aber gut. Konzentriert euch gefälligst auf unseren Job. Nur weil bis jetzt alles glattgelaufen ist, heißt das noch lange nicht ... Hey! Da haben wir es ja schon. Erste Krise! Was bitte erlaubt sich der Typ da hinten eigentlich? Der hat sie wohl nicht mehr alle! Ich stupse Patrick und Jil an und deute mit dem Kinn in die Richtung des Untäters. Ihre Gesichter sagen beide ebenfalls, dass da etwas getan werden muss. Und zwar sofort.

»Bleibt hier, ich regle das.«

Ganz ruhig. Die erste Krise, nichts weiter. Das Brautpaar ist noch nicht da. Die Eltern auch nicht. Alles im grünen Bereich. Das ist jetzt sozusagen zum Warmwerden. Einfach das Problem lösen. Ganz diskret, ohne Aufregung. Gefühle ausschalten, sachlich bleiben. Nur kein Eklat. Konzentration. Unauffällig von der Seite nähern. Geschafft. Und jetzt mit einer Stimme wie ein Sicherheitsmann aus einem britischen Agententhriller:

»Sir, könnte ich Sie bitte einen Moment sprechen?«

»Wenn es sein muss. Warum zur Hölle nennen Sie mich *Sir*?«

»Lächerlich, zugegeben. Aber ich würde Sie trotzdem gern sprechen.«

Okay. Kein guter Anfang. Aber ich kann mich ja steigern.

»Hören Sie, ich habe zu tun.«

»Das haben wir bemerkt. Darf ich fragen, wie Sie dazu kommen, sich in eine Hochzeitsgesellschaft zu drängen und den Damen unter den Rock zu fotografieren?«

So sieht es nämlich aus. Perverses Schwein. Das hier soll Janinas Traumhochzeit werden, und ich werde nicht zulassen, dass ...

»Man hat mich als Hochzeitsfotografen engagiert.«

»Ach ja? Wer hat Sie denn engagiert?«

»Markus Mitscherlich. Das ist der Bräutigam, falls es Sie interessiert.«

»Oh ... Ausgezeichnet. Ähm, und haben Sie weiterhin die Absicht ...?«

»Wer sind *Sie* eigentlich?«

»Ich ... ich bin hier für den reibungslosen Ablauf zuständig und ...«

»Ich sage es Ihnen gleich, wenn Sie mir reinreden wollen, wie ich meine Fotos zu machen habe, packe ich ein und gehe.«

»Aber ...«

»Ich bin Künstler. Ich mache den Quatsch hier nur, weil Markus mich darum gebeten hat. Und er kann gottfroh sein, dass er morgen von mir nicht den üblichen Hochzeitsmist präsentiert bekommt, sondern endlich mal ein paar ungewöhnliche Blickwinkel. Geht das in Ihren Schädel rein, Mister reibungsloser Ablauf?«

»Schon gut, schon gut. Bitte nicht so laut.«

»Wenn Sie noch einmal näher als fünf Meter an mich herankommen, dann hören Sie, was richtig laut ist!«
»Verstehe. Ich verschwinde dann wohl mal be...«
»Und dann auch noch Ihr Hemd und Ihr Schlips!«
»Wie meinen?«
»Die Farbwirkung! Nicht zum Aushalten! Schon mal was vom lumometrischen Kehrkontrast gehört? Nein, natürlich nicht! Gehen Sie mir bloß aus den Augen, Sie vollignorante optische Pest!«

Ich spaziere lächelnd durch die Menge, als wäre nichts gewesen. Jil und Patrick sehen mich fragend an, und ich winke müde ab. Sobald die erste Großtante dem durchgeknallten Künstlerfotografen eins mit der Handtasche überbrät, hat sich das Problem hoffentlich von selbst gelöst.

Das Meer vor Moses

Alte Damen sind heute auch nicht mehr das, was sie einmal waren. Echt jetzt. Die finden es sogar lustig, dass der Fotografenheini ihnen unter den Rock fotografiert, und fangen an, mit ihm zu flirten. Das findet aber wiederum der Fotografenheini nicht so lustig. Die Motive sollen ja nicht auf das kunstschaffende Medium reagieren, oder so ähnlich. Jedenfalls ist er nach einigem Rumgefluche auf einen Mauervorsprung geklettert und fotografiert seitdem junge Männer auf den Scheitel. Witzig. Alte Frauen unter den Rock, junge Männer auf den Scheitel, ich verstehe langsam, wie Fotokunst funktioniert. Aber egal jetzt. Viel wichtiger: Das Taxi mit Henriette und Bülent samt Trauzeugen Kurt Langmuth fährt gerade vor.

Die Türen werden geöffnet. Schon wieder wow! Henriette trägt ein strahlend blaues Kleid mit Rüschenärmeln und hat sich einen neckischen Haarkranz geflochten. Was für eine Erscheinung. Und Bülent ist auch nicht schlecht. Sein schwarzer Anzug liegt gewagt eng an, aber er kann so was tragen, finde ich. Doch der optische Höhepunkt ist eindeutig Trauzeuge Kurt. Er steckt in einem perfekt sitzenden grauen Cut aus dem Festtagsklamottenverleih und läuft in richtig eleganten, auf Glanz polierten schwarzen Schuhen. Und seine langen Haare wurden von Henriette rigoros in Form gelegt. So rigoros, dass er nichts mehr daran kaputtmachen kann, obwohl er sich dauernd ungläubig mit den Händen durch den ungewohnten Kopfputz fährt.

Ich muss lachen. Der gute Kurt ist ein wichtiger Mann in meinem Leben. Wie gesagt, ich fühle mich wohl in Salzminden, weil sich hier nie was ändert und so. Aber manchmal springt mich dann doch dieses blöde Gefühl an, dass das wahre Leben ganz woanders abläuft. Und dagegen hilft nichts besser, als zusammen mit Kurt ein paar alte Hollywoodstreifen aus seiner DVD-Sammlung anzuschauen. Irgendwas mit Humphrey Bogart, Gary Cooper und den ganzen Nasen. Das bringt jedes Mal so viel große, weite Welt in meinen Kopf, dass es wieder für lange Zeit reicht.

Kurt sieht uns, winkt und stolpert erst mal über seine ungewohnt langen Schuhspitzen. Zum Glück war es nur ein sehr gewöhnlicher Stolperer, keiner von der Güteklasse, die mich zum Lachen bringt. Und seine Begleiter sind wirklich auf Zack. Bülent verhindert, dass er auf der Nase landet, und Henriette sammelt seinen Ausweis auf, der ihm aus der Tasche gefallen ist, und steckt ihn unauffällig in ihre Handtasche. Beruhigend zu sehen. Was die Bank von England für Geld ist, ist Henriettes Handtasche für Ausweise von schusseligen Trauzeugen. Kaum haben sich die drei zu uns gesellt, trifft auch Svea ein, die zweite Trauzeugin. Dunkelgrünes Kleid mit asymmetrischem Dekolletee, dazu helle Pumps. Wunderbar, was für eine Ruhe ihre Kleidfarbe ausstrahlt. Leider ist das das Einzige, was an Svea ruhig ist. Schon unter normalen Umständen hat sie dauernd Hummeln in der Buxe. Deswegen versteht sie sich wahrscheinlich auch so gut mit Janina. Janina die ruhige Eiche, ihr wisst schon, und Svea der Kolibrischwarm in ihren Zweigen. Und heute hat die Eiche Hochzeit, und der Kolibrischwarm ist natürlich in Aufruhr, dass man fast in Deckung gehen muss.

»Oh Gott, ich bin so aufgeregt! Ich habe kaum mein Auto in die Parklücke bekommen! Wie sehe ich aus? Und ist sonst alles in Ordnung? Sagt schon!«

»Du siehst großartig aus, Svea! Und mach dir keine Sorgen, alles im Lot.«

Schade, dass ich kein tragbares Lot-o-Meter habe, das ich ihr zum Beweis vor die Nase halten kann. Sie zittert ja richtig.

»Die Ringe habe ich hier. Aber das Ersatzbrautkleid ist im Auto. Mamma mia, hoffentlich wird es nicht gestohlen, während wir im Standesamt sind. Ich darf gar nicht daran denken! Ich habe doch immer noch den alten Audi, bei dem das eine Türschloss kaputt ist. Soll ich es doch lieber in den Kofferraum tun? Aber dann zerknittert es. Ich ...«

Patrick umarmt sie sanft. Eine gute Maßnahme.

»Immer mit der Ruhe, Svea«, sagt Henriette. »Das Kleid haben wir doch nur für den Fall organisiert, dass irgendwas ganz Außergewöhnliches mit Janina passieren sollte. Aber das allein ist schon recht unwahrscheinlich. Und dass Janina in den Teich fällt *und* das Ersatzkleid aus dem Auto gestohlen wird ... Um so viel Pech bei einer einzigen Hochzeit zu haben, müsste man schon Dornröschen heißen, meinst du nicht?«

»Bei meinem Admiral ist schon seit Jahren das Türschloss kaputt. Und überhaupt, wer stiehlt schon Brautkleider?«

»Okay, okay. Ich muss mal runterkommen.«

Svea schließt die Augen und schnauft durch. Es beruhigt sie, in unserer Mitte herumzustehen. Sehr gut. Leider währt die Ruhe nicht lange.

»Da kommen Janinas Eltern!«

Stimmt. Es gibt in ganz Salzminden nur einen roten 1994er Golf mit aufgemalten blauen, gelben und orangen Blumen. Praktisch. Brauchten sie sich nicht extra den für Hochzeiten obligatorischen Riesenstrauß auf die Motorhaube pappen. Nur ganz dezent zwei blaue Schleifen an den Außenspiegeln. Haben sie wirklich charmant gemacht, finde ich. Trotzdem gut, dass Janina in einem anderen Auto hierhergefahren wird. Wenn man allein bedenkt, wie viele Trommeln und Fackeln und sonstiges Zeug, das sie von der Schlammhochzeit ihrer Eltern in unguter Erinnerung hat, im Lauf der Jahre schon in diesem Blumengolf herumtransportiert wurden. Und ich glaube, Janinas Eltern nehmen es ihr auch nicht übel, dass sie an diesem wichtigen Tag lieber von Anfang an in das offizielle Brautauto steigt, das Markus' Vater klargemacht hat.

Und wenn man vom Teufel spricht, genau in diesem Moment kommt dieser Wagen auch schon um die Kurve geschossen. Alle Achtung. Ein weißer Porsche Panamera. Dieses Riesenschiff mit vier Türen, in das die ganzen anderen Porsche-Rennsemmeln mindestens dreimal reinpassen würden. Eigentlich das peinlichste Angeberauto, das man sich vorstellen kann, aber heute lassen wir mal fünfe gerade sein.

Ein gewagtes Tempo für ein Brautauto legt Markus' Vater da vor. Der Blumenstrauß auf der Motorhaube macht einiges durch. Wir sehen das Brautpaar kurz aus dem Fenster winken, dann sind sie auch schon in Richtung Parkplatzeinfahrt vorbeigezischt. Markus' Vater will uns mit den sportlichen Eigenschaften des Wagens vertraut machen. Auf den letzten Metern überholt er das Blumenmobil von Janinas Eltern, beschleunigt noch mal auf Reisegeschwindigkeit und legt dann auf dem für das Brautpaar ausgewiesenen Parkplatz ganz vorne eine Vollbremsung hin.

Die Fahrertür fliegt auf, und der Bräutigamvater strahlt in die Menge. Scheint fast so, als ob er enttäuscht ist, dass er keinen Applaus bekommt. Im nächsten Moment entsinnt er sich aber seiner Aufgaben und öffnet den anderen Insassen die Türen. Markus und Janina krabbeln heraus. Zum ersten Mal sehen wir sie in voller Hochzeitsmontur nebeneinander. Was für ein Anblick! Es stört gar nicht, dass Diethart Füllkrug nebenan seinen alten Freund Torsten Mitscherlich an seinen Trachtenbauch drückt und die ersten lauten Witze auf Kölsch loswird. Selbst ein trötender Elefant könnte Janina und Markus in diesem Moment nicht die Schau stehlen. Ein wenig gebeutelt von den G-Kräften in den letzten Kurven sehen sie zwar aus, aber ansonsten so überwältigend schön, mir bleibt die Luft weg.

Janina ganz in Weiß!

Ihre Haare, also echt, ich wusste gar nicht, dass man so was mit ihnen machen kann. So hochgesteckt, dass sich eine kecke Stirntolle bildet, und an den Seiten mit kleinen weißen Papierblümchen drin und so. Und natürlich das Kleid! Reicht unten fast bis auf den Boden und umschmeichelt von der Hüfte aufwärts ihre Figur. Und oben ist noch so was reich Verziertes, Tülliges drangenäht, was über ihre Schultern fließt und sich hinter ihrem Nacken zu einer Art Stehkragen schließt, keine Ahnung, wie man das nennt. Jedenfalls ist sie wirklich eine Elfenprinzessin von Braut. Ein kleines Wunder, dass Markus noch nicht bewusstlos vor Glück ist. Doch er steht wie eine Eins neben ihr. Dunkler Frack, champagnerfarbene Weste und der unvermeidliche Zylinder auf dem Kopf.

Sie halten sich an den Händen und lächeln. Und was für ein Lächeln! Eine Prise Verlegenheit, ein paar Krümel Unsicherheit und ein Hauch Ängstlichkeit, aber darunter ganz viel großes und sehr, sehr ansteckendes Glück. Und jetzt bricht wirklich spontan Applaus aus. Und auch der Applaus ist wunderschön. Hundert Prozent Freude, dass man jetzt mit ihnen sein darf. Und das große, sehr, sehr ansteckende Glück, das aus Janina und Markus herausstrahlt, wird dadurch sogar um noch ein Stück größer. Janina sieht mich und lächelt mir zu. Ich kann nicht anders, ich arbeite mich zu ihr vor.

»Hallo, Schöne. Geht es dir gut?«

Ihr Blick. Die warmen braunen Augen. Die kleine Eiche, die »Was stellen wir heute an?« fragt … und die mich plötzlich an sich drückt und ganz uneichenhaft »Ich bin so froh, dass ihr da seid« in meinen Hals raunt. Ich drücke vorsichtig zurück. Was weiß ich, was man bei so einem Brautkleid alles kaputtmachen kann.

»Hey, es wird alles wunderbar. Ich habe ein gutes Bauchgefühl.«

»Wirklich?«

Mist. Sie kennt mich viel zu gut und weiß ganz genau, wann ich lüge. Jetzt raune ich auch in ihren Hals.

»Ich weiß es doch auch nicht. Bin gerade genauso aufgeregt wie du. Aber wir sind alle bei euch. Die ganze Zeit. Und wir schaukeln das. Verlass dich drauf, ja?«

»Ich habe gehört, dass …«

Was auch immer sie gehört hat, wir können jetzt nicht mehr darüber reden. Die Prozession aus Eltern, Trauzeugen und Bräutigam hat sich aufgestellt. Nur noch sie fehlt. Janina sagt »Ja, ja, ich komme schon«, gleitet an ihren Platz und hakt sich bei Markus unter.

Hätte ich als Elfjähriger gewusst, dass sie eines Tages

jemand anderen heiraten würde als mich, ich hätte mich sofort vor einen Zug geworfen. Schon irgendwie ein kleines Wunder, dass ich mich heute darüber freuen kann. Aber es ist ja zwischendrin so viel passiert, sie die ganze Zeit mit Markus und ich die zehn Jahre mit Selina. Lange Geschichte. Und obwohl das mit Selina für mich noch immer nicht ausgestanden ist, in diesem Moment ist alles ganz weit weg. Janina schaut sich noch einmal um. Ich sehe noch einmal ihre Augen. Und ganz tief darin verborgen die Angst eines Menschen, dem dieser eine Tag so viel bedeutet. Und noch irgendwas. Etwas ganz Großes. Ein Fragezeichen. Oder ist es ein Ausrufezeichen? Vielleicht auch beides. Aber bevor ich mehr erkennen kann, dreht sie sich wieder um.

Hinter dem Brautpaar stehen die Trauzeugen. Die zappelige Svea mit Kurt, der sich immer noch nicht sicher zu sein scheint, ob das hier ein Film oder die Wirklichkeit ist. Und hinter ihnen die Eltern. Margitta und Torsten Mitscherlich, stolz und erwartungsvoll, und Namida und Nashashuk Ziegler, so zufrieden und gelassen, wie Menschen nur sein können. Und die beiden sehen großartig aus. Festlich, aber nicht überkandidelt, und keine Spur von Hippietum. Man kann fast spüren, dass sie sich fest vorgenommen haben, heute etwas wiedergutzumachen. Und so, wie es bisher gelaufen ist, könnte es vielleicht auch klappen. Ringsherum werden Kameras gezückt und unter den verächtlichen Blicken des Fotografenkünstlers Dutzende Fotos für die Privatalben geschossen. Ich gehe zurück zu meiner Bande und schaue mir die Sache von weitem an.

Kann nicht mit diesem Moment einfach alles vorbei sein?, schießt es mir durch den Kopf. Ein kurzer Auftritt, Lächeln, Applaus, Fotos, fertig? Ich sehe Jil neben mir und will mich im nächsten Moment schon wieder für meinen feigen Gedanken ohrfeigen. Jetzt schon alles vorbei? Wo Janina und Markus noch nicht einmal »ja« gesagt haben? Wozu haben wir dann Frau von Weckenpitz nach Schwaben geschickt und das Ganze?

Aber ich brauche gar nicht darüber nachzudenken, ob es angemessen wäre, mich selbst zu ohrfeigen. Jil hat nämlich meine Hand genommen. Die rechte. Die, die ich zum Ohrfeigen brauchen würde, mit der linken treffe ich mich nämlich nie im Leben. Ist jetzt auch nicht so wichtig. Denn hallo? Jil nimmt einfach meine Hand und drückt sie! Mit ihren beiden Händen. Sie ist so gerührt über das lächelnde Brautpaar, dass sie einfach irgendjemandes Hand greifen muss. Aber noch bevor ich darüber nachdenken kann, wie ich das finde, lässt sie auch schon wieder los und strahlt mich entschuldigend an. Ja, entschuldigend anstrahlen, ich wusste bis eben auch noch nicht, dass das überhaupt geht. Und ja, auch das ist schön. In diesem Moment ist irgendwie verdammt noch mal alles schön.

Schließlich setzt sich das Brautensemble in Bewegung, und die wartende Menge teilt sich wie das Meer vor Moses. Der Fotoheini kriecht und hüpft im wilden Wechsel um das Brautpaar herum, aber er hat keine Chance. Janinas Rock ist viel zu lang, als dass er darunterfotografieren könnte, und Markus' Scheitel ist von seinem Zylinder verdeckt. Wirklich ein harter Tag für einen Künstler.

Wir schließen uns dem Menschenstrom an. Die Riesenprozession schwappt Stufe um Stufe die große Freitreppe empor, während Turbo-Erich mit seinem Raketenrollstuhl an allen vorbei die Behindertenrampe hochzischt. Ein letztes Mal kommt mir der Gedanke, ob es nicht doch besser gewesen wäre, wenn wir tatsächlich einfach für den Rest des Tages vor dem Standesamt stehen geblieben wären und das Glück gefühlt hätten. Dann sind wir aber auch schon durch die Tür, und ich spüre mit einem Mal, wie mir der Puls in die Höhe schießt.

Oberster
Hochzeitsterminator

Im Foyer steht ein junger Bediensteter im Anzug, der uns den Weg zum Ja-sage-Raum weist. Schon der überwölbte Flur mit dem roten Läufer ist eine Pracht, und spätestens wenn man den historischen Trauungssaal betritt, ist man vollends verzückt, ob man Hochzeiten mag oder nicht. Ich selbst mag ja Hochzeiten. Doch. Also, ich habe zumindest nichts gegen Hochzeiten. Oder besser gesagt, also, kompliziert. Jedenfalls, der Trauungssaal ist wirklich ganz toll. Alte Sitzbänke und Polsterstühle mit geschnitzten Lehnen, holzvertäfelte Wände, ein riesiger Kronleuchter und in der Mitte zwei prächtige Sessel mit Armlehnen. Janina und Markus haben schon darauf Platz genommen. Wenn man genau hinsieht, schauen sie jetzt nicht mehr so glücklich aus wie vorhin – wenn man ganz ehrlich ist, sogar ziemlich verkrampft. Aber ist ja vielleicht auch ein bisschen viel verlangt, dass sie heute 15 Stunden am Stück in die Gegend strahlen sollen.

Ich versuche mich nicht zu sehr von der Pracht des Raums ablenken zu lassen. Schließlich sind wir ja im Dienst. Im Moment sehe ich allerdings keine konkrete Gefahr. Alle Gäste sind kreuzbrav. Selbst Diethart Füllkrug traut sich hier nur zu flüstern, und der Fotoheini benimmt sich seit einem kurzen Flurgespräch mit Markus nun doch etwas dezenter. Umso mehr sollten wir jetzt die Gelegenheit nutzen, die einzelnen menschlichen Gefahrenquellen in Ruhe aus der Nähe zu studieren.

»Pst, Patrick, dieses junge, schulterfreie, weintraubenfarbene Kleid mit den hohen Absätzen und den knallbunten Plastikohrringen da drüben, ist die nicht auch auf unserer Liste?«

»Moment, ich schaue nach ... Hier: *Sinja Gumelsbach, Janinas Nichte. Risikoklasse: zwei. Potentielle Zerstörungskraft: Oha! Neun! Waffen: Komplett durchgeknallte Gaga-Ideen. Brütet diese aus heiterem Himmel aus und setzt sie sofort um. Auslösende Faktoren: Alles und nichts. Gegenmittel: Hoffen und Beten. Anmerkungen: Pubertät im Endsta...*«

»Pssst!«

Es wird ernst. Herr Tschymbowski ist an den großen Tisch getreten, der vor Janinas und Markus' Sesseln steht. Er ist jetzt wieder ganz der Alte. Zwar hat er sein Dienstlächeln aufgesetzt, doch wenn er gerade nicht daran denkt, fallen seine Mundwinkel sofort wieder in ihre angestammte Position zurück. Aber das ist schon in Ordnung. Viel besser als so ein dauergrinsender Selbstdarsteller.

»Liebes Brautpaar, verehrte Trauzeugen, sehr geehrte Gäste, ich begrüße Sie im historischen Trauungssaal des Standesamts Salzminden.«

Das war doch schon mal sehr gut.

»Für Sie, Frau Ziegler, und Sie, Herr Mitscherlich, ist heute ein besonderer Tag. Sie wollen eine der wichtigsten Entscheidungen Ihres Lebens besiegeln und gemeinsam einen neuen Lebensabschnitt beginnen. Mein Name ist Alfons Tschymbowski. Ich bin Standesbeamter und habe heute die schöne Aufgabe ...«

Nicht gerade brillant, der Text, aber im Vergleich zu

dem, was wir in Hochzeitsvideos auf Youtube gefunden haben, auf jeden Fall gehobener Durchschnitt. Trotzdem, was bin ich froh, dass nicht ich da vorne sitzen muss. Ganz davon abgesehen, dass ich eh niemanden kenne, den ich gerade heiraten will, stelle ich mir vor, dass es einfach nur schlimm sein muss. Janina und Markus scheint das Lächeln im Gesicht festgefroren zu sein. Es ist ihre Hochzeit, aber sie haben hier nichts zu sagen. Ein wildfremder Mann steht vor ihnen und textet sie voll. Sie müssen sitzen und zuhören und so tun, als wären sie gerade im siebten Himmel. Na ja, vielleicht sind sie es ja, was weiß ich schon.

Ist natürlich nicht meine erste Hochzeit. Klar war ich schon mal bei so einem Standesamtdingens dabei. Aber noch nie bei Leuten, an denen mein Herz so hängt wie an Janina und Markus. Ich fange an, richtig böse zu werden. Auf den Staat, auf Herrn Tschymbowski und alles. Andererseits, hey, die beiden wollen heiraten, und da gehört der Verwaltungsakt nun mal dazu. Und eigentlich ist es total nett, dass die Behördenmenschen sich Mühe geben, dem Ganzen wenigstens einen halbwegs feierlichen Rahmen zu verpassen. Und ... Was? Aufstehen? Wow, ist es schon so weit? Unglaublich, wie schnell das ging. Jetzt bin ich doch etwas ergriffen.

»Markus Erasmus Mitscherlich, wollen Sie mit der hier anwesenden Janina Shashuko Ziegler die Ehe eingehen, so antworten Sie mit *ja*.«

Eingehen? Was für eine Steilvorlage für dumme Witze. Ich schaue panisch nach Diethart Füllkrug. Aber der sitzt weiter brav in der dritten Reihe und hält die Klappe. Gut, dass noch nichts getrunken wurde.

»Ja.«

Wow! Was für ein »Ja«. Kernig, warm und aus tiefster

Überzeugung gesprochen. Bravo! Irgendwie guckt Herr Tschymbowski jetzt doch recht fröhlich. Das hat er sich wohl einfach nur für diesen Moment aufgespart. Er ist im Grunde seines Herzens doch ein ganz feiner Kerl, finde ich.

»Janina Shashuko Ziegler, wollen Sie mit dem hier anwesenden Markus Erasmus Mitscherlich die Ehe eingehen, so antworten Sie ebenfalls mit ... *ja*.«

Warum macht Herr Tschymbowski eine Pause vor dem »Ja«? Und warum zuckt sein Gesicht jetzt so merkwürdig? Irgendwas ist mit ihm ... Janina sieht Markus so tief in die Augen, dass man dahinschmelzen möchte.

»Ja.«

Herrn Tschymbowskis Augen dagegen irren im Saal herum. Sein Blick trifft meinen. Er starrt mich an und kann sich nicht mehr abwenden.

»Nachdem Sie nun beide meine Frage mit ja beantwortet haben, sind Sie nunmehr Kraft Gesetz rechtmäßig ... pfffverbundene Eheleute.«

Oh Gott!

»Ich darf Ihnen nun ... die Eheringe übergeben, die Ihnen als sichtbares Zeichen ihrer ... Pfffverbundenheit dienen sollen.«

Ich weiß, was mit ihm los ist! Er denkt »Peng – verheiratet!«. Und die Worte werden immer größer in seinem Kopf.

»Ich wünsche Ihnen, dass Sie diese Ringe stets mit Freude tragen werden, genau, wie ich Ihnen ... pfffff-wünsche ...«

Und ich bin schuld! Schon wieder schaut er mich an. Tu das nicht! Tu das nicht!

»... dass Sie stets die Freude ... aneinander ... behalten ... pfffffffffffwerden.«

Nein! »Peng – verheiratet!«, was soll denn bitte daran

komisch sein, Herr Tschymbowski? Aber selbst wenn meine Gedanken auf telepathischem Weg zu ihm vordringen könnten, sie helfen nichts. Im Gegenteil. Ich stelle mir jetzt auch vor, wie es wäre, wenn Herr Tschymbowski gerade statt des Stets-aneinander-Freude-haben-Geseiers tatsächlich nur kurz und trocken »Peng – verheiratet!« gesagt hätte. Und er stellt sich das Gleiche vor. Ich weiß es. Wir sind seelenverwandt. Zwei Hohepriester des unpassenden Gelächters. Mist! Ich beiße mir auf die Lippen. Herr Tschymbowski kriegt das natürlich mit. Wir starren uns an wie zwei Kaninchen, die sich gegenseitig für Schlangen halten. Warum hilft uns denn keiner?

Janina und Markus mühen sich immer noch damit ab, sich gegenseitig die Ringe draufzustecken, aber das ist nichts gegen die Mühen, die Herr Tschymbowski und ich gerade aufwenden. Ich lege mir beide Hände auf den Mund und kralle meine Finger so fest in meine Kieferknochen, dass es weh tut. Herr Tschymbowski kann das aber nicht machen, weil er da vorne wie auf dem Präsentierteller steht. Als Notlösung saugt er seine beiden Wangen nach innen und beißt drauf. Eine sehr unsichere Methode, weiß ich aus Erfahrung. Wenn man einen wirklich starken Lachimpuls hat, flutschen sie einem sofort wieder raus. Bitte! Ich kann nicht mehr. Sobald die beiden mit den Ringen fertig sind und Herr Tschymbowski wieder was sagen muss, werden er und ich anfangen zu lachen und bis zum nächsten Morgen nicht mehr aufhören. Wir brauchen ein Wunder. Jetzt! Hallo, hört mich denn keiner?

»Tim. Kannst du mich bitte rausbringen? Mir ist schlecht.«

Jil?

»Schnell, bitte!«

Um Himmels willen! Gerade habe ich noch gedacht, es geht nicht mehr schlimmer. Aber wenn Herr Tschymbowski und ich gleich lachen und Jil dazu auch noch auf den Boden ... Nichts wie weg hier! Sie krallt sich an meiner Schulter fest, und ich bahne uns so flott es geht, ohne dabei Leute umzuwerfen, einen Weg zur Tür. Geschafft, wir sind draußen. Tür zu. So, das Schlimmste ist schon mal abgewendet. Nächster Schritt: Wo ist die Toilette?

BATSCH! BATSCH!

Kurz einen Moment innehalten. Was ...? Ja, doch, es ist wahr, Jil hat mir gerade volles Rohr links und rechts eine runtergehauen.

»WAS ZUR HÖLLE ...?«

»Tut mir leid, aber das ist das Einzige, was hilft.«

»Hilft? Also, dir ist jetzt nicht mehr schlecht, weil du mir eine geballert hast, oder was? Du spinnst wohl!«

»Nein, mir war doch gar nicht schlecht.«

»Hä?«

Moment, Moment.

»Du ... du hast gemerk...?«

»Ja. Ich habe das Gleiche. Wenn ich lachen muss, muss ich lachen. Und das Einzige, was hilft, ist eine geballert zu kriegen.«

»Wow, du hast recht. Gerade habe ich noch gedacht, ich platze gleich. Jetzt ist es weg ... Und dir war gar nicht schlecht, sondern ...?«

»Na ja, da drin wollte ich dir lieber keine runterhauen.«

»Das hätte wohl ein wenig gestört.«

»Und der Standesbeamte hätte erst recht losgelacht.«

»Bei ihm hast du es auch bemerkt?«

»Natürlich. Ich hab doch gesagt, ich habe das Gleiche.

Als Kind ist mein Bruder mal so blöd gegen einen Mast gelaufen, dass ihm ein Eck vom Schneidezahn weggebrochen ist. Und drei Mal darfst du raten, wer sich den ganzen restlichen Tag kaputtgelacht hat. Aber es war einfach so komisch. Perfektes Timing, weißt du? Jemand pfeift von der anderen Straßenseite, er schaut, und ... Wenn ich nur dran denke ...«

Sie grinst über beide Ohren. Ich könnte sie knuddeln. Doch, könnte ich. Genau in diesem Moment. Mache ich aber nicht. Man muss ja nicht jeden knuddeln, den man knuddeln könnte. Gibt ja auch Wichtigeres.

»Ob da drin alles gut ist?«

Im nächsten Moment stehen wir beide an der Tür und lauschen. Ja, wirklich. Alles gut. Kein Gelächter. Herr Tschymbowski hat sich wohl wieder eingekriegt, nachdem ich verschwunden bin. Der Wahnsinn. Ich streiche über meine knallroten Wangen. Gerade dachte ich noch, es gäbe kein Entrinnen mehr, aber Jil hat alles gerettet. Irgendwie ist sie ... wirklich nicht übel.

»Wir bleiben lieber draußen, was?«

»Glaub auch, das ist besser.«

Wir lassen uns auf eine der Bänke sinken, die im Flur herumstehen. Ich sehe sie an. Das mit dem großen Mund täuscht irgendwie. Als ich sie in Patricks Garten zum ersten Mal getroffen habe, dachte ich mir, so ein Mund, damit quasselt sie bestimmt immer viel zu viel. Und ihre wilden Haare, dachte ich weiter, sind ein Abbild des Wortschwalls, den sie von sich gibt, wenn sie erst einmal losgelassen ist. Völliger Quatsch. Sie sagt jetzt gar nichts. Ihr Mund sieht einfach nur toll aus. Und, ja, verflixt, man kann gar nicht anders, als daran zu denken, ihn zu küssen. Vor allem, wenn man so nah bei ihr sitzt, dass sich ihre Augen nicht mehr hinter dem Mund verstecken, wie es sonst immer den Anschein hat, sondern einem erstaunlich keck zublinzeln.

Ich fände es wirklich hervorragend, wenn sie jetzt etwas sagen würde. Muss ja kein Wortschwall sein, nur ein paar Laute gegen die Stille. Im nächsten Moment merke ich, dass sie auch etwas sagen wollte. Sie hat es nur nicht getan, weil ich sie schon viel zu lange anstarre. Sie lächelt jetzt einfach. Ein Lächeln mit diesem Mund. Das ist, als würde sie sagen ... Aber was auch immer es ist, es verhallt im Hintergrund, denn im gleichen Moment schreit auf einmal meine große Wunde los. Ich kann sie wochenlang nicht beachten, aber wenn es anfängt, hilft gar nichts mehr. Wie mit meinem Lachen, bloß umgekehrt. Und es fängt jetzt an.

Selina hat sich vor zwei Jahren von mir getrennt. Nachdem wir vorher zehn Jahre zusammen waren. Sie ist aus Salzminden weggezogen. Nach Berlin. »In meinem Leben muss sich endlich mal etwas ändern«, hatte sie gesagt. Und die ersten Wochen Berlin hat sie mich noch zu überreden versucht, auch zu kommen. Aber was hätte ich da gesollt? Ich finde, man muss einfach versuchen, das Beste aus dem Platz, an dem man ist, zu machen. Immer dieses Weggerenne. Und insgeheim hatte ich gedacht, Selina kommt wieder. Aber nein, im Gegenteil. Nach drei Monaten Fernbeziehung hat sie sich von mir getrennt. Und jetzt das Gemeine: Sie hat dadurch am Ende nicht nur ihr Leben verändert, sondern vor allem meins. Und, wie gesagt, ich hasse Veränderungen. Doch genau das war wahrscheinlich der Grund, warum sich bei mir am Ende erst recht alles verändert hat. Ist doch alles ein großer Mist. Warum beißen sich die Katzen immer in den Schwanz? Warum tut das am Ende nicht den Katzen weh, sondern mir?

Jil schaut mich immer noch an. Ich merke mehr und mehr, dass ihre ach so unauffälligen Augen viel mehr sagen als ihr Mund. Man muss nur hinsehen. Komisch, in diesem Moment würde ich ihr am liebsten die Geschichte von Selina und mir erzählen. Warum? Was hat sie damit zu tun? Soll ich wirklich?

Nun fängt sie doch an zu reden. Kein Wunder. Wir haben uns schon viel zu lange stumm angeschaut.

»Was glaubst du, Tim, wer ist heute der aller-aller-allergefährlichste Gast?«

Ah, Smalltalk. Ja, ist wohl besser so.

Ich mache kurz »hm« und ziehe meine Liste heraus. Wer ist der aller-aller-allergefährlichste Gast? Auf so eine Frage kann man sich schön einfach konzentrieren. Die Wunde schreit noch ein wenig, aber es wird leiser.

»Hier, die klingt wirklich gefährlich: *Regula Richter, Markus' Cousine zweiten Grades. Risikoklasse: fünf. Potentielle Zerstörungskraft: sieben. Auslösende Faktoren: Wenn jemand irgendwas Falsches mit ihren Kindern macht, falsches Essen, Spielzeug und so weiter. Waffen: Schreit rum. Gegenmittel: Nicht bekannt. Anmerkungen: Immer einen Riesenbogen um ihre Kinder Karl-Eosander, Jorinde-Alexandra und Kasimir-Mehmet-Achim machen.* Da sollten wir uns mal lieber dran halten, was Jil-Geneveva?«

»Unbedingt, Tim-Sokrates. Hoffentlich finden wir rechtzeitig raus, wer die Kinder sind.«

»Und wer ist dein oberster Hochzeitsterminator?«

Sie macht auch »hm« und guckt. Wenn sie ihre Stirn kraus zieht, sieht sie aus wie Judy Garland, als sie den Zauberer von Oz entlarvt. Mist. Gibt es denn überhaupt nichts mehr, was ich nicht an ihr mag? Ich meine, schließlich ist sie noch ganz neu hier und …

»Hier, die hier spielt wohl auch auf jeden Fall ganz oben mit: *Ottilie Wückenwerth, genannt Tante Otti. Risikoklasse: neun. Potentielle Zerstörungskraft: sechs. Waffen: lustige Hochzeitsspiele. Auslösende Faktoren: Wird ohne Auslöser aktiv. Gegenmittel: Wenn möglich einsperren. Anmerkungen: Wenn Einsperren nicht möglich, Augen zu und durch, immer lächeln und alles witzig finden.*«

So wie jetzt. Ich lächele und finde alles ... witzig. Ganz wunderbar, wohlig, Einhorn-mit-sternschnuppenhaft witzig.

»Komm, wir gucken weiter, Tim. Vielleicht haben wir jemanden übersehen. Wer ist wirklich der Aller-Aller-Allergefährlichste?«

Ich warte, dass Jil wieder den Kopf in ihre Liste steckt. Macht sie aber nicht. Sie wartet stattdessen, dass ich den Kopf wieder in meine Liste stecke. Aber anscheinend will keiner so richtig. Und es kann ja auch mal schön sein, wenn sich die Katzen in den Schwanz beißen, denke ich. Weil jetzt sitzen wir da eine kleine Ewigkeit und schauen uns an. Und es ist jetzt auch nicht mehr peinlich. Ich denke ganz entspannt weiter. Wer ist wirklich der Aller-Aller-Allergefährlichste? Und ich kann es fast hinter ihrer Stirn aufblinken sehen, sie denkt das Gleiche. Aber keiner von uns braucht noch die Liste. Und ich, oder sie, oder wir beide gleichzeitig, egal, jedenfalls kommen unsere Köpfe mit einem Mal aufeinander zu und bleiben erst stehen, als sie mir so nah ist, dass ich die Wärme ihrer Lippen spüren kann.

Und meine Lippen öffnen sich und sagen: »Du.«

Und ihr Mund geht auch auf: »Nein, du.«

Und noch bevor die Lippen anfangen, sich einer Aufgabe zu widmen, die sie noch viel, viel besser können als reden, lächeln wir. Ein wenig über den Scherz mit dem aller-aller-allergefährlichsten Gast, viel mehr aber, weil wir denken: Ist ja schon bisschen speziell, so ausgerechnet hier im Standesamt, während unsere Freunde gerade heiraten. Und genau dieses Lächeln macht es noch so unendlich viel schöner, als wir uns ...

Hätte es noch so unendlich viel schöner gemacht, *wenn* wir uns geküsst hätten. Aber als hätte der Teufel persönlich den Zeitplan entworfen, geht natürlich genau in diesem Moment die Tür neben uns auf, und die Hochzeitsgesellschaft kommt mit der Wucht eines Wasserschwalls aus einer frisch geborstenen Staumauer herausgeschossen. Große Freude, dass alles so gut geklappt hat, muntere Gespräche, und in der nächsten Mikrosekunde stehen schon Henriette, Bülent und Patrick um uns herum.

»Was war denn mit euch los?«
»Ich ...«
»Mir war auf einmal schlecht.«
»Oh nein, Jil, du Arme!«
»Geht schon wieder.«

Luft

Der Feiertross ist wieder komplett in den Flur gequollen. Turbo-Erich übernimmt die Führung, der Rest hinterher. Jil und ich stehen wohl oder übel auf und gehen mit den anderen mit. Ich muss an die vielen schwülstigen Gedichte denken, in denen dauernd von »Lippen«, die »dürsten«, die Rede ist. So doof das auch klingt, wenn man meine Lippen jetzt nach ihrem Befinden fragen würde, würden sie bestimmt auch irgendwas von »dürsten« krächzen. Aber wie kann das sein? Eben noch tief im Loch wegen Selina, und jetzt auf einmal verliebt, dass es nur so kracht? Und noch dazu in eine, die hier ganz neu ist. Auf einmal alles egal. Gibts doch gar nicht.

Es gelingt mir, unauffällig zu Jil hinüberzuschielen und einen Blick zu erhaschen. Und Blicke können ganz toll sprechen, wirklich. Nur hatten die Blicke in unserem Fall halt schon alles gesagt. Die Lippen wären dran gewesen. Und dass sie nicht zu ihrem Recht gekommen sind, gibt mir ein Gefühl, als wäre mein ganzer Körper von Ameisen befallen. Schnell an was anderes denken. Am besten an was Gutes. An Herrn Tschymbowski und mich zum Beispiel. Und dass wir uns heute wohl nicht mehr begegnen werden. So lieb ich ihn auch habe, es ist besser so. Und ich bin überzeugt, er sieht das ähnlich. Ein andermal gerne. Irgendwo entspannt unter vier Augen. Und in einem dreifach schallisolierten Betonbunker. Und jetzt einfach was reden. Wird ja sonst alles nur noch schlimmer.

»Was haben wir so verpasst, Henriette? Alles gut über die Bühne gegangen da drin?«

»Kurts Ausweis war abgelaufen, und er durfte deswegen nicht auf der Heiratsurkunde unterschreiben. Janina hat es aber mit Fassung getragen.«

»Wie sieht Linda aus? Ich habe ihren Kopf nur ein Mal kurz und von weitem gesehen.«

»Schulterfreies Satinkleid. Geht ihr unten gerade mal bis zu den Knien.«

»Oha.«

»Du sagst es. Sie ist heute ein Arschlochmagnet erster Güteklasse.«

»Da drüben ist sie ja.«

Oh mein Gott! Ich höre, wie an irgendeiner Stelle in meinem Hirn frivol gepfiffen wird. Gleichzeitig bewege ich mich reflexartig zur Seite, um Linda die Sicht auf Diethard Füllkrug zu verstellen. Okay, er hat einen Trachtenanzug an und keine Uniform. Aber man kann nie vorsichtig genug sein.

»Wir müssen nachher wirklich aufpassen, dass sie nichts trinkt.«

»Am besten, einer von uns bleibt immer in ihrer Nähe.«

»Bülent, kannst du das übernehmen?«

»Läuft.«

»Und dann hätten wir ja auch noch Nichte Sinja. Ich möchte noch einmal daran erinnern: potentielle Zerstörungskraft neun! Wie merken wir rechtzeitig, wenn sie eine gefährliche Idee hat?«

»Wenn bei ihr auch noch einer dauernd in der Nähe bleiben muss, haben wir bald keine Leute mehr.«

Dass wir im nächsten Moment all unsere sorgenvollen Gedanken an die Zukunft sausen lassen, liegt nicht daran, dass es keine mehr gäbe. Im Gegenteil. Aber ein lauter Schrei holt einen doch immer sehr schnell aus den momentanen Gedankengängen heraus. Und dieser Schrei, der gerade von draußen hereinschallt, also wirklich, meine Herren, was für ein Schrei! So was kannte ich bis jetzt nur aus Filmen. Nur ein Mann, dem gerade das Allerliebste auf der ganzen Welt genommen wurde, kann so schreien. Es geht mir durch Mark und Bein. Wer? Und warum? Tapfer schieben wir uns durch die Menge. Je näher wir dem Ausgang kommen, umso mehr frage ich mich, ob ich die Antworten überhaupt wissen will. Vielleicht wird die Welt für uns alle nie wieder dieselbe sein? Ich bin wie in Trance.

Als wir endlich freien Blick auf den Vorplatz haben, atme ich erst einmal auf. Keine Blutlachen, keine hingemetzelten Menschen und auch kein Dieter Bohlen als Überraschungsgast. Stattdessen Luft. Erstaunlich. Nichts als Luft. Luft an der Stelle, an der vorhin noch der riesige weiße Porsche Panamera stand. Und auf diese Luft starrt Vater Mitscherlich, der Mann, dem gerade das Allerliebste auf der ganzen Welt genommen wurde. Wieder bahnt sich in mir ein Gelächtervulkanausbruch tief von unten seinen Weg ins Freie, aber Jil steht neben mir und hat schon ausgeholt. Der Vulkan zieht sich sofort zurück und denkt sich: Stimmt, warum jetzt? Ich kann ja auch später noch.

Natürlich ist es lächerlich, angesichts eines gestohlenen Brautautos mit einem Zeitwert in sechsstelliger Höhe nach Positivem zu suchen. Ich will es aber wenigstens erwähnen: Immerhin ist der Motorhauben-Blumenstrauß zurückgeblieben. Er liegt auf dem Asphalt, sicherlich schwer traumatisiert von den Ereignissen der vergangenen Stunde, aber äußerlich völlig unversehrt.

Und auch zumindest erwähnenswert: Wenn ein großes Ding verschwunden ist, sieht man wieder andere, nicht so große Dinge, die vorher von ihm verdeckt wurden. Jetzt, wo der Porsche Panamera weg ist, sieht man zum Beispiel wieder Namida und Nashashuk Zieglers alten Golf mit den aufgemalten bunten Blumen und den Schleifen an den Spiegeln. Er steht ruhig und gelassen auf seinem Platz und betrachtet mit seinen Scheinwerferaugen den Blumenstrauß vor ihm auf dem Boden. Ein bisschen sieht es sogar danach aus, als würde er mit seinem Kühlergrill daran schnuffeln.

REVOLVERHELD

Der Schrei von Markus' Vater war wirklich ein Pfund. Genau genommen klingt er mir immer noch in den Ohren. Aber, das muss man auch mal sagen, wie er sich jetzt schon wieder im Griff hat, ist einfach klasse. Und dass er seinem Freund Füllkrug, der erst einmal seine komplette Polen-Autoklau-Witzesammlung in die Menge donnern musste, keine reingehauen hat, ebenso. Ist vielleicht doch etwas dran, dass man mit so einem Schrei eine Menge rauslassen kann, und danach ist alles gar nicht mehr so schlimm? Jedenfalls hat sich Herr Mitscherlich sofort im Anschluss an seinen Schrei alle Beileidsbekundungen verbeten und mit eiserner Disziplin sein altes Lächeln wieder auf sein Gesicht gepresst. Und er hat es während des gesamten Sektempfangs vor dem Standesamt ohne Unterbrechung aufbehalten. Hut ab.

Anschließend glänzte er weiter. Die Umverteilung der Hauptdarsteller auf die verbliebenen Wagen hat er ganz hervorragend organisiert. Besonderer Pluspunkt: Er hat meinen Opel Admiral als neues Brautauto auserkoren. Guter Geschmack, der Mann. Der weiße Brautstrauß und meine glanzpolierte blaue Motorhaube sind ein Dreamteam. Und gleich noch ein weiterer Pluspunkt für Markus' Vater: Er hat nicht verlangt, dass er selbst ans Steuer darf. Nicht gerade typisch Torsten Mitscherlich, wenn ich das sagen darf.

Wir starteten also mit dem Braut-Admiral los zum Schandauer Hof, dem, glaube ich, besten Restaurant von Salzminden, auf jeden Fall dem teuersten. Mein Auto und ich waren heimlich ein bisschen stolz. Und wir machten einen großartigen Job. Als wir da waren, wollte Herr Mitscherlich mir großzügig einen Platz an der Tafel anbieten, obwohl der Schandauer Hof eigentlich nur für den engsten Familienkreis vorgesehen war, aber das musste ich ablehnen. Ich war ja mit meiner Hochzeits-Task-Force in der Pizzeria verabredet. Und mit der Frau, deren Lippen ich noch etwas schuldig war.

Jetzt sitzen wir zu fünft um einen runden Tisch bei Antonio. Und ich natürlich neben Jil. Mitten in der Kernzone des Strahlbereichs ihres gelben Kleides, ihres Dufts und allem, was sonst noch so von Jil abstrahlt. Janina mag eine wundervolle Eiche sein, geht es mir durch den Kopf. Aber Jil ist auch etwas Wundervolles. Mir liegt es auf der Zunge. Sie ist ein ... ein ... ein ... Löwenzahn! Blöderweise ist »Löwenzahn« nicht gerade ein Wort, das man jemandem als zärtliches Kompliment ins Ohr flüstern kann. Aber nützt ja nichts, Jil ist wirklich ein Löwenzahn. Kämpferisch, entschlossen, beharrlich und auf ihre ganz eigene Art unverwechselbar schön. Es gelingt mir für einen kurzen Moment, mir einzubilden, dass es nicht auffällt, wenn ich jetzt meine Nase ein wenig an ihrer Schläfe reibe. Aber dann fängt Henriette auch schon an, die bisherigen Ereignisse des Tages zusammenzufassen. Alle werden sofort still und hören zu, und meine Nase gibt auf halber Strecke eingeschüchtert wieder auf. Jil guckt wie die anderen nach vorne in die Runde. Volle Konzentration auf die Hochzeit, und sonst gar nichts. Okay. Ist ja irgendwie auch richtig.

Henriette ist zuversichtlich. Es war zwar nicht alles

perfekt bisher, vor allem die Sache mit dem gestohlenen Brautauto, aber es hätte auch noch viel schlimmer laufen können. Patrick ist dagegen ziemlich unruhig und ergeht sich in einem sorgenvollen Ausblick auf die nächsten Stunden. Die schwierigsten Gäste seien ja noch gar nicht eingetroffen, Sven Wiesenhöfer, Maik Proschitzki und die Russen zum Beispiel. Und der abgelaufene Trauzeugenausweis und das gestohlene Auto seien nur zwei von Hunderten von Nadelstichen, die Janina heute womöglich noch zusetzen würden. Und er sieht sie schon unter deren gesammelter Pein irgendwann zusammenbrechen wie Lady Macbeth. Bülent ist natürlich wieder viel positiver. Eine Hochzeit, bei der einfach weitergerockt wird, obwohl das Brautauto weg ist, die kann nur toll werden, sagt er. Und ich finde, da liegt er ganz richtig. Und irgendwie ist Jil ein wenig näher zu mir gerückt, so dass unsere Schultern ab und zu ganz zart aneinanderstupsen, und ich finde, da liegt sie ebenfalls ganz richtig. Leider müssen der Admiral und ich jetzt aber auch schon wieder los, um das Brautpaar pünktlich einzusammeln.

Zum Glück ist um diese Zeit überhaupt nichts los auf den Straßen, so dass ich mich völlig von den Gedanken an meine wunderbare Löwenzahnblume beherrschen lassen kann. Als ich den Schandauer Hof betrete, sind Janina und Markus gerade beim Dessert. Fast schon zu perfekt, das Timing. Hat was von Ruhe vor dem Sturm. Ich warte, bis der letzte Happen verspeist ist, dann brechen wir auf und schaukeln wenige Minuten später sanft auf der kurvigen Landstraße Richtung Walchenau. Je länger wir unterwegs sind, umso mehr Autos von anderen Gästen gesellen sich zu uns. Am Ende fallen wir wie ein blecherner Heringsschwarm in den Ort ein und kommen am Ende allesamt glücklich und unfallfrei vor der Dorfkirche zum Stehen.

Soweit ich es überblicken kann, hat es auf der Fahrt keine Verluste gegeben. Auch die anderen aus meinem Team entsteigen ihren Kutschen. Ich äuge sofort nach Jil, aber sie ist natürlich wieder nicht allein. Und kaum sehen wir uns in die Augen, gibt Henriette auch schon Anweisungen, wer sich in welche Richtung bewegen soll, damit wir die Situation vollständig unter Kontrolle behalten. Ich finde, sie übertreibt. Fühlt sich doch alles sehr gelöst an hier. Jeder tut das, was man von ihm erwartet. Aus dem Auto aussteigen, Rücken durchstrecken und sich die Garderobe richten. Hier und da muntere Gesprächsgrüppchen und vereinzelt laute Nach-langen-Jahren-Wiedersehensumarmungen. Dazwischen spielen ein paar Kinder Fangen, die kleineren werden in Kinderwagen gesetzt, und im Schatten einer alten Linde wird ein Säugling gestillt. Und der Fotoheini hat wieder eine neue pfiffige Idee: Er fotografiert nun die Hochzeitsgäste durch die Autoscheiben hindurch. Soll er ruhig. *Heute* muss der schönste Tag in Janinas und Markus' Leben werden. Nicht der, an dem sie die Hochzeitsfotos zu sehen kriegen.

Markus' Vater ist wirklich der Hammer. Wenn man ihn hier so auf dem Parkplatz herumspringen sieht, käme kein Mensch auf die Idee, dass diesem Mann vor zwei Stunden ein Porsche Panamera abhandengekommen ist. Selbst wenn er auf der Fahrt ein paar beruhigende Telefonate mit seiner Versicherung geführt hat, ist das immer noch eine reife Leistung, finde ich. Oder ist es doch nur eine Maske, die er da vor sich herträgt? Ich schiebe mich unauffällig in seine Nähe. Nein, auch aus kurzem Abstand keine Anzeichen dafür, dass er gleich während der kirchlichen Trauung doch noch in Tränen ausbrechen wird. Man kann sagen, was man will, der Kerl ist hart im Nehmen. Ich schaue zu Henriette hinüber, die ein paar Wagen weiter Janina und Markus auf die Pelle gerückt ist. Wir zeigen uns gegenseitig mit Daumen nach oben, dass alles in Ordnung ist. Bülent scherzt in einer anderen Ecke mit dem soeben angekommenen Sven Wiesenhöfer. Im Anzug sieht der Kerl richtig zivilisiert aus. Und gute Laune hat er dank Bülents Gesprächskunst auch. Nebenan unterhält sich Patrick mit der schönen Linda und versucht ihr den Blick auf Sven zu verstellen. Das wäre wirklich was, wenn sie sich heute ausgerechnet in den verliebt. Und wenn Maik Proschitzki dann auch noch dazustößt und ebenfalls Rechte geltend machen will ... Nein, keine Katastrophenszenarios. Maik hat sich noch nicht blicken lassen. Vielleicht kommt er gar nicht. Und auch bei Sven muss man sagen, er hat immerhin keine Uniform an. Gibt also keinen Grund, warum Linda ausgerechnet ihn und so weiter.

Auf dem Parkplatz hat Turbo-Erich derweil ein paar Jungs zum Kurzstreckenrennen herausgefordert. Regula Richter hat ihren Kindern nach langen Ermahnungen (»Immer schön tief durchatmen beim Rennen, nicht ruckartig! Und wenn ihr ein Schwindelgefühl spürt, sofort stehen bleiben! Und denk an dein wehes Knie, Kasimir-Mehmet-Achim!«) erlaubt, ganz vorsichtig mitzumachen. Kasimir-Mehmet-Achim ist, trotz Knie-Auas, der schnellste Läufer, aber selbst er hat gegen Erichs Feuerstuhl keine Chance.

Ja, doch, im Moment ist alles ganz gut. Wäre halt schön, wenn sich jetzt alle außer Jil und mir in Luft auflösten. Nur für fünf Minuten. Dann kann es gerne weitergehen. Ach ja, und das Wettergrummeln im Hintergrund stört auch ein bisschen. Genau genommen ist es etwas stärker geworden. Etwas. Nur ein kleines bisschen. Aber solange wir trockenen Fußes ins Schloss kommen, ist alles geritzt. Danach kann es meinetwegen losduschen. Die Feier wird schön, so oder so.

Wieder schaue ich mich nach Jil um, ich kann nicht anders. Sie steht an der Parkplatzausfahrt und beobachtet fleißig Janinas verrückte Nichte Sinja mit den bunten Plastikohrringen. Doch das Mädchen pflückt im Moment nur ein paar Feldblumen an der Straßenböschung und steckt sie sich ins Haar. Von potentieller Zerstörungskraft 9 ist nichts zu sehen. Ich richte kurz meine Frisur und nehme allen Mut zusammen. Aber gerade als ich mich auf den Weg zu meinen löwenzahnigen Locken mit dem großen Mund machen will, kommt Henriette ins Bild und fängt an, ein Schwätzchen mit ihr zu halten. Blöd. Kann die nicht auf ihrem Posten bleiben? Na ja. Konzentriere ich mich halt wieder auf die mir zugeteilten Zielpersonen: Eltern des Brautpaars, besonderer Fokus auf Markus' schwer gebeuteltem Vater.

Markus' schwer gebeutelter Vater denkt aber weiter nicht daran, sich schwer gebeutelt zu geben. Er sprüht vor Energie. Gerade begrüßt er den dicken Pfarrer Kühlbrodt in seinem Talar, der ein paar Schritte links vom Kircheneingang zwischen zwei beeindruckenden Buchsbäumen steht und scheu in die Menge blinzelt. Janina und Markus kennen den Mann bis jetzt nur von einem Telefongespräch und haben ihn noch nie persönlich getroffen. Wird langsam Zeit, denkt sich wohl der wackere Markusvater. Er löst das Brautpaar sanft aus seinen Plaudereien und geleitet es zum Gottesmann hin. Ich folge ihnen nicht sofort, das wäre zu plump. Lieber schaue ich noch einmal kurz nach Nashashuk und Namida Ziegler.

Nein, auch hier keine Probleme. Im Gegenteil. Namida plaudert entspannt mit der fröhlich gackernden Margitta Mitscherlich. Ich gehe etwas näher an sie heran. Aha. Sie unterhalten sich über Yoga. Bei den Indianern gab es etwas Ähnliches, lerne ich, kann mir aber den Namen nicht merken. Währenddessen überprüft Janinas Vater noch einmal, ob sein Feuerwerkzeug im Kofferraum während der Fahrt keinen Schaden genommen hat. Er scheint zufrieden. Alles bestens.

Ich stecke die Hände in die Hosentaschen und schlendere nun doch unauffällig zu den großen Buchsbäumen, wo sich der Pfarrer mit Markus' Vater und unserem herrlichen Brautpaar unterhält. Janina und Markus sehen nun wieder entspannt aus. Finde ich toll, wenn so ein Talarträger kurz vor dem Trauungsakt noch die passenden Worte findet, um die nervösen Gemüter zu beruhigen. Klar, das Ja-Sagen hat auf dem Standesamt schon einmal ganz gut geklappt. Fast könnte man meinen, Janina und Markus sind alte Hasen. Aber in so einer Kirche, das ist doch schon wieder was ganz anderes. Altar, Kreuz, hohe Decken, und jedes Wort hallt endlos lange nach. Da ist es schon gut, vorher in aller Ruhe ein paar Worte mit dem Pfarrer zu wechseln. Kriegt man mit, dass er ein ganz normaler Mensch ist und alles. Und so, wie Pfarrer Kühlbrodt Janina und Markus gerade anstrahlt, das lockert ganz bestimmt das »Ja« in der Kehle. Wenn es so weit ist, wird es hervorschießen wie ein Häftling aus der unversehens geöffneten Kerkertür.

Nun entlässt er die beiden mit einem warmen Händedruck wieder zurück in die Menge. In zehn Minuten geht es los. Jeder weiß, was er zu tun hat. Wir sollten einfach alle noch mal kurz durchschnaufen und Kräfte tanken.

Jil ist jetzt wieder frei. Sehr gut. Ich habe bereits das rechte Bein für den ersten Schritt in ihre Richtung in der Luft, als ich ganz am Rand meines Blickfelds etwas Merkwürdiges sehe. So merkwürdig, dass ich mitten in der Bewegung abstoppe. Das Gesicht des Pfarrers, eben noch ein Abbild der Menschlichkeit und Güte, hat sich nämlich mit einem Schlag verwandelt. Er guckt nunmehr so drein wie ein Revolverheld kurz vor dem tödlichen Duell. Vielleicht muss er diesen Blick üben, geht es mir kurz durch den Kopf. Nur für den Fall, dass gleich jemand bei der Trauung stört. Aber nein, die kalten Strahlen, die zwischen seinen zusammengekniffenen Augenlidern hervorschießen, gelten Herrn Mitscherlich. Er wird, man kann es nicht anders sagen, vom Blick des Pfarrers an der Kirchenwand festgenagelt.

Ich lasse mein Bein mitten im Schritt in die entgegengesetzte Richtung umschwenken. Wenn das jetzt einer gesehen hat, wird er diese Bewegung sicher als recht eigenwilligen Ballettschritt interpretieren und sich fragen, was das soll. Ist mir aber egal. Nur eine beherzte 180-Grad-Wendung bringt mich zeitig genug in die Hörweite des Pfarrer-Mitscherlich-Zwiegesprächs, um den Anfang nicht zu verpassen.

»Nun zu uns beiden, Mitscherlich.«

Der allerletzte Fussel

Nun zu uns beiden, Mitscherlich.
Wow. Was haben die beiden denn am Laufen? Und was wird Markus' Vater antworten?
Kann es kaum erwarten, Kühlbrodt? Zieh dich warm an, Talarhansel? Ich hoffe du hast gebetet, Dickwanst?
Aber nein, Herr Mitscherlich ist genauso überrascht wie ich. Deswegen antwortet er auch mit einem kehligen »Wa...? Wa...? Wa...? Wieso?«
»Kennen Sie das hier?«
Pfarrer Kühlbrodt holt ein paar DIN-A4-Blätter unter seinem Talar hervor. Herr Mitscherlich guckt drauf.
»Ein ... Leasingvertrag?«
»Gut erkannt.«
Ich linse zwischen den Buchsbäumen hindurch und erkenne das Logo des Autohauses Mitscherlich auf dem Papier.
»Sie ... Sie sind also Kunde bei uns? Da ... das freut mich.«
»Mich aber nicht.«
»Oh, also ... Sie sind nicht zufrieden?«
»Nein, das bin ich nicht. Das bin ich überhaupt nicht.«
»Da ... das tut mir leid. Darf ich fragen, warum?«
»Ach, nur ein paar Kleinigkeiten, nichts Besonderes. Nehmen wir die Restwertklausel. Schauen Sie hier: fünfzehntausend Euro. Ganz schöner Batzen für einen kleinen Opel Astra, nicht?«

»Nun ...«

»Und besonders tüchtig von ihrem Mitarbeiter, dass er diesen Restwert auch noch mit einer Andienungsklausel kombiniert hat, was? Aber das musste ich mir auch erst einmal von der Verbraucherschutzzentrale erläutern lassen, was das heißt.«

»Also ...«

»Und ich weiß, ich bin jetzt wirklich meckerig, aber einen Mehrkilometersatz zu vereinbaren, aber gleichzeitig keinen Minderkilometersatz, das ist nicht wirklich guter Stil, oder?«

»Ich ...«

»Aber mit dem kleinen dicken Provinzpfarrer aus Walchenau kann man es ja machen, gell?«

»Wir ...«

»Hier, bitte, lesen Sie sich die Fetzen ruhig mal durch. Ich muss jetzt arbeiten. Wichtiger Job, wissen Sie? Eine Trauung.«

Ende der Durchsage. Pfarrer Kühlbrodt stampft von dannen. Ich sehe noch, wie er wieder sein gütiges Gesicht aufsetzt, das er wohl immer trägt, wenn er sich gerade nicht mit Mitscherlich-Leasingverträgen auseinandersetzt. Er strahlt mit großer Milde in die Menge und gibt ihr einen Wink, dass der Einzug in die Kirche beginnen kann.

Der Organist dröhnt den Einzugsmarsch. Der Menschenstrom setzt sich in Bewegung. Henriette fuchtelt rum, dass ich auch kommen soll, aber ich halte lieber noch ein wenig meine Position hinter dem Buchsbaum und beobachte Markus' Vater. Der lehnt mit knallrotem Kopf an der Kirchenwand und starrt auf den Leasingvertrag, den sein Mitarbeiter ausgehandelt hat. Und erstaunlich, Pfarrer Kühlbrodt ist hier anscheinend nicht der einzige Mann mit zwei Gesichtern. Herr Mitscherlich hat das ebenfalls ganz toll drauf. Er liest einen Absatz und grinst erst mal. Man kann fast erkennen, wie er in Gedanken seinem Mitarbeiter auf die Schulter klopft. Im nächsten Moment fällt ihm wieder ein, wo er gerade ist und was hier gerade passiert. Dann sinken seine Mundwinkel sofort wieder nach unten, und Schweiß tritt auf seine Stirn. Nach einer kurzen Pause liest er den nächsten Absatz, muss wieder grinsen, und das Spiel beginnt von vorne.

Nach drei Absätzen tritt Markus zu ihm. Sein Vater ist gesichtstechnisch gerade in der »Oh Gott, der Pfarrer hasst uns!«-Phase. Als er seinen Sohn sieht, lässt er den kriminellen Leasingvertrag schnell in seinem Jackett verschwinden.

»Ha, Junge! Na dann ... wollen wir mal, was?«

»Alles in Ordnung, Papa?«

»Sicher, sicher. Musste nur noch mal ... kurz für mich sein.«

Die beiden gehen los. Markus' Mutter wartet ungeduldig neben dem Eingang und hakt ihren Mann unter. Was ich bewundernswert finde: Herr Mitscherlich hat seine Gesichtsfarbe fast so gut unter Kontrolle wie ein Chamäleon. Gestohlener Wagen und ein missgünstig gestimmter Pfarrer. Zwei Hammerschläge des Schicksals, aber er bewahrt immer noch Haltung. Nur wenn man genau hinschaut, kann man ein leichtes Schwanken in seinem Gang erkennen.

Ich bin nun tatsächlich in der Nachzüglergruppe gelandet. Macht aber nichts. Die anderen vier aus meinem Team sind längst drin, schauen dort nach dem Rechten und halten mir einen Platz frei. Nicht ganz unwichtig, denn es wird voll. Die Walchenauer Kirche mag ein

Schmuckstück der deutschen Spätromanik sein, aber ein Raumwunder ist sie nicht. Und eins muss man Markus' Tante Almut (Risikoklasse 3) lassen: Sie hat einen Extra-Stapel Gesangbücher aus ihrer Kirchengemeinde mitgebracht, weil sie vorhergesehen hat, dass die Walchenauer Gesangbuchvorräte nie und nimmer für uns reichen werden. So geht es gerade noch auf.

Und jetzt sehe ich auch, dass es gut war, in der Nachzüglergruppe zu verharren. Während sich drinnen alles in bester Harmonie zusammenfindet, bahnt sich hier draußen das nächste Revolverheldendrama an. Und wie. Das Timing ist so perfekt, dass ich dem Schicksal in den Hintern treten möchte, aber hilft ja nichts. Sven Wiesenhöfer, der gerade noch um die Ecke eine geraucht hat, kommt von der einen Seite auf den Eingang zu und zupft sich seine Ärmel zurecht. Und Maik Proschitzki, der eben auf den letzten Drücker mit seinem getunten Gebraucht-BMW auf den Parkplatz schlitterte, kommt von der anderen Seite und zupft sich seinen Kragen zurecht. Beide sind hochkonzentriert bei der Sache. Sie werden genau vor dem Eingang ineinanderlaufen und ... Ich muss das verhindern. Sie sollen sich erst in der Kirche sehen. Dann kann nichts mehr passieren. Weder ein Wiesenhöfer noch ein Proschitzki prügelt sich in einer Kirche, oder?

Ich hechte Maik Proschitzki in den Weg.

»Entschuldigung, darf ich?«

»Hä?«

»Schon weg. Nur ein kleiner Fussel. Heute wollen wir doch alle perfekt sein, hehe. Ach sieh mal an, bist du nicht der Maik Proschitzki? Waren wir nicht zusammen im Kinderg...?«

»Können wir nachher drüber reden? Ich will nicht

zu spät kommen. Frau Mitscherlich ist eine Kundin von mir.«

»Natürlich.«

Ein Glück, das hat schon gereicht. Sven ist bereits im Eingang verschwunden. Auch wenn Maik jetzt noch so sehr in den Laufschritt hochschaltet, sie werden sich erst in der Kirche begegnen. Ich hole noch einmal tief Luft und gehe den beiden hinterher. Rechts vom Eingang steht Janina mit ihrem Vater. Sie warten auf das Brautlied. Beide lächeln glücklich, und Janina klatscht mir leise Applaus. Sie hat genau mitbekommen, was hier gerade passiert oder, besser gesagt, nicht passiert ist. Schön, wenn man auch mal Lob für seine Arbeit bekommt, denke ich und betrete, zufrieden wie noch nie an diesem Tag, den Vorraum. Sven, der Drittletzte, wartet, bis sich das Grüppchen vor ihm durch die Tür geschoben hat. Maik, der Zweitletzte, steht hinter ihm und kontrolliert sein Jackett auf weitere Fussel. Und ich, der Allerletzte, sehe, wie etwas geschieht, das ich beim besten Willen nicht vorhersehen konnte.

Nashashnishnuirgendwas

Normalerweise müsste man sagen: »Toll! Das mit den Gesangbüchern ist fast genau aufgegangen.« Und dass die letzten drei, die den Vorraum betreten haben, bloß noch ein Gesangbuch auf dem Tischlein finden, ist nun wirklich nur ein sehr kleiner Schönheitsfehler. Normalerweise. Blöd ist halt, wenn ausgerechnet Sven Wiesenhöfer und Maik Proschitzki gleichzeitig die Hand nach dem letzten Gesangbuch ausstrecken. Ich kann es nicht verhindern. Die Geschichte nimmt ihren Lauf. Ein Glück, dass wir schon in der Kirche sind, denke ich mir noch einmal.

Sven fühlt Maiks Hand, Maik fühlt Svens Hand. Für einen kurzen Moment steht die Zeit still. Dann dreht sich Sven um. Sie schauen sich in die Augen. *Vorraum*, denke ich mir. Mist. Das hier ist nur der Vorraum. Wenn man im Vorraum ist, ist man dann schon richtig in der Kirche oder noch nicht? Das ist jetzt irgendwie ziemlich wichtig.

Die beiden fangen an zu reden.

»Ach nee, die olle Wiese!«

»Na so was, der Schnitzki!«

Ich bekreuzige mich. Nicht, weil ich mir Hilfe von oben erwarte, sondern weil ich hoffe, dass die beiden das sehen. Kirchenvorraum plus Anwesenheit eines Gläubigen, das sollte doch wohl reichen, damit sie keinen Stress machen, oder? Sie gucken aber gar nicht in meine Richtung. Sie drehen ihre Köpfe von mir weg und sehen in die Kirche hinein, wo gerade die letzten Takte des Einzugsmarsches georgelt werden.

Dann schauen sie sich wieder an.

Und dann fangen sie plötzlich an zu kichern. Ja, kichern. Beide. Wäre ich anders drauf, würde ich jetzt von einem Wunder sprechen, aber irgendwie hat es schon seine Logik. Nehmen wir an, Darth Vader und Darth Sidious treffen sich nach langer, langer Zeit ganz plötzlich zufällig auf einem völlig unbedeutenden Planeten im Outer Rim wieder, und das ausgerechnet im Vorraum einer Kirche, in der gerade eine Hochzeit beginnt. Jede Wette, sie würden auch kichern.

Aber man fragt sich natürlich, wie geht es weiter? Kurz gekichert und dann zurück zum Ernst des Lebens? Welche Kampftechniken sind zugelassen? Haben sie Waffen? Aber nein, sieh an, nun geschieht doch noch so etwas wie ein kleines Wunder. Wenn Typen wie Sven und Maik auf einmal so etwas Feines wie Ironie für sich entdecken, finde ich jedenfalls schon, dass man von einem Wunder sprechen kann.

Maik nimmt das Gesangbuch und drückt es Sven in die Hand.

»Bitte schön, der Herr. Sie waren vor mir dran.«

»Aber nein, Sie können es sicher besser gebrauchen.«

»Ich bestehe darauf.«

»Mein Gewissen! Es wird mich den ganzen Tag plagen!«

Junge, Junge, Talent haben sie ja schon. Aber worauf läuft das hinaus? Ich stehe immer noch mit eingezogenem Kopf hinter den beiden und bekreuzige mich in Endlosschleife. Die Orgel spielt den Schlussakkord. Ich wage es nicht zu atmen.

»Wissen Sie was? Wir schauen einfach zusammen rein. Was halten Sie von diesem Vorschlag, Herr Wiese?«
»Sie sind ein kluger Mann, Schnitzki.«
Und wenn man den beiden nun wirklich unbedingt etwas vorwerfen will, dann höchstens, dass sie laut kichern, während sie nebeneinander in der hintersten Reihe Platz nehmen. Ich selbst kichere natürlich nicht. Ich muss schließlich fast ganz nach vorne zur Bank der Hochzeitsrettergruppe. Henriette zischt: »Na endlich!« Schön, wenn sie keine anderen Sorgen hat. Kaum habe ich mich gesetzt, erklingt schon das Brautlied. Ein paar bange Momente, aber dann betritt Nashashuk Ziegler mit seiner Tochter Janina am Arm die Kirche. Ein Schmuckstück von einem Brautvater, muss man wirklich noch mal sagen. Er hat sich mit einem großartig sitzenden schwarzen Smoking und weinrotem Kummerbund ausstatten lassen. Dazu seine kräftigen halblangen Haare und sein Bart, man könnte ihn sofort für einen italienischen Opernstar halten. Und kann man sich einen schöneren Brautvater vorstellen als einen italienischen Opernstar? Absolut perfekt macht ihn aber sein Lächeln. Jeder kann es sehen: Er freut sich. Und eine Ruhe und Zufriedenheit strahlt er aus, beneidenswert. Jeder Mann im Raum wünscht sich, auch so zu werden, wenn er älter ist. Vielleicht sollte man sich doch mehr mit indianischen Weisheiten beschäftigen? Oder klappt das nur, wenn man sich auch »Nashashnishnuirgendwas« nennt?

Hin und wieder schaut er zu Janina und lächelt sie an. Sie lächelt zurück, dankbar, dass er in diesem Moment Stütze, ruhender Pol und sonst noch ganz viel positives Zeug für sie ist. Markus hat es da bei weitem nicht so gut. Sein Vater sitzt zusammengesunken neben ihm und versucht sich seine Angst nicht anmerken zu lassen.

Manchmal betrachtet er seinen stattlichen Bräutigam-Sohn von der Seite und versucht sich an diesem Anblick aufzurichten, aber im nächsten Moment packt ihn wieder die Angst. Und ich bin der Einzige im Raum, der weiß, warum.

Eineinhalb Minuten

Es ist nicht einfach, so zu predigen, dass alle etwas verstehen. Wie gesagt, in so einer alten Kirche hallt es immer fürchterlich nach. Wenn man die Sätze auch in der letzten Reihe noch mitkriegen soll, ist es wichtig, dass der Redner genug Pausen macht. Sonst vermischen sich die neuen Worte mit den Echos der alten, und am Ende hat man nur noch wirren Wortbrei. Aber wenn so ein Pfarrer jahrein, jahraus in der gleichen Kirche predigt, dann hat er den Bogen natürlich raus. Der weiß auf die Hundertstelsekunde genau, wie er seine Worte setzen muss, damit sie ankommen. Pfarrer Kühlbrodt zum Beispiel. Der beherrscht seine Walchenauer Kirche wie der Schlagwerker der Berliner Philharmoniker seine Kesselpauken. Jedes Wort ein Donnerhall, jeder Satz wie in die Luft gemeißelt.

»Sie, liebe Janina, und Sie, lieber Markus, Sie schließen heute einen Vertrag miteinander ab. Ja, das ist so, auch wenn wir das Wort Vertrag vielleicht gar nicht so gern mögen. Doch woher kommt das? Ist ein Vertrag nicht etwas Positives? Etwas, das man schwarz auf weiß hat? Etwas, auf das man sich verlassen kann? Etwas, das man ›getrost nach Hause tragen kann‹, wie der Dichter sagt?

Allzu oft lernen wir in unserem heutigen Leben Verträge von ihrer negativen Seite kennen. Verträge, bei denen einer seinen Vorteil zum Nachteil des anderen sucht. Verträge, bei denen der eine die Gutgläubigkeit des anderen ausnutzt. Verträge, bei denen der eine den anderen rücksichtslos über den Tisch zieht und sich darüber auch noch freut. ›Was willst du?‹, ruft er aus. ›Du hast den Vertrag doch gelesen, du hast ihn unterschrieben. Alles ist rechtens. Gib mir, was mir zusteht, und geh deiner Wege.‹ Und er lacht, während der andere voll Wut und Trauer ist. Und nicht die Wut über den erlittenen Nachteil ist das Schlimmste. Es ist die Enttäuschung: ›Du, mein Mitmensch, hast einen Vertrag, der doch eigentlich ein Instrument des Friedens sein soll, als Waffe gegen mich benutzt. Wie soll ich dir jemals wieder vertrauen?‹

Ja, liebes Brautpaar, solche Verträge werden Tag für Tag in unserer Welt geschlossen. Und auch wenn wir uns das nicht vorstellen wollen, es gibt Menschen, die ihren Lebensunterhalt von solchen Verträgen bestreiten. Denken wir einmal kurz darüber nach. Was muss das für ein Leben sein? Tief im Herzen das Bewusstsein, dass man das Vertrauen seiner Mitmenschen missbraucht? Dass man auf Kosten seiner Mitmenschen lebt? Dass man durch sein niederträchtiges Handeln die Saat für Zorn und Misstrauen in andere Herzen einbringt? Und die stetige Angst, dass das, was man getan hat, eines Tages auf einen zurückfällt?«

Markus scheint die Predigt zu begeistern. Er nickt zu jedem Satz. Schon klar. Im internationalen Vakuumbusiness kann man sich keinen schlechten Ruf leisten. Da will man seine Kunden langfristig an sich binden. Da schließt man auch mal Verträge ab, die einem Willkommensgeschenk gleichkommen. Und mit jedem Mal, wenn Markus nickt, wird sein Vater ein Stück kleiner. Pfarrer Kühlbrodt kennt aber auch wirklich keine

Gnade. Er beleuchtet alle Aspekte des Themas unlauterer Vertrag bis in den letzten Winkel. Und wirklich brillant, wie er immer wieder von einem Gedanken zum nächsten überleitet. Er muss lange an dieser Predigt gesessen haben. Auch die anderen Kirchenbesucher fühlen sich angesprochen. Immer wieder irgendwo ein zustimmendes Nicken und Luftholen. Ich glaube zwar, dass die Leute mehr so an ihre Miet-, Kredit- und Sonstwasverträge denken und keiner einen gedanklichen Bogen zum Autohaus Mitscherlich schlägt. Trotzdem muss sich Markus' Vater gerade wie der einsamste Mensch der Welt fühlen.

Aber ich finde, er ist noch gut davongekommen. Ich meine, 15 000 Euro Restwert für einen Opel Astra? Da hätte er sich auch nicht beklagen dürfen, wenn Pfarrer Kühlbrodt die Menge zum Lynchmord aufgerufen hätte.

»Doch keine Angst, liebe Janina, lieber Markus, der Vertrag, den ihr beiden heute miteinander eingeht, ist von anderer Art. Genau genommen seid ihr ihn schon lange, bevor ihr diese Kirche betreten habt, miteinander eingegangen. Es ist kein Vertrag, bei dem einer von euch beiden einen unlauteren Vorteil für sich herausholen will. Und es ist auch kein Vertrag, mit dem der eine den anderen knechten und fesseln will. Kein Vertrag der Niedertracht, kein Vertrag mit Hintergedanken, kein Vertrag, den man von einem Fachmann prüfen lassen müsste. Nein, es ist ein Vertrag des Vertrauens, des Wohlwollens und der Güte, kurz gesagt – ein Vertrag der Liebe. Den seid ihr eingegangen, und ihr wollt ihn heute mit eurem Jawort vor Gott und der ganzen Welt besiegeln. Es bleibt mir nur noch eins zu sagen: Was für eine Freude! Und nun lasst uns, bevor wir zur Zeremonie kommen, noch ein Lied anstimmen.«

Gut gegeben, Kühlbrodt! Wir singen:

»*Lass unsre Liebe ohne Wanken, die Treue lass beständig sein.*

Halt uns in Worten und Gedanken von Zorn, Betrug und Lüge rein.

Lass einen für den andern stehn, gib Augen, seine Last zu sehn.«

Haha, noch ein kleiner Nachschlag. Der Mann ist wirklich eine coole Sau. Zwei Stimmen tönen besonders laut. Bülent stupst mich an und zeigt nach hinten. Was für ein Schauspiel! Sven Wiesenhöfer und Maik Proschitzki singen tatsächlich aus *einem* Gesangbuch. Und sie haben Spaß. Keine zwei Superbestien, die sich zum Superendkampf getroffen haben. Nein, das sind mehr so zwei alte Kriegsveteranen, die sich auf dem Festakt zum fünfzigjährigen Waffenstillstandsjubiläum treffen. Sven hält das Buch hoch, Maik hat eine Lesebrille aufgesetzt. Sie schunkeln im Takt und lassen ihre Bässe dröhnen. Mit ganzem Herzen und voller Inbrunst. Manchmal etwas falsch, aber eins muss man ihnen lassen, sogar Diethart Füllkrugs Panzerfauststimme hat neben ihnen keine Chance.

Das Lied ist zu Ende. Es geht weiter, wie so ein Gottesdienst halt weitergeht. Pfarrer redet, wir singen, Pfarrer redet, wir singen, immer schön hin und her. Und irgendwann kommt unausweichlich zum zweiten Mal für heute das Ding mit dem Ja-Sagen. Langsam gewöhne ich mich daran. Wieder stehen Janina und Markus vorne. Wieder rückt ihr kurzer Textpart näher und näher. Und wieder formen sich aus den Wolken in meinem Kopf die Worte »Peng – verheiratet!«. Aber Jil, die schräg vor mir sitzt, wendet ihren Kopf nach hinten und lächelt mir kurz zu. Wieder erstaunliche Wirkung. Mein Befehlszentrum befiehlt nicht: »Hahaha!« Die diensthabenden Hirnzellen lümmeln auf einmal mit den Füßen auf dem Schreibtisch herum und sagen: »Warum wir? Kann ja auch mal wer anders.« Dafür umso mehr Betrieb in meinem Gefühlszentrum. Wollte Jil mich im Standesamt wirklich küssen, oder habe ich mir das am Ende nur eingebildet? Es ist schon wieder so weit weg. Ich verscheuche den Gedanken und konzentriere mich auf Janina und Markus. Ist ja immerhin der große Augenblick jetzt. Wie die beiden sich in die Augen schauen! Wie ihre Stimmen beim »Ja« erzittern! Wie sie sich küssen! Perfekte Momente! Für die Ewigkeit! Nichts kann sie zerstören!

Fast nichts.

»Zerstören« ist auch das falsche Wort. Maßlos übertrieben. »Beeinträchtigen«. Sagen wir »beeinträchtigen«. Okay, »spürbar beeinträchtigen«. Egal. Einfach Folgendes: Der Fotografenheini ist, ich erwähnte es bereits, Künstler. Der hat seine Ansprüche. Wenn er schon Fotos von einer kirchlichen Trauung macht, dann richtige. Und richtige Fotos macht man nicht mit dem Teleobjektiv. Nein, ein Teleobjektiv verzerrt immer die Realität. Völlig inakzeptabel. Der anspruchsvolle Fotograf muss, wenn es darauf ankommt, auch mal den Mut haben, auf Tuchfühlung zu gehen. Außerdem wichtig: Ein richtiger Fotokünstler lehnt den ganzen Digitalquatsch ab. Da klackt der Verschluss der guten alten Nikon fröhlich herum und bannt die Kunst auf einen echten Zehn-Euro-Schwarzweißfilm, während die Knipsgeräusche im Raum nachhallen. Und für Serienbilder benutzt ein echter Fotokünstler dieses komische Motordings, das man unten an die Kamera dranschraubt. Das transportiert den Film so irre schnell weiter, da es nur so eine Lust ist. Und es macht dabei »Rrrrk-Rrrrk-Rrrrk!«

Das sind die Fakten. Alles vielleicht ein bisschen lästig, aber muss man jetzt keinen Elefanten draus machen. Nur mit einer ausgesprochen kranken Fantasie könnte man assoziieren, dass Janina und Markus, während sie »ja« sagen, aus nächster Nähe von einem Amokläufer mit ratterndem Maschinengewehr niedergemetzelt werden. Aber selbst wenn es so wäre, die beiden sind gerade so trunken vor Liebe, dass sie es nicht einmal merken würden. Der Amokläufer würde ihnen irgendwann entnervt auf die Schulter tippen müssen, auf sein Maschinengewehr zeigen und auf die blutenden Einschussstellen, und dann würden sie es vielleicht ganz langsam kapieren. Doch ich schweife ab. Es ist ja kein Amokläufer, der hier so einen makaberen Krach macht, sondern nur der Fotografenheini mit seiner steinzeitlichen Dieselmotor-Knipse. Und ich bin sicher der Einzige, der so abartige Gedanken dazu hat ... Okay, ich und Janinas Großonkel Rigobert (alias Schützengraben-Rigo, Risikoklasse: 3, Waffen: Schilderung von Kriegserlebnissen), der von dem Krach aufgewacht ist, sich hinter seiner Kirchenbank auf den Boden geworfen hat und nach seinem Stahlhelm tastet. Aber sonst alles perfekt.

Danach weiter wie gehabt. Singen, Worte, singen, Worte und schließlich der große Auszug aus der Kirche. Während es kiloweise Reis auf Janina und Markus herabregnet, hat die Hochzeitsrettungsgruppe endlich wieder Gelegenheit zum Austausch. Großonkel Rigobert und ich waren anscheinend doch nicht die Einzigen, die vorhin an Maschinengewehr gedacht hatten. Henriette, Patrick, Bülent, Jil, alle sind hellauf empört über den trampeligen Fotografenheini, der schon wieder an seinem nächsten Streich bastelt: Er versucht krampfhaft, Hochzeitsgäste und angeschnittene Grabsteine gemeinsam aufs Bild zu bekommen. Nun gut. Haken wir auch das ab. Schließlich folgt ja jetzt der vergnügliche Teil. Ein ganzer Nachmittag plus Abend plus Nacht im wunderschönen Schloss Walchenau, das die großartige Jil extra für diesen Tag vom fürchterlichen Drachen Weckenpitz befreit hat. Alles, was bisher doof war, wird dort vergessen sein. Und früher oder später werden Jil und ich im Lauf des Abends Zeit für uns finden. Ich sollte mich entspannen.

Henriette hat gestern mit Frau von Weckenpitz' Vertreterin telefoniert. Eine Frau Talsdorf. Sehr angenehmes Wesen, sagte sie. Genießt es offensichtlich, endlich einmal selbst einen Abend auf dem Schloss ausrichten zu dürfen, und schien bereit, sich notfalls in zwei Hälften zu zerreißen, nur um der Hochzeitsgesellschaft ein angenehmes Fest zu bieten. Was will man mehr? Da macht es auch nichts aus, dass das Himmelsgrummeln nun schon wieder etwas lauter geworden ist und die Luft so schwer, dass man sie schneiden könnte wie eine Hochzeitstorte. Der mit Abstand am häufigsten vor der Kirche gesagte Satz ist deswegen nicht »Herzlichen Glückwunsch!« und auch nicht »Ich hatte dir die Autoschlüssel gegeben, Schatz«, sondern »Oha, da kommt aber heute noch was runter!«.

Das Schloss ist zum Glück nicht weit weg. Zweihundert Meter die Hauptstraße runter und dann links. Trotzdem steigen alle, die gratuliert haben, in ihre Autos. Die schweren Geschenke, das ungewohnte Schuhwerk, das drohende Gewitter, alles gute Gründe, auf einen kleinen erfrischenden Spaziergang zu verzichten.

An der Parkplatzausfahrt ist bereits eine Staubwolke zu sehen. Von Henriette und Bülent. Sie sind blitzschnell in Henriettes Wagen vorgeprescht, um, wie geplant, heimlich die Sitzordnung im Schloss zu überarbeiten. Jil, Patrick und ich begleiten derweil in aller Ruhe die Geschehnisse vor der Kirche. Bis sich die große Masse in Bewegung setzt, kann es noch dauern. Die Gratulierschlange vor Janina und Markus will und will nicht kürzer werden. Jil hat vorsichtshalber ein Gespräch mit Schnitzki-Proschitzki begonnen und versucht sich brennend für seine Yogakurse zu interessieren. Dummerweise steht unsere hübsche Freundin Linda daneben und interessiert sich auf einmal auch für Yogakurse. Und Maik Proschitzki interessiert sich wiederum dafür, dass Linda sich für Yogakurse interessiert. Aber das muss ja alles nichts Schlimmes bedeuten. Immerhin trägt er keine Uniform, und Linda ist nicht betrunken. Und Wiese-Sven steht mal wieder beruhigend weit weg von ihm in der Raucherecke. Sonst ist nicht viel los. Im Schatten der Linde wird erneut der Säugling gestillt, Turbo-Erich nimmt Einstellungen an seinem Rollstuhl vor, und Nichte Sinja bringt ein paar Kindern zwischen den Gräbern das Radschlagen bei.

»Schau mal, Tim, die, die da gerade ihre Glückwünsche loswird, das ist Tante Otti.«

»Die Dame mit den Hochzeitsspielen?«

»Ja. Siehst du das unheilvolle Funkeln in ihren Augen?«

»Gott sei uns gnädig.«

»Versuchen wir trotzdem, uns ein wenig zu entspannen.«

Das Entspannen gelingt mir exakt eineinhalb Minuten lang. Dann höre ich ein paar Meter neben mir die Stimme von Markus' Vater.

»Könnte ich Sie einen Moment unter vier Augen sprechen, Herr Pfarrer?«

Gesangbuch

Während ich Herrn Mitscherlich und dem Pfarrer heimlich um die Ecke gefolgt bin, hatte ich durchaus Hoffnung, dass sie sich gleich in einem entspannten Gespräch versöhnen würden. Herr Mitscherlich würde sich für seinen windigen Mitarbeiter entschuldigen, dachte ich. Er würde Pfarrer Kühlbrodt schildern, wie sehr er den Burschen am Montag zusammenscheißen würde. Und er würde ihm anbieten, den Vertrag zu zerreißen und neu aufzusetzen. Und der Pfarrer würde das Angebot gerne annehmen. Und sich besorgt erkundigen, ob seine Predigt Herrn Mitscherlich nicht zu tief getroffen habe. Und Herr Mitscherlich würde sein Schwamm-drüber-Lächeln herausholen, sie würden sich die Hand schütteln und so weiter.

Aber es geht gerade in eine ganz andere Richtung. Herr Mitscherlich gibt dem Pfarrer nicht die Hand. Und er hat auch nicht sein Schwamm-drüber-Lächeln herausgeholt. Was seine Hände betrifft, ist es vielmehr so, dass er sie dem Pfarrer um den Hals gelegt hat. Und er drückt den Hals samt dem Mann gegen die Kirchenwand. Und er lächelt auch nicht. Sein Kopf ist rot vor Wut. Der Pfarrerkopf ebenfalls. Der allerdings mehr so vor Luftmangel.

»WO IST ER?«
»Keuch ... wer ... denn?«
»DER PORSCHE!«

Hä? Was für eine abwegige Idee.

»Sie vermissen ... einen Porsche, Herr ... Mitscherlich?«

»DAS WAR UNSER BRAUTAUTO, SIE UNMENSCH!«

Was für ein Quatsch! Pfarrer stehen doch keine Brautautos. Oder bin ich zu naiv? Pfarrer Kühlbrodt guckt zornig. Kann man verstehen. Dennoch, für die Gesamtsituation wäre es besser, er würde sich um Deeskalation bemühen. Tut er aber nicht. Auch als Herr Mitscherlich seinen Griff wieder lockert, um ihm Gelegenheit zum Reden zu geben, verschwindet das ungute Funkeln nicht aus den Pfarreraugen.

»Nun, Herr Mitscherlich, nehmen wir einmal an, ich hätte ihren Brautauto-Porsche.«

»WAS ...?«

»Was ich mit ihm gemacht habe? Ja, das interessiert Sie natürlich. Aber sagen wir mal, ich habe noch gar nichts damit gemacht. Sagen wir mal, ich überlege noch.«

Respekt. Er könnte auch einfach versuchen, Herrn Mitscherlich in die Eier zu treten. Aber nein, er gibt mit Worten heraus. Völlig unerschrocken und, muss man sagen, auch ziemlich kreativ. Nur halt nicht gerade um Frieden bemüht.

»Ich könnte Ihnen zum Beispiel einen günstigen Leasingvertrag anbieten, Herr Mitscherlich.«

Okay, Volltreffer. Aber dieses Thema könnte jetzt mal langsam vom Tisch, finde ich.

»Wäre ein völlig neues Vertragsmodell, nicht wahr, Herr Mitscherlich? Loose & lease back. Könnte Furore machen.«

Jetzt ist es aber wirklich genug, Kühlbrodt.

»Aber irgendwie sind solche Geschäfte auch nicht so richtig meine Baustelle, Herr Mitscherlich. Wissen Sie, ich bin ja Pfarrer. Ich glaube, ich werde den Porsche lieber auf unserem Sommerfest zugunsten von Waisenkindern in Aserbaidschan versteigern lassen, was halten Sie davon?«

Herr Mitscherlich sagt zwar nichts, aber dass er sofort anfängt, Pfarrer Kühlbrodt wieder die Luft abzudrücken, sagt ganz klar, dass er nichts davon hält. Im gleichen Moment kommen Patrick und Jil um die Ecke. Einerseits ist das ein Glück, denn hier muss dringend etwas passieren. Andererseits könnte man auch sagen, sie kommen viel zu spät. Eine Minute früher hätte Herr Mitscherlich sicher sofort losgelassen, wenn Leute kommen, weil Skandal und so. Aber inzwischen ist er so in Rage, dass ihm jeder Skandal egal ist. Wenn man ihn nur von dieser fixen Idee abbringen könnte, dass der Pfarrer den Porsche hat stehlen lassen.

Dass Patrick beruhigend auf ihn einredet, nützt leider gar nichts. Ebenso wenig, dass ich nun endlich aus meinem Versteck herauskomme und mit den Armen fuchtele. Die Rettung bringt mal wieder Jil, die im nächsten Moment mit Maik Proschitzki im Schlepptau um die Ecke biegt. Und wie durch ein Wunder (wir sind ja auf kirchlichem Gelände) taucht im gleichen Moment Sven Wiesenhöfer aus seinem Raucherwinkel auf. Und wie die beiden jetzt einträchtig Herrn Mitscherlich von Pfarrer Kühlbrodt lösen, wirklich, mit welcher Ruhe und dennoch entschlossen und zielgerichtet. Und vor allem wie einträchtig. Wie vorhin beim Gesangbuch. Nur ist jetzt Markus' Vater das Gesangbuch. Und sie bringen das Mitscherlich-Gesangbuch, nachdem die Messe gelesen ist, ganz sanft zu seinem Platz neben dem Brautpaar zurück, das immer noch die Gratulanten abarbeitet. Nicht eine Seite ist verknickt.

Jil, Patrick und ich kümmern uns derweil um Pfarrer Kühlbrodt. Der arme Kerl. Muss man ihm hoch anrechnen, dass es keine Schlägerei gab. Er hätte allen Grund gehabt, sich zu wehren. Aber nein, seine Waffe blieb am Ende das Wort. Bewundernswert. Und wirklich, was für eine abartige Idee von Herrn Mitscherlich, er hätte das Brautauto stehlen lassen, um ihm eins auszuwischen. Ein Mann der Kirche!

Nicht wahr?

»Und ich sage euch, er war es! Pfarrer Kühlbrodt hat den Porsche!«

Natürlich war er es.

»Jetzt komm mal runter, Tim. Nur weil er dir eine aufs Auge gehauen hat, heißt das noch lange nicht, dass er den Porsche hat.«

»Pah!«

»Es war eben einfach keine kluge Idee von dir, ihn zum Abschied zu fragen: ›Ähm, nur um ganz sicherzugehen, Sie haben unser Brautauto wirklich nicht, ja?‹«

»Man wird ja wohl noch mal nachhaken dürfen!«

»Du warst halt der Tropfen, der das Fass, du weißt schon. Dieser arme Mensch brauchte ein Ventil für seine infernalischen Massen aufgestauter Wut. Jetzt geht es ihm besser. Du hast quasi ein gutes Werk getan.«

»Nein, ich habe ihn entlarvt, Patrick. Wenn er sich von einer höflichen Frage so aus der Fassung bringen lässt, *muss* er der Täter sein.«

»Tim, wenn mir einer aufs Auge gehauen hätte, würde ich ihm auch zutrauen, dass er mein Haus abgefackelt hat. Sogar wenn ich gar kein Haus habe.«

»Lass mich doch in Ruhe, Jil. Nur weil es nicht in dein Bild von einer romantischen Hochzeit passt, dass ein Pfarrer ein Brautauto stehlen lässt.«

»Aber ...«

Na bitte, mehr als »aber« fällt ihr nicht mehr ein.

...

Mist.

Musste das jetzt sein? Ich suche nach ihren Augen, aber sie schaut in eine andere Richtung. Und ich kann durch ihren Hinterkopf hindurch sehen, dass sie traurig schaut. Meine Fresse, wenn es um Hochzeiten geht, denken alle nur noch in rosa Bonbonschlössern. Und dabei verpassen sie manchmal das Beste. Ein Pfarrer, der sich rächt. Ist doch toll. Janina und Markus wurden von jemandem getraut, der genug Eier hat, einen Porsche zu klauen. Muss man auch mal so sehen. Heißt natürlich noch lange nicht, dass er mir ...

»Im Schloss kriegst du erst mal einen kalten Lappen, Tim.«

»Der hatte aber auch eine rechte Gerade. Junge, Junge, da kann Markus' Vater wirklich von Glück sagen, dass er nicht dran war.«

»Können wir endlich über etwas anderes reden?«

Leckt mich doch alle. So schnell finden wir zwar kein neues Thema, aber wenigstens halten sie jetzt die Klappe. Ist auch gut so. Wenn wir noch mehr Zeit damit verschwenden, einen kriminellen Pfarrer in Schutz zu nehmen, bringen wir am Ende noch den Zeitplan durcheinander. Ich gehe wortlos zu meinem Admiral und warte auf das Brautpaar, wie ein guter Chauffeur. Jil und Patrick machen sich zu Fuß auf den Weg. Die Lockenbraut und der Koloss.

Sagte ich *Lockenbraut*?

»Oh je, Tim, du stehst dir schon die ganze Zeit die Beine in den Bauch, was?«

»Mache ich doch gerne, Markus. Kann es losgehen?«

»Auf jeden Fall.«

»Ab ins Schloss!«

Janina sieht jetzt ein bisschen geschafft aus, finde ich.

»Oh, was ist denn mit deinem Auge passiert, Tim?«

»Ausgerutscht. In der Kirche. Die glatten Steine. Nicht so schlimm.«

»Sicher? Das schwillt richtig an.«

»Und wird ganz blau.«

»Im Schloss kriegst du erst mal einen kalten Lappen.«

Ja, ja. Wir fahren als Letzte vom Parkplatz. Zum Glück sind Janina und Markus auf der Rückbank mit sich beschäftigt, genauer gesagt, mit leidenschaftlichem Küssen, ohne dabei Make-up und Frisuren zu zerstören. Braucht man volle Konzentration für. Bestens. Ich bin nicht in Plauderstimmung. Als wir vor dem Schloss ankommen, haben die Leute schon eine lange Prozessionsschlange auf dem Parkplatz gebildet. Sie warten darauf, dass sich das Brautpaar an die Spitze begibt und wir alle zusammen mit großem Hallo in unser Feierdomizil einziehen können. Etwas pompös ist so ein Riesengruppenmarsch ja schon, finde ich, aber okay, man heiratet ja nur einmal. Meine einzige Sorge: dass Diethart Füllkrug »Hier fliegen gleich die Löcher aus dem Käse« anstimmt, wenn wir uns in Bewegung setzen. Sähe ihm ähnlich.

Ich entdecke die anderen aus dem Hochzeitsrettungsteam ganz vorne in der Schlange und geselle mich dazu. Perfekter Blick auf die Rückansicht von Brautpaar, Trauzeugenduo und Elternquartett. Markus' Vater wirkt schon wieder recht stabil. Er verdient auf jeden Fall jetzt schon den Weltmeistertitel im Sich-wieder-Einkriegen. Und dann natürlich die Schlosskulisse. Phänomenal. Kein Wunder, dass Janina und Markus sich dafür entschieden haben. Ich kenne mich ja nicht so aus mit dem ganzen Baustilzeugs, aber muss ich auch nicht. Das ist einfach ein wunderschönes, ultraromantisches Schloss.

Nicht zu klein, nicht zu groß, jedes Detail passt. Sogar die Regentonne, die ein paar Meter neben dem Eingang steht, weil man den wunderschönen Wasserspeier an der historischen Regenrinne nicht durch ein hässliches Regenrohr ersetzen wollte, wurde liebevoll mit antiken Schmuckelementen verziert. Muss das alles ein Geld gekostet haben.

Henriette flüstert mir von der Seite zu:

»Ich habe gehört, der Pfarrer hat dir eins aufs Auge ...«

»Ich möchte jetzt nicht darüber sprechen.«

»Im Schloss kriegst du erst mal einen kalten L...«

»Habt ihr die Sitzordnung an der Tafel gut hingekriegt?«

»Oh ja. Wir haben quasi die Welt neu geordnet. Kamerun liegt jetzt neben Grönland, und Brasilien nördlich von China.«

»Verstehe.«

»Pst. Es geht los.«

Tatsächlich. Die prächtige Eingangstür des Schlosses hat sich geöffnet. Eine Frau in rotem Kleid, flankiert von zwei Männern im Kellnerfrack steht bereit, um die Meute zu empfangen. Markus und Janina schauen sich kurz an. Dann holen beide tief Luft und machen, Hand in Hand, die ersten Schritte. Wir folgen ihnen. Durchatmen. Der wichtigste Teil ist geschafft. Kann man zufrieden sein. Der Einzige, der bis jetzt wirklich was abgekriegt hat, bin ich, aber ich will da jetzt gar nicht mehr groß rumjammern, schließlich bin ich ja hier nicht die Hauptfigur.

Kaum sind wir aber drei Schritte gegangen, packt mich ein kalter Schauder. Zwei große Hände haben sich von hinten auf meine Schultern gelegt. Und wie in einem Alptraum spüre ich, wie mir, genau wie befürchtet, die ersten Worte des tödlichsten aller tödlichen Stimmungslieder gegen den Hinterkopf prallen.

»HIER FLIEGEN GLEICH ...«

Ich kann es nicht fassen. Hat dieser Füllkrug denn wirklich gar kein Gewissen? Kennt so ein Mensch kein Mitgefühl, keine Nächstenliebe? Doch im nächsten Moment kommt auch schon völlig unverhofft die Rettung. Vom Schloss her erschallt Mozart-Gedöns. Irgend so was Bekanntes, vielleicht auch Beethoven, was weiß ich. Jedenfalls ist es laut genug, dass Diethart Füllkrug sich unmittelbar nach »Löcher aus dem Käse« ganz flott wieder selbst abwürgt. Bravo, Frau stellvertretende Schlosschefin Talsdorf, das haben Sie großartig gemacht! Ich ahne schon jetzt, was Sie für eine Perle sind. Natürlich, bisschen dick aufgetragen, hier so in Open-Air-Festival-Lautstärke Klassik in die Luft zu ballern. Und die Tonqualität, na ja, weiß man auch im ersten Moment nicht, ob das Geigen oder Schneidbrenner sein sollen. Aber das ist jetzt unwichtig. Um den Füllkrug zum Schweigen zu bringen, wären auch noch ganz andere Mittel recht gewesen.

Gerade als auch noch die Letzten in unserem Zug durch die Mozarthovenmusik in ungewollten Gleichschritt verfallen sind, kommen Markus und Janina vor dem Empfangstrio im Eingangsportal an. Ich linse durch die Lücke zwischen ihnen. Frau Talsdorf ist wirklich eine beeindruckende Erscheinung. Teures rotes Kostüm, kerzengerade Haltung und eine kunstvolle Frisur, die kaum weniger gekostet haben dürfte als die von Janina. Die Dame gibt einen Wink nach hinten, und sofort wird die Musik, zu der wir gerade marschiert sind, auf Gesäuselstufe heruntergefahren. Sie lächelt und schüttelt dem Brautpaar die Hände.

»Herr und Frau Mitscherlich, nehme ich an?«

Markus und Janina schauen sich verdutzt an. Klar. Es ist das erste Mal in ihrem Leben, dass sie mit ihrem gemeinsamen Nachnamen angesprochen werden. Janina fasst sich ein Herz.

»Ja, das sind wir.«

»Wie reizend! Ich gratuliere Ihnen herzlich zu Ihrer Vermählung und heiße Sie auf unserem schönen Schloss Walchenau willkommen.«

Klingt gut. Ich freue mich schon richtig auf den Kaffee.

»Ich darf mich vorstellen, mein Name ist Gesa von Weckenpitz. Ich gebe mir heute große Mühe, um Ihnen einen schönen Tag zu bereiten. Aber, bitte lassen Sie mich das kurz sagen, ich erwarte auch von Ihnen und Ihren Gästen, dass Sie sich ein wenig Mühe geben. Wir wollen ja schließlich alle, dass das heute ein gelungenes Fest wird, nicht wahr?«

Jil krallt sich so fest in meinen Arm, dass ich vor Schmerz laut aufschreien will. Und sie scheint ebenfalls vor Schmerz laut aufschreien zu wollen. Kein Wunder. Ich habe mich nämlich auch in ihrem Arm festgekrallt, merke ich gerade.

Vielen Dank auch

Frau von Weckenpitz hat mich und mein blaues Auge erst einmal in ihr Büro geführt, das hinter einer unauffälligen Tapetentür im Eingangsfoyer versteckt liegt. Jil und Henriette sind mitgekommen. Wir schauen auf einen beeindruckenden Schlossherrinnen-Schreibtisch. Riesiges antikes Ding, an dem bestimmt schon Johann Sebastian Bach mit Thomas Mann diskutiert hat, oder so. Von der Tischplatte ist allerdings kaum etwas zu sehen. Sie ist mit lauter Überwachungsmonitoren vollgestellt. Auf einem davon kann man beobachten, wie die Gäste in einen prächtigen Saal strömen, in dem eine gedeckte Kaffeetafel auf sie wartet. Eins a Bildqualität, gestochen scharf und in Farbe. Man weiß nicht nur sofort, warum der Kaffeesaal »Grüner Saal« genannt wird, man erkennt auch, dass Tante Otti drei kleine Leberflecken und eine Narbe auf dem Hals hat. Faszinierend. Erst als ich Jils Stimme höre, fällt mir wieder ein, wo wir gerade sind und warum.

»Frau von Weckenpitz, ich ...«

»Eigentlich heißt es *Freifrau von Weckenpitz*, aber das nehme ich nicht so genau. Was ist denn los, Kindchen?«

»Ich wollte nur noch einmal fragen, also, nur so, uns ist eine Frau Talsdorf als Ihre Vertreterin für den Abend angekündigt worden, und ...«

Frau von Weckenpitz wühlt intensiv in irgendwelchen

Schubladen, schafft es aber trotzdem, nebenbei zu antworten.

»Ja, Kindchen, das ist völlig richtig. Eigentlich hätte ich heute einen wichtigen Termin gehabt. Aber ich habe ihn heute Morgen schweren Herzens abgesagt, weil ... Also, das verstehe ich nicht, hier muss sie doch irgendwo sein. Nie findet man etwas, wenn man es braucht.«

»Hm, also ... Warum haben Sie den Termin denn abgesagt?«

Frau von Weckenpitz unterbricht nun doch das Gesuche und richtet sich auf.

»Wollen Sie es wirklich wissen, Kindchen?«

»Och, ja, nur so, warum nicht?«

Schon lustig. Frau von Weckenpitz schaut auf einmal drein wie eine Märchenerzählerin, die nun zu der Stelle kommt, als der kleine Hirtenjunge viel zu weit in den finsteren Wald hineingelaufen ist und auf einmal eine tiefe, unheimliche Stimme hört.

»Stellen Sie sich vor, ich hatte heute Nacht einen fürchterlichen Traum. Überall waren Blitze am Himmel, und das Schloss stand in Flammen. Ich bin zwar nicht abergläubisch, aber nach diesem Erlebnis konnte ich einfach nicht weg. Ich bin ein Mensch, der seine Entscheidungen auch manchmal mit dem Herzen fällt, wissen Sie?«

»Ich verstehe.«

»Es ist zum Verzweifeln, ich kann sie nicht finden.«

»Ist schon in Ordnung, Frau von Weckenpitz. Ich brauche wirklich keine Augenklappe. Wenn Sie nur was zum Kühlen ...«

»Sehen Sie, junger Mann, jetzt machen Sie den Fehler, den die meisten Menschen machen. Sie denken nicht in Zusammenhängen.«

»Nicht?«

»Haben Sie schon einmal überlegt, was für ein unappetitlicher Anblick Ihr Gesicht für die anderen Gäste ist? Sollen die Menschen sich an den 21. 8. 2012 als den Tag einer wunderschönen Hochzeit erinnern oder als den Tag, an dem sie dauernd einen jungen Mann betrachten mussten, der offenbar gerade von einer Kneipenschlägerei kam? Wissen Sie, was ich meine? Man muss immer das ganze Bild vor Augen haben. Und deshalb tragen Sie hier bitte schön eine Augenklappe. Darüber wird jetzt nicht mehr diskutiert.«

»Aber heute ist doch gar nicht der 21. 8., heute ist der 21. 7.«

»Seien Sie mir nicht böse, aber Zahlen bringe ich gerne einmal durcheinander. Zahlen sind letztlich etwas völlig Bedeutungsloses, zumindest für einen Menschen mit kultiviertem Geist.«

Noch während sie spricht, wendet sie sich von mir ab, schnappt sich den Hörer ihres Telefons und drückt eine Taste.

»Herr Unzicker, kommen Sie bitte.«

Fast im gleichem Moment steht wie aus dem Nichts ein etwa fünfzigjähriger Mann mit schwarzem Anzug, dünn gestreiftem Hemd und akkurat in Form gebrachten grauen Haaren in der Tür.

»Herr Unzicker, dieser Mann braucht eine Augenklappe. Ich weiß, dass wir eine haben, aber mir fehlt jetzt die Zeit zum Suchen. Übernehmen Sie das bitte.«

Und damit rauscht sie ab. Ich sage Jil und Henriette, dass es okay ist, wenn sie mich alleine lassen, und sie rauschen ebenfalls ab. Herr Unzicker mustert mich schweigend. Unangenehm, dieser Blick. Es dauert eine kleine Ewigkeit. Schließlich sagt er »Wartense hier«

und verschwindet. Also echt, höflich geht anders, denke ich mir, während ich mich schnaubend auf Frau Weckenpitz' Chefsessel fallen lasse. Aber da war etwas, das mich noch viel mehr an ihm gestört hat. Seine Stimme klang genau so wie die der Stasis und Vopos, die man aus den ganzen Filmen mit DDR und so kennt. Irgendwie fühle ich mich unbehaglich.

Und es dauert. Wenigstens habe ich die Überwachungsmonitore, um mir die Zeit zu vertreiben. Ich sehe die große Terrasse, auf der sich viele Gäste eingefunden haben. Alle gucken verzückt drein. Der Schlossgarten muss wohl wirklich ein atemberaubend schöner Anblick sein. Im nächsten Moment kommt Frau von Weckenpitz von der Seite ins Bild. Sie rollt mit den Augen und scheucht mit weit ausholenden Armbewegungen die Leute, die sich auf die steinerne Balustrade gesetzt haben, von dort herunter.

Anschließend verschwindet sie am linken Bildrand des Terrassenmonitors und taucht im gleichen Moment am rechten Bildrand des Grüner-Saal-Monitors wieder auf. Ein paar Leute suchen nach ihren Namensschildern auf den Tischen und setzen sich schon mal, andere stehen in kleinen Gruppen zusammen, und drei Kinder spielen um einen der Tische herum Fangen. Bis Frau von Weckenpitz es ihnen verbietet. Der dritte Monitor zeigt das leere Foyer. Ich sehe, wie die nimmermüde Frau von Weckenpitz auch dort auftaucht, sich umschaut, angewidert den Kopf schüttelt und einmal mehr verschwindet. Der vierte Monitor zeigt eins der Salonzimmer. Dunkle Holzvertäfelung, Kronleuchter und in der Mitte ein großer, alter Billardtisch. Tolle Atmosphäre. Ein paar Leute sind bereits in das erste Spielchen vertieft. Aber auch hier haut Frau von Weckenpitz alsbald dazwischen und untersagt mit eindeutigen Gesten jedes weitere Berühren des antiken Spielgeräts. Und wieder eilt sie zum nächsten Ort, immer rastlos im verwegenen Kampf gegen die Übermacht der bösen Gäste. Sie ist tatsächlich noch viel schlimmer, als wir es uns vorstellen konnten.

Ein Räuspern in meinem Rücken. Herr Unzicker steht hinter mir.

»Hat irgendjemand gesagt, dasse sich hier hinsetzen dürfen?«

Allerhand. Was sagt man dazu? Ich entscheide mich für ein gepfeffertes: »Also hören Sie mal!« Das Problem an diesen Worten ist natürlich, dass sie irgendwie nie so richtig gepfeffert klingen. Und wenn man gleichzeitig schuldbewusst aufsteht, schon gleich drei Mal nicht. »Hast'n Problem, oder was?«, hätte ich sagen sollen. Und dazu die Füße auf den Tisch legen. Nächstes Mal, Herr Unzicker, ich schwöre. Er mustert mich schon wieder ohne jede Gefühlsregung. Doch, der muss früher wirklich bei der Stasi gewesen sein.

»Ich hab hier ne Augenklappe für Sie.«

»Vielen Dank auch.«

»Keine Ursache.«

Er wartet, bis ich sie mir aufgesetzt habe. Erst jetzt wird mir klar, dass das Ding nicht nur doof aussieht, sondern mir auch völlig unnötig die Sicht verdeckt. Denn so hart der Pfarrerhieb vorhin auch gewesen sein mag, gesehen habe ich noch ganz prima mit dem blauen Auge.

»Und nicht absetzen«, verabschiedet mich Herr Unzicker.

Während ich durch das Foyer gehe, spüre ich seine Blicke im Rücken.

PRACHTSTÜCK

Ich treffe den Rest meiner Mannschaft auf der Terrasse. Es grummelt und grummelt am Himmel, aber noch immer will sich nichts entladen. Als würde der finstere Riese hinter den Wolken noch warten wollen, bis sich genug Ameisen im Schlosspark versammelt haben, damit sich der Kraftaufwand auch lohnt, wenn er mit seiner schrecklichen Keule zuschlägt. Die anderen stören sich nicht daran. Während ich mich nähere, höre ich, wie Henriette über die Ritterrüstungen im Foyer lästert. Die könnten unmöglich von hier stammen, sagt sie. Das Schloss wäre lange nach der Ritterzeit gebaut worden. Mir fällt so was nie auf. Schon irgendwie peinlich.

»Hallo, Pirat.«

»Schnauze, Bülent. Alles gut so weit?«

»Im Großen und Ganzen schon. Sven und Maik sind in unterschiedlichen Ecken. Wir haben Glück, dass Sven raucht. Rauchen darf man nur im hintersten Winkel der Terrasse. Und die meidet Maik wie die Pest, weil er, seit er dies Yogadingens macht, Nichtraucher ist. Linda hängt allerdings schon wieder an ihm dran. Da müssen wir aufpassen.«

»Und Sinja?«

»Bis jetzt ist nichts davon zu erkennen, dass sie eine durchgeknallte Idee hat. Sie macht sich eher nützlich, weil sie mit den Kindern spielt.«

»Brauchst du noch was, um dein Auge zu kühlen, Tim?«
»Nein, geht schon wieder, Jil. Außerdem, wie soll ich das anstellen? Den Lappen unter die Augenklappe klemmen? Die Weckenpitz macht ein Müsli aus mir.«

Alle sehen mich noch einmal an, keine Ahnung, ob aus Mitleid oder um sich an meinen neuen Anblick zu gewöhnen. Dann holt Henriette Luft.

»Okay, wir sind wieder komplett. Schnell Kriegsrat. Wir haben den Supergau: Frau von Weckenpitz ist hier. Irgendwelche Vorschläge? Bülent?«

»Betrunken machen.«

»Patrick?«

»Wir verhalten uns so ungebührlich, dass sie ihre Kräfte ausschließlich an uns verschwendet und nicht an die anderen Gäste.«

»Tim?«

»Töten.«

»Jil?«

»Im Weinkeller einschließen.«

Henriette seufzt.

»Okay, ich wollte etwas mit Ablenken vorschlagen, wie Patrick. Also, vier Ansätze. Schnelle Entscheidung, was machen wir?«

»Jils Vorschlag, Frau von Weckenpitz im Weinkeller einzuschließen, hat durchaus auch einen romantischen Aspekt, finde ich.«

Patrick versucht sich doch tatsächlich an Jil heranzuarbeiten. Allerhand. Und Mist. Ich bin eifersüchtig.

»Es hätte auch einen juristischen Aspekt. Frau von Weckenpitz hat bestimmt einen tollen Rechtsanwalt. Auch so einen mit ›von‹ im Namen.«

Noch mal Mist. Ich wollte doch gar nichts gegen Jils Vorschlag sagen. Patrick hat mich provoziert.

»Wir können ja alle vier Pläne im Kopf behalten und schauen, was geht.«

»Gut, Bülent. Solange wir keine andere Idee haben, machen wir das. Fokus auf Ablenken und Betrunkenmachen. Wenn das nicht klappt, einschließen. Töten nur als finale Option nach vorheriger einstimmiger Abstimmung. Einverstanden?«

Wir nicken.

»Wie klappt es mit eurer Sitzordnung?«

»Ausgezeichnet, Tim. Markus' Mutter hat nichts gemerkt, und wenn sie gleich alle sitzen, ist die Sache gelaufen.«

»Wir sollten mal unser Konzept erklären, Henriette.«

»Stimmt, Bülent. Also, hört zu, es ist ganz einfach, wir haben Thementische gebildet: Tisch eins ist der *Tisch der Lauten*. Der steht ganz hinten, am weitesten entfernt von allen anderen Tischen. Dort sitzen Füllkrug, Tante Otti und vergleichbare Kaliber, außerdem die Russen und die ganzen Kinder.

Tisch zwei ist der *Klugscheißertisch*, dort sitzen die, die sich für gebildet halten. Richtig, Patrick, es ist sehr wahrscheinlich, dass die sich in die Haare kriegen, aber Klugscheißer brüllen und hauen nicht, deswegen kann es uns völlig wurscht sein.

Dann hätten wir Tisch drei, den *konservativen Tisch*. Hier haben wir die ganzen Bügelfalten und cremefarbenen Kostüme ohne Neigung zu anrüchigen Themen hingesetzt. Die sollen einfach glücklich in ihrem eigenen Saft schmoren.

Und Tisch vier ist der *Normalotisch*. Da sollte nichts passieren, außer dass man sich langweilt. Und sonst gibt es nur noch den Brauttisch mit Brautpaar, Eltern und Trauzeugen.«

Viele haben sich schon hingesetzt. Der erste Kaffee wird ausgeschenkt.

»Okay, Henriette. Und wir?«

»Wir verteilen uns. Jeder wird an einem der Tische sitzen und aufpassen. Ich sitze am Brauttisch. Markus hat mich darum gebeten, weil seine Eltern, wenn überhaupt, dann nur auf mich hören würden. Bülent geht an den Normalotisch, wo er notfalls für Stimmung sorgen kann. Jil hat sich bereit erklärt, den konservativen Tisch zu übernehmen, Patrick wird angeregt mit den Klugscheißern plaudern und Tim, nun ja ...«

»Nein!«

»Tut mir leid, du musst an den lauten Tisch.«

»Willst du tauschen? Wenn du zu den Konservativen gehst, gehe ich zu den Lauten.«

»Schon okay, Jil.«

Ich lasse es doch nicht zu, dass meine Löwenzahndame zerbrüllt wird.

»Nimm es leicht. Immerhin sind die Russen noch gar nicht da.«

»Pah, die sind doch mein einziger Lichtblick.«

»Die Kinder sind auch ganz in Ordnung.«

»Boa, bin ich froh, wenn das alles vorbei ist.«

Wieder ein schmerzerfüllter Blick von Jil. Komisch, vor ein paar Stunden dachte ich noch, wir passen perfekt zusammen, aber bei diesem Hochzeitsding, da klafft ein tiefer Graben zwischen uns. Oder kommt das nur daher, weil wir uns nicht geküsst haben? Was für ein Quatsch! Wirklich, warum kann es jetzt nicht schon zwölf Stunden später sein? Wir würden alle in unseren Betten liegen, den Schlaf der Gerechten schlafen und ... Nein. Verboten. Ich trage Verantwortung. Janina und Markus. Hochzeit. Jetzt. Volle Konzentration.

»Ist mit der Hochzeitstorte alles in Ordnung?«

»Oh ja, Tim, ein beeindruckendes Stück. Willst du sie noch mal sehen, bevor sie gleich reingeschoben wird? Sie steht da hinten im Flur auf einem Wagen.«

»Warum nicht? Hier draußen wird es mir eh langsam zu schwül.«

»Da kommt wohl wirklich noch was runter.«

»Und wenn schon, die fünfhundert Euro, die Janina und Markus vom Wetterdienst zurückkriegen, können sie prima für ihre Flitterwochenkasse brauchen.«

Ich schreite quer durch den Grünen Saal in Richtung des Flurs, in dem die Torte steht. Die anderen begleiten mich. An meine Einäugigkeit habe ich mich immer noch nicht so richtig gewöhnt. Auf meinem Weg laufe ich gegen einen Türrahmen und reiße unter den kritischen Augen von Herrn Unzicker fast einen Stuhl um. Ich kann nur hoffen, dass ich nachher mit der Gabel mein Kuchenstück treffe.

Aber die Torte ist wirklich ein Prachtstück. Keiner von diesen zierlichen, hohen Türmen mit mehreren Etagen, nein, einfach ein schlichter, massiver Rundling von kolossalen Ausmaßen, auf dem ein zweiter, etwas kleinerer Rundling steht. Alles schön mit Zuckerbackwerk verziert, so dass die Torte, trotz ihrer Riesigkeit, nicht plump wirkt.

»Zufrieden, Tim?«

»Bestens.«

»Kommt, wir gehen in den Grünen Saal. Wetten, dass die Weckenpitz schon wieder wegen irgendwas rum tobt?«

»Mal den Teufel nicht an die Wand.«

»Wenigstens reißt die Hochzeitstorte ein bisschen was raus.«

»Werfen wir sie einfach auf Frau von Weckenpitz drauf. Fünf starke Männer müssten das schaffen.«

Weia, Jil hat geseufzt. Ich treffe einfach nicht mehr den richtigen Ton. Am besten, ich halte erst mal die Klappe.

»Übrigens, ich sage euch lieber nicht, wer die Hochzeitstorte gespendet hat. Sonst schmeckt sie euch womöglich nicht mehr.«

»Sag, Henriette.«

»Diethart Füllkrug.«

»Autsch!«

Jil ist so plötzlich stehen geblieben, dass Bülent und ich gegen ihren Rücken geprallt sind. Zum Glück hat der riesige Patrick sich schnell gegen uns gestemmt, sonst wären wir alle zusammen umgekippt.

»Was zum Henker ist los, Jil?«

»Kommt! Schnell!«

»Wohin?«

»Zurück zur Torte! Wir haben ein Problem!«

Schon ist sie weg. Wir schauen uns an, doch bevor der Erste »Was hat sie nur?« fragen kann, wird Patrick ebenfalls hektisch. Er reißt die Augen weit auf und schlägt sich beide Hände vor sein großes Gesicht.

»Oh mein Gott! Sie hat recht! Schnell!«

KLOPF

Natürlich hatte Jil recht. Und ich war natürlich wieder der Letzte, der es geschnallt hat. Je länger wir auf dem Schloss sind, umso weniger fühle ich mich der Sache gewachsen. Wir haben Patrick das Reden überlassen. Wegen Einfühlungsvermögen und so. Ganz wohl ist ihm nicht dabei. Sein Kopf ist schon wieder knallrot. Und als er die ersten Worte mit der Torte spricht, stottert er ein wenig.

»Ha... Hallo? Kö... Können Sie mich hören?«
»Lauter, Patrick. Wie soll sie dich so verstehen?«
»Hallo?! Hallo?!!!«
Keine Antwort. Aber Patrick lässt sich nicht beirren.
»Also, es ist so. Wir ... wir sind Freunde des Brautpaars und ... es ist sehr wichtig, dass Sie mit uns sprechen. Also, wenn Sie da drin sind, sagen Sie uns doch einfach nur kurz, was Sie vorhaben, ja? Das wäre großartig.«

Dafür, dass wir sicher waren, dass es gar nicht anders sein kann, zucken wir ganz schön zusammen, als aus dem Inneren der Torte auf einmal tatsächlich eine Frauenstimme zu uns dringt. Leider ist nichts zu verstehen. Die dicken Sahneschichten schlucken so viel Schall, dass nur dumpfes Gemumpfel bei uns ankommt. Patrick geht noch näher heran und redet noch lauter. Ein wenig Sahne bleibt an seiner Nasenspitze kleben. Hoffentlich kommt jetzt keiner vorbei.

»Können Sie uns vielleicht Klopfzeichen geben?«

Klopf.
»Sehr gut. Ähm, ich fange mal so an, verraten Sie uns, wie viel Sie anhaben? Einmal Klopfen heißt *normal bekleidet*, zweimal *eher wenig*, dreimal *sehr wenig*.«
Klopf, klopf, klopf.
Nicht zu fassen.
»Und hat man Sie beauftragt, gleich unter den Augen des Brautpaars aus der Torte zu springen? Einmal klopfen ja, zweimal nein.«
Klopf.
»Und wenn Sie aus der Torte gesprungen sind, soll dann das wenige, was Sie anhaben, noch weniger werden?«
Klopf.
»Und werden Sie dabei tanzen und sich Männern auf den Schoß setzen?«
Klopf.
»Und man hat Ihnen gesagt, dass Sie sich ganz besonders auf den Bräutigam konzentrieren sollen?«
Klopf.
Wir sehen uns an und schnappen alle gleichzeitig nach Luft. Eine Stripperin in der Hochzeitstorte. Der älteste, peinlichste und doofste Hochzeitsstreich der Welt. Risikoklasse 6 war für diesen Füllkrug noch viel zu niedrig angesetzt.

»Verraten Sie uns Ihren Künstlernamen? Einmal Klopfen für Adriana, zweimal für Tanita, dreimal für Roxana, viermal für Aikiko und fünfmal für Olenka.«
Klopf, klopf, klopf.
»Gut, Roxana. Hören Sie, wir sollen Ihnen von Herrn Füllkrug ausrichten, dass es eine Planänderung gegeben hat.«

Warum ich?

Ganz schön viel Aufregung dafür, dass wir noch keine Stunde auf dem Schloss sind. Aber jetzt bin ich erst mal raus aus allem. Nicht schlecht eigentlich. Mal ein bisschen Zeit, sich zu sammeln. Brauche ich. Schließlich wird hier gleich einiges von mir erwartet. Keine Ahnung, ob die Idee gut ist. Vor allem Jil war nicht so begeistert. Und ehrlich gesagt, je länger ich darüber nachdenke, umso mehr Zweifel kriege ich auch. Aber es musste ja schnell gehen. Und es lag so schön nahe. Wenn man schon eine Augenklappe anhat, kann man ja ruhig was draus machen, da waren wir uns alle einig.

Nicht nervös werden. Lieber an etwas anderes denken. Über was sich die anderen Gäste wohl unterhalten? Von hier aus höre ich nur Gemurmel. Hin und wieder knallt Tante Ottis Lachkreischen heraus. Fast so schlimm wie Diethart Füllkrugs widerliche Kanonenbrüller. Reife Leistung für ihr Alter, muss man echt sagen. Und ab und zu einzelne Schreie aus verschiedenen Richtungen. Hat Turbo-Erich jemanden mit seinem Rollstuhl geschnitten? Oder hat Nichte Sinja irgendwo eine große Gummispinne ausgesetzt? Oder sind es doch nur harmlose Ausrufe der guten Laune? Ich weiß es nicht ... Da, die Glocke klingt! Alle werden still. Ist das schön. Kann das nicht für immer so bleiben? Janinas Vater sagt ein paar Worte. Und jetzt ist er schon wieder fertig. Ich glaube, ich kann sogar bis hierher hören, wie sich dieses

Monster von Füllkrug gerade unter dem Tisch die Hände reibt, weil er sich so auf seinen Superhöllendoppelriesenscherz mit der Stripperin in der Hochzeitstorte freut. Und auf Markus' Gesicht, wenn sie auf seinem Schoß sitzt. Und auf Janinas Gesicht, wenn er ihr dazu auf die Schulter haut und »Komm, lach doch mal! Spass muss sin, Mädche! Hhhhhh!« grunzt. Na warte.

Ich zähle bis drei. Dann beginne ich mich langsam aufzurichten, bis ich oben anstoße. Hoffentlich verpatzt Jil den Einsatz nicht, ist mein letzter Gedanke, dann drücke ich den Deckel der Torte über mir weg und schnelle mit einem Ruck aus meinem Versteck in die Höhe.

»ARRRRR!«

Warum? Warum ich? Egal.

»Ich bin Captain Timmi, der lustige Hochzeitspirat!«

Ich schaue in die verdatterte Runde. Füllkrug, wo bist du? Ich will dein Gesicht sehen! Leider habe ich keine Zeit, lange nach ihm zu suchen. Ich stehe mitten in einer Hochzeitstorte, trage eine Augenklappe, habe meinen Schlips als Stirnband um den Kopf gebunden und mein Hemd bis zum Bauchnabel aufgeknöpft. Außerdem stecken in meinem Gürtel ein paar Kuchengabeln, und mit der rechten Hand schwinge ich das Schwert, das ich mir von einer der Ritterrüstungen im Foyer ausgeliehen habe. Okay, also, hier steht eine Witzfigur von Pirat in einer Torte. Aber warum? Die Leute wollen Antworten.

Mist. Ich habe meinen Text vergessen. Bülent hatte sich was richtig Gutes überlegt, was ich in die Menge rufen soll. Irgendwas mit Landratten, Seemannsgarn und Hochzeit entern. Ich kriege es nicht mehr hin. Diese Stille. Ich muss was sagen.

»Tjaha! ... Also ... Ihr fragt euch wohl, was hat ein

Pirat in Janinas und Markus' Hochzeitstorte verloren? Hoho! ... Also, ganz ehrlich, es ... es ist völliger Schwachsinn. Aber, hey! Machen wir einfach das Beste draus! Galgenstrick, Höllenhunde und ... so!«

Und wieder ist auf Jil Verlass. Genau jetzt, als ich mit meiner nicht besonders klugen Rede fertig bin und mit einem Riesensatz aus der Torte springe, beginnt die Titelmelodie aus »Fluch der Karibik«, exakt, wie wir es geplant hatten. Henriette, Bülent und Patrick haben um mich herum Position eingenommen.

Henriette zählt leise ein, und wir setzen perfekt synchron mit unserem Formationstanz ein, den wir vor vielen Jahren in diesem Kurs gelernt haben, in dem Janina und ich auf sie und Bülent getroffen sind. Und natürlich haben wir ihn später noch Patrick und Markus beigebracht. Der Fluch-der-Karibik-Tanz ist sozusagen das zentrale Bindeglied unserer Freundschaft. Und deswegen passt er super hierher, und keiner wird irgendwelche Fragen stellen. Zum Glück ist der Anfang ganz einfach. Vor, vor, rechts, linker Arm über den Kopf, Kopf nach hinten, zurück, zurück. Dass wir Patrick in unserer Reihe haben, ist natürlich der Clou. Wenn so ein Koloss wie er anfängt, Formationstanz zu machen, meine Herren, da fallen die Leute reihenweise vor seiner Niedlichkeit in Ohnmacht. Ein paar Gäste johlen, andere sind begeistert aufgesprungen, aber die meisten lächeln uns einfach nur breit an und schütteln wohlwollend-ungläubig ihre Köpfe. Man soll sich ja nicht selber loben, aber hey, dafür, dass wir nur ein paar Minuten hatten, um uns das alles auszudenken, ist das doch ein Riesenerfolg. Ich weiß nicht, warum Jil hinter dem DJ-Pult so wehmütig guckt. Ja, die Musik von »Fluch der Karibik« ist kein Einhorngesang, aber muss doch auch nicht sein. Wir haben die Stripperin verhindert und machen nun das Schwachsinnigste und Genialste, was wir je getan haben. Ich fühle mich großartig.

Jetzt kommt die Drehung um 180 Grad. Wir tanzen auf Janina und Markus zu, die immer noch etwas verdattert dastehen und zu zweit das riesige Messer halten, mit dem sie gerade die Torte anschneiden wollten. Aber ich sehe, dass Janina mit jedem Takt etwas mehr strahlt. Und wenn man genau hinsieht, erkennt man, dass die beiden Glückstränen in den Augen haben. Jetzt improvisieren. Ich mache ein paar Extraschritte zu ihnen hin, reiße mit grimmigem Piratengesicht das Tortenmesser aus ihren Händen und stecke es zu den Gabeln in meinen Gürtel. Henriette und Patrick kommen an meine Seite, nehmen die beiden an den Händen und ziehen sie sanft in unsere Formation hinein. Und super. Egal, ob man gerade heiratet oder oder sonst was macht, die Schritte sitzen einfach. Wir tanzen zu sechst, mit dem glücklichsten Brautpaar der Welt in unserer Mitte. Und es wirkt, als wäre alles von Anfang an so geplant gewesen.

Nicht schlecht, wenn man bedenkt, dass sich in diesen Momenten ebenso gut auch eine nackte Roxana auf Markus' Schoß räkeln könnte, während Diethart Füllkrug dazu seinen Arm um die Schulter der zur Salzsäule erstarrten Janina legt und gleichzeitig einen »Küssen, küssen!«-Sprechchor anzettelt. Stattdessen klingt das Lied in aller Ruhe aus, und Janina und Markus verbeugen sich mitsamt ihrer Piratengang in einen gigantischen Schlussapplaus hinein. Zum ersten Mal bin ich richtig stolz auf uns.

Wir führen das Brautpaar zur Torte zurück. Ich setze den Deckel wieder drauf, damit das Ganze wieder nach etwas aussieht, und reiche den beiden mein Ritterschwert. Wenn schon Torte anschneiden, dann richtig. Ich verlasse die Bühne und schleiche mich zu meinem Platz am lauten Tisch. Alle heißen mich mit großem Hallo willkommen. Schon klar, Tim der Hochzeitspirat, so einer gehört einfach an den lauten Tisch. Nur Diethart Füllkrug guckt etwas grantig. Ich würde ihm ja nur zu gerne im Vorbeilaufen auf die Schulter dreschen und »Lach doch mal!« brüllen. Stattdessen raune ich ihm zu: »Roxana sitzt im Taxi. Babysitter krank geworden. Rechnung geht aufs Haus.«

Jetzt aber die Torte. Markus und Janina setzen das Schwert an. Gar nicht leicht mit so einem Riesending zu zweit, aber sie kriegen es perfekt hin. Und sie schaffen es sogar noch in aller Ruhe, ihre beiden Tortenstücke unfallfrei auf ihre Teller zu verfrachten ... bevor Frau von Weckenpitz heranstürzt und ihnen das Schwert mit einem »Da hört sich doch alles auf!« aus den Händen reißt. Sie wischt im Gehen die Sahne von der historischen Klinge. Ihren Weg aus dem Saal wählt sie so, dass sie an mir vorbeikommt. »Wir sprechen uns noch!«, zischt sie. Ihre Lippen sind dünn wie die obersten beiden Saiten einer Anfänger-Elektrogitarre. Ich glaube, sie mag Captain Timmi nicht.

CHUCK NORRIS FÜR ARME

Das Konzept mit dem lauten Tisch funktioniert besser, als ich dachte. Die Kinder lieben die Witze von Diethart Füllkrug, Tante Otti und den anderen Stimmungsexperten. Und die lieben wiederum nichts so sehr wie kleine Menschen, die ihre Mühen mit großem Gelächter belohnen. Perfekte Symbiose. Und das Beste: Solange Kinder da sind, bleibt Füllkrugs riesiger Folterkeller der zweideutigen Herrenwitze verschlossen. Da kennt sogar er eine Grenze. Ich kann mich zurücklehnen und entspannen.

Soll ich meine Piratenverkleidung aufgeben und mich wieder in einen normalen Gast verwandeln? Nö, irgendwie nicht. Ich fühle mich viel besser so. Nur blöd, dass die Stimmung zwischen Jil und mir immer trüber wird. Ich habe sie vorhin wegen Pfarrer Kühlbrodt angeschnauzt. Okay, meine Schuld. Aber irgendwie wirft sie mir vor allem den Tortenauftritt vor, glaube ich. Das hat ihr nicht wirklich gefallen. Warum nur?

Wenigstens läuft an den Tischen alles gut. Jil und Patrick haben ihre Klugscheißer und Konservativen jeweils bestens im Griff. Bülent hat den Normalotisch in einen Dschungel der ausgelassenen Stimmung verwandelt, und am Tisch des Brautpaares hat man Frau von Weckenpitzens kurzes schneidiges Gastspiel von eben auch schon längst wieder vergessen.

Nichte Sinja sitzt bei mir am lauten Tisch. Sie schaufelt versonnen Kuchen in sich hinein und lacht hin und wieder leise vor sich hin. Irgendwie ist sie mir viel zu ruhig. Wenn wir Pech haben, brütet sie gerade etwas ganz Großes aus. Gedanken müsste man lesen können. Irgendwie schade, dass wir sie nicht mit im Team haben. Nach allem, was ich über sie gehört habe, könnte sie womöglich auch die entscheidende, total spinnerte, geniale Idee haben, um die Feier vom Hausdrachen Weckenpitz zu befreien.

Doch jetzt muss ich erst mal aufpassen. Durch den Lärm höre ich, wie sich die Spaßgiganten Füllkrug und Tante Otti unterhalten. Ernste Mienen. Füllkrug ist nicht zufrieden mit dem Lauf der Dinge.

»Dat ist mir alles noch viel zo spießig hier.«

»Ach, warte nur, Diethart. Wenn der Kaffee vorbei ist, machen wir ein paar lustige Spielchen. Ich hab da was vorbereitet.«

Weia.

»Wat denn?«

»Verrate ich noch nicht.«

Weia!

»Soll ich dir wat sagen, Otti? Ich finde, et ist jetzt höchste Zeit für dä Bananentanz. Dat werd ich gleich mal in de Hand nehmen.«

»Immer schön langsam, junger Mann, den Bananentanz habe ich schon auf meiner Liste.«

»So? Mal sehn, wer schneller ist.«

Sie schauen sich an, und ihre Augen werden zu Schlitzen. Bananentanz, Bananentanz, Bananentanz, ich lasse das Wort wild durch meinen Kopf rotieren und betrachte es von allen Seiten. Was für eine Teufelei steckt dahinter? Ich muss es rauskriegen. Und zwar schnell, bevor es zu spät ist. Schade, dass wir keine Funkverbindung miteinander haben. Vielleicht weiß Henriette ja, was das ist. Oder wer auch immer. Oh, schon wieder das Glöckchen. Die erste Rede. Bestimmt einer der Trauzeugen. Ich drehe mich gemächlich um.

Vorne steht ... nicht Kurt.

Und auch nicht Svea.

Sondern. Frau.

Von Wecken.

Pitz.

Oh. Nein. Bitte. Nicht.

»Liebe Hochzeitsgäste!«

Eine Stimme wie der gefrorene Strahl aus einem Hochdruckreiniger. Sie äugt scharf im Raum herum, bis auch der Letzte in bewegungslose Starre verfällt.

»Ich hoffe, Sie hatten inzwischen Zeit, sich einen Eindruck von unserem schönen Schloss Walchenau zu verschaffen. Sie werden mir zustimmen, dies ist ein Ort, an dem man sich rundherum wohlfühlen kann, nicht wahr?«

Sie äugt wieder. Diesmal so lange, bis irgendwo zarte Ansätze zustimmenden Gemurmels zu hören sind.

»Das freut mich. Das freut mich wirklich sehr. Umso mehr muss ich sagen, dass bereits einige Dinge passiert sind, über die ich, das sei nicht verschwiegen, sehr, sehr enttäuscht bin.«

Wieder Herumäugen. Ihr Blick bleibt an mir hängen. *Dies wäre eine Gelegenheit, sich um Entschuldigung winselnd auf den Boden zu werfen*, sagt der Blick. Ich versuche auch mit meinem Blick zu sprechen: *Zu anstrengend, und ich bin gerade nicht in der Stimmung, ein andermal vielleicht.* Sie lässt mich und fährt fort.

»Fangen wir mit einigen kleineren Dingen an. Erstens: Das Entree eines Schlosses ist kein Abstellraum für

Kinderwagen. Ich dachte, das wäre selbstverständlich, aber gut, jeder Mensch ist anders. Doch bitte seien Sie nun so freundlich und entfernen Sie Ihre Kinderwagen schnell von dort, damit das Foyer wieder ein schöner Anblick ist. Herr Unzicker zeigt Ihnen den Abstellraum im ersten Stock. Zweitens ...«

Die Schlossziege nölt weiter. Schlimm. Aber weil wir eh nichts dagegen tun können, wandern meine Gedanken wieder zurück zum Bananentanz. So ein einfaches Wort. Warum komme ich nicht drauf, was damit gemeint ist? Halten wir beim Tanzen Bananen in den Händen? Stellen wir uns in Bananenformation auf? Tanzen wir zum »Banana Boat Song« von Harry Belafonte? Alles viel zu harmlos. Tante Otti und Diethart Füllkrug machen keine halben Sachen.

»... aber im Vergleich zu dem, was vorhin gerade passiert ist, sind das alles nur Kleinigkeiten. Ich muss ehrlich sagen, ich weiß gar nicht, wie ich anfangen soll.«

Jetzt starrt sie mich schon wieder an und guckt wie ein Chuck Norris für Arme. Ja, schon gut, die Nummer mit dem Schwert, außerdem mein Piratenkostüm, das ich immer noch unverändert trage, und noch dazu die Tatsache, dass ich überhaupt geboren wurde. Mach es bitte kurz. Genau genommen ist das alles Teil des Plans, denke ich mir. Sie scheißt mich zusammen und lässt dafür das Brautpaar in Ruhe. Schade nur, dass Janina und Markus das Gekeife trotzdem mitkriegen.

»Ich schaue ganz besonders Sie an, junger Mann.«

Als ob das nicht jeder längst mitbekommen hat, dämliche Schnepfe!

»Sie scheinen es sich wohl zur Aufgabe gemacht zu haben, heute, wo auch immer Sie können, zu stö...«

Mist, mein Handy. Mitten in Frau von Weckenpitzens

Text hinein. Noch nie ist mein »Hello, Dolly!«-Klingelton so gut zur Geltung gekommen wie in diesem Moment.

»ALSO DA HÖRT SICH DOCH ALLES ... HÄTTEN SIE VIELLEICHT DIE GÜTE, DIESES DING AUSZUMACHEN?«

Ich ziehe das Ding aus der Tasche. Die Nummer kenne ich nicht. Ich würde wirklich gerne rangehen. Kann schließlich sein, dass es was mit der Hochzeit zu tun hat. Andererseits würde ich damit noch mehr Öl in das lodernde Weckenpitz-Feuer gießen. Ich kann ja auch gleich zurückrufen, denke ich mir. Gleichzeitig spüre ich aber noch ganz andere Schwingungen im Raum. Ja, ganz klar. Alle anderen fänden es gut, wenn ich jetzt ranginge. Jeder Einzelne hat inzwischen unsere Gastgeberin hassen gelernt. Und alle denken, dass es Zeit wird, ein Zeichen zu setzen. Ich schaue in die Gesichter und höre einen stummen Sprechchor: »Geh ran! Geh ran! Geh ran!« Nun gut. Einer so starken Mehrheit muss man sich beugen.

»Ja, bitte?«

...

»Markus, Janina, es ist Vladimir. Er will euch etwas sagen.«

Gäht niecht

Ich habe mein Handy vor dem Brautpaar auf den Tisch gelegt und es auf laut gestellt. Wenn Frau von Weckenpitz nicht im Hintergrund dauernd etwas von »Eines Tages machen meine Nerven das nicht mehr mit. Da will man den Menschen etwas Gutes tun und holt sich eine Horde unkultivierter Barbaren ins Haus, die einen nur herzlos ausnutzen« und so weiter brabbeln würde, könnte man eine Stecknadel fallen hören. Markus hat sich vorgebeugt.

»Wir haben es nicht verstanden, Vladimir, kannst du es noch mal sagen?«

»Wier durften die Braut niecht entführen, deswegen chaben wier das Brauto entführt.«

»Brauto?«

»Ja.«

»Ihr meint das *Brautauto*?«

»Genau, Brautoentführung.«

Markus' Vater ist so schnell aufgesprungen, dass alle Theorien über Lichtgeschwindigkeit sofort umgetextet werden müssten.

»WO IST ES? WO SEID IHR?«

»Wollt ihr eine Hinwaiss?«

»NEIN! SAGT UNS, WO IHR SEID!«

»Wir sind in eine Kneipe mit zwei Fenster.«

»HÖRT SOFORT AUF ...«

»Bernds Bierquelle?«

»Nein, Tiem. Fenster siend bunt.«
»Warte, warte ... Katerklause?«
»Nein, da waren wier vorher. Wo wier jetzt siend, iest die Türr auf die Ecke.«
»Kurtis Eckstübchen!«
»Riechtig!«
»KOMMT SOFORT HER!«
»Gäht niecht. Können niecht mehr fahren.«

Zahlen

Herr Mitscherlich ist zusammen mit seinem Bruder abgerauscht, um den Porsche und die Russen sicher nach Walchenau zu bringen. Wir anderen haben die Kaffeetafel aufgehoben und tummeln uns nun draußen im Garten. Die Wolken lassen jetzt wieder ab und zu die Sonne durch, und Grummeln hört man auch keines mehr. Das muss man ausnutzen. Wenn Herr Mitscherlich halt nur Diethart Füllkrug statt seinem Bruder mitgenommen hätte, denke ich mir. Dann müsste ich mich nämlich jetzt nicht mit ihm unterhalten. Dass Roxana wegen des kranken Babysitters nach Hause musste, hat er mir tatsächlich geglaubt. Und mehr noch, seit meiner Nummer als Hochzeitspirat betrachtet er mich als Stimmungskanonenkollegen. Er duzt mich. Und er brennt auf fachlichen Austausch. Mit Hingabe erörtert er mit mir, welche Frauen die üppigste Oberweite haben und bei welchem trägerlosen Kleid die Wahrscheinlichkeit am höchsten ist, dass es zu späterer Stunde aus Versehen erotisch relevante Teile bloßlegt. Unglaublich. Dieser Mann hat wohl seit Äonen keinen Sex mehr gehabt. Aber muss er das jetzt an mir auslassen? Egal. Ich bin ja nicht zum Vergnügen hier. Jede Minute, die er sich mit mir unterhält, ist eine Minute weniger, in der er Janina und Markus die Hochzeit versauen kann.

Es gelingt mir sogar, ihn in einen etwas versteckt liegenden Teil des Gartens abzudrängen. Damit halte ich ihn nicht nur von den anderen fern, sondern bringe mich auch selbst in Sicherheit. Frau von Weckenpitz ist nämlich immer noch auf der Suche nach mir. Irgendwie kindisch, aber ich fange gerade an, mich mit meiner Rolle als Hochzeitspirat anzufreunden. Jedenfalls fühle ich mich viel entspannter, seit mein Hemd aufgeknöpft ist und ich das Schlips-Stirnband und das Tortenmesser im Gürtel trage. Da kann die Schlosstrulla von mir aus im Dreieck springen und Jil noch so mit den Augen rollen, ich habe nicht die Absicht, mich wieder von meinen Markenzeichen zu trennen. Schade, dass ich das Schwert nicht mehr habe.

»Lange bleibt dat hier nicht mehr so spießig, dat schwör ich dir, Captain Timmi. Eine Hochzeit, auf der die Braut nicht mindestens ein Mal heult, ist keine Hochzeit, han ich recht? Haha, Spass!«

Wieder landet seine breite Hand mit Schmackes auf meiner Schulter. Wieder kotzt irgendwas tief in mir angewidert in die Ecke.

»Bist du verheiratet, Diethart?«

»Nä. Wat nützt mir die schönste Frau von der Welt, wenn se meine eigene ist, sag ich immer. Weißt du, wat ich meine, mmh, mmh?«

»Vermutlich.«

Ich könnte ihn nach dem Bananentanz fragen, aber mein Bauchgefühl sagt mir, dass es taktisch besser ist, wenn er weiter glaubt, dass er die Überraschung auf seiner Seite hat. Was kann ich mit ihm reden? Ich brauche schnell ein Thema ohne Sexbezug. Lange halte ich es sonst nicht mehr mit ihm aus.

»Hast du dat Mädche da hinten gesehen? Rote Haare. Haha. Weißt ja, wat dat heißt: Feuer op dem Dach, feuchter ...«

»AHHHHHH!«

»Wat?«

»Ach, nichts. Kriegsverletzung.«

Genug ist genug. Wenn ich nicht gleich eine Pause kriege, schreie ich das nächste Mal so laut, dass man mich bis nach Salzminden hört. Zum Glück bietet sich just in diesem Moment eine glänzende Möglichkeit, den Füllkrug weiterzureichen.

»Oh, da sind ja die Kinder. Hallo, hallo, kommt her! Der Diethart will euch unbedingt noch ein paar Witze erzählen.«

Die kleinen Fans scharen sich lachend um ihr Idol. Ich höre, wie in Dietharts Kopf die Tür zum feuchten Folterkeller der schlüpfrigen Herrenwitze krachend ins Schloss fällt. Solange er in der Gegend ist, sollte man am besten nur mit Kind an der Hand herumlaufen.

Okay, jetzt: Land gewinnen, durchschnaufen, Getränk organisieren, Versteck suchen. Auf dem Weg zur Dame mit dem Safttablett komme ich an Nichte Sinja vorbei. Sie sitzt mit ein paar sechsjährigen Rabaukenjungs am Seerosenteich. Sie haben selbstgebaute Angeln ausgeworfen und harren der Dinge. Ein geradezu abartig ruhiges Verhalten für Kerle in dem Alter. Sinja hat magische Kräfte.

»Was angelt ihr da?«

»Der Teich ist verzaubert. Wer lange genug wartet, angelt das goldene Vlies.«

»Aha.«

»Aber man muss schweigen können.«

Sie ist ein Genie.

»Machst du mit?«

»Na ja, ich ... Ach, warum eigentlich nicht. Habt ihr noch eine Angel?«

»Ja, eine noch. Da liegt sie.«

Ich nehme den Stock mit dem Bindfaden dran, setze mich hin und angele. Schon lustig. Ich fühle mich auf der Stelle entspannt.

»Wirklich gut, dass du mitmachst. Jetzt stimmt die Zahl«, flüstert Sinja.

»Die Zahl?«

»Es müssen sieben Angeln sein, die nach dem goldenen Vlies ausgeworfen werden.«

»Was du nicht sagst.«

»Ich finde Zahlenmystik voll spannend.«

»Hab ich leider überhaupt keine Ahnung von.«

»Unbewusst schon. Du strebst immer nach eins, drei oder sieben, musst du mal drauf achten.«

»Okay.«

Und sogar noch was gelernt. Großartig. Um mein Glück perfekt zu machen, kommt die Dame mit dem Tablett und reicht mir ein Glas.

»Ich glaube, das war gerade das siebte Glas, das ich genommen habe, Sinja. Ist das jetzt gut für mich? Oder eher schlecht für die Servierdame, weil jetzt nur noch sechs Gläser auf dem Tablett sind?«

»Das ist egal. Man darf nicht zwanghaft werden, sonst wenden sich die Zahlen gegen einen. Nur bei den wirklich wichtigen und großen Dingen soll man darauf achten.«

»Zum Beispiel, wenn man nach dem goldenen Vlies angelt.«

»Zum Beispiel.«

Hab mich selten auf Anhieb so gut mit jemandem verstanden wie mit Sinja. Unsere sieben Schnüre schweben im Wasser. Ab und zu quakt ein Frosch. Ich trinke meinen Apfelsaft, und die fünf Jungs um uns herum schweigen und starren ins Wasser. Was auch noch gut ist: Ich habe von hier aus alles bestens im Blick. Markus und Janina stehen sehr entspannt mit ihren Trauzeugen und einer größeren Blase Freunde auf der Terrasse und feixen. Sven Wiesenhöfer hängt in der klar abgegrenzten Raucherecke auf der Terrasse herum. Maik Proschitzki, der mit Rauchen nichts am Hut hat, weil Yoga und Körperbewusstsein, unterhält sich weit entfernt von ihm am schattigen Waldrand mit Margot Mitscherlich, Nashashuk Ziegler und ein paar Leuten vom Normalotisch. Geht bestimmt wieder um Yoga. Bestens. Hoffentlich beschäftigt er sich den ganzen restlichen Abend mit Kundenfang. Keine Ahnung nämlich, wie stabil der Waffenstillstand mit seinem alten Freund Wiese ist.

Meine Hochzeitspiratengruppe kann ich ebenfalls prima beobachten. Bülent quatscht mit der schönen Linda, die er endlich von Maik losgeeist hat, und vertreibt andere sich nähernde Dummdreist-Lüstlinge mit grimmigen Blicken. Henriette scherzt derweil mit Nashashuk Ziegler und lässt sich etwas über Feuerwerke erzählen. Daneben unterhält sich Patrick mit Tante Otti. Er versucht etwas über die Hochzeitsspielchen zu erfahren, die sie plant. Leider schüttelt sie die ganze Zeit den Kopf und grinst verschlagen. Nichts zu machen.

Ich träume kurz davon, dass Jil sich jetzt einfach neben mich setzt und mit mir angelt, aber daraus wird nichts. Sie hat sich den härtesten Job von allen ausgesucht: Barfuß über den Rasen gelaufen, damit Frau von Weckenpitz' Unwillen erregt, und jetzt reden die beiden miteinander. Schon seit einer halben Stunde. Und Jil ist wirklich brillant. Sie heuchelt Verständnis für die Schlossziege und lässt durchblicken, dass sie ja auch so gerne eine Dame von Welt wäre. Und die Weckenpitz hat den Köder geschluckt. Aus den Gesprächsfetzen, die ab und zu zu mir herüberwehen, kann ich heraushören, dass sie die Party Party sein lässt und stattdessen ihrer neuen Bewunderin Jil lieber eine Rundumschulung in Sachen Stil und Klasse verpasst. Ein endloses Thema. Der Schlossdrache ist fürs Erste aus dem Spiel. Toll gemacht, muss man sagen. Und was Jil da auf sich nimmt, nur ein echtes Löwenzahngemüt hält so was aus. Sie muss bloß aufpassen. Am Ende wird sie noch adoptiert.

Im Moment ist der Einzige, der für Unfrieden sorgt, mal wieder der Fotografenheini. Bräutigam Markus hat nämlich inzwischen erkannt, dass er schleunigst noch einen zweiten Bilderknipser beauftragen muss, wenn er eine Chance auf ein paar normale Bilder für das Hochzeitsalbum haben will. Leider hat der Künstlerfotograf seinen Konkurrenten schon längst bemerkt und ist stinksauer. Aber einer wie er setzt seine Wut natürlich in Kunst um. Und konkret sieht das so aus, dass er nun dem armen Hobbyfotografen auf Schritt und Tritt folgt und ihn beim Fotografieren fotografiert. Kann man nur hoffen, dass der Hobbyfotograf die Nerven behält. Sollte man im Blick behalten, die beiden.

»Bist du eigentlich wirklich ein Pirat?«

Sinja ist echt noch durchgeknallter, als ich dachte.

»Na klar, ein Pirat mitten im deutschen Flachland. Quatsch. Ist alles nur ein Gag. Weißt du doch.«

»Ich finde aber, du hast was von einem Piraten.«

»Danke, aber die Augenklappe habe ich nur, weil Pfarrer Kühlbrodt mir vorhin ...«

»Ich meine doch nicht die Augenklappe. Die sieht einfach nur bescheuert aus. Und der Rest von deiner Verkleidung erst recht.«

»Ach?«

»Das Piratige hast du auch ohne Verkleidung.«

»Ich glaube, du täuschst dich. Da ist überhaupt nichts Piratiges in meinem Leben. Weißt du, ich arbeite ganz langweilig an einem Schreibtisch im Betonfertigteilwerk. Und ich wohne in einem doofen Neubau, habe ein altes Auto, das ich nicht selbst reparieren kann, und wenn mich einer in der Fußgängerzone nach der Zeit fragt, werfe ich ihm vor Schreck mein Portemonnaie vor die Füße und schreie ›Tu mir nichts!‹, verstehst du?«

»Dann hast du dein verstecktes Potential noch nicht entdeckt.«

»Na ja, vorhin, das mit der Torte ging doch vielleicht schon in die richtige Richtung?«

»Das war lustig. Aber das meine ich nicht. Ein Pirat ist nicht lustig. Ein Pirat hat einen Plan, und den setzt er um, ohne Furcht, koste es, was es wolle, mal mit List, mal mit Gewalt. Und du hast einen Plan. Das habe ich dir schon angesehen, als wir im Standesamt waren.«

»Ich? Iwo.«

»Ich spüre so was. Teleskimotische Felder.«

»Teleskiwas?«

»Paranormale Schwingungen. Sendet jeder Mensch aus. Ich reagiere besonders empfindlich darauf.«

Na gut. Ich schaue mich um und rücke noch näher an sie heran.

»Okay, du hast recht. Ich habe einen Plan. Soll ich dich einweihen?«

»Wenn du willst.«

»Aber es ist geheim.«

»Okay.«

Ich kann es selbst kaum glauben, aber ich erzähle Sinja wirklich die ganze Geschichte. Unsere Sorgen, unsere Hochzeitsrettungsgruppe, unsere schwere Mission. Sie sagt kein Wort, doch ich habe das Gefühl, dass mir in meinem ganzen Leben noch nie einer so genau zugehört hat. Das Mädchen ist irgendwie unheimlich. Andererseits vertraue ich ihr auf einmal völlig. Ich weiß nicht warum. *Potentielles Zerstörungspotential: 9!*, flackert es immer wieder in meinem Hinterkopf auf. Und *Waffen: Komplett durchgeknallte Gaga-Ideen!* Ich kann es mir bei ihr auch lebhaft vorstellen. Andererseits, nein, sie hat ein gutes Herz. An was für Schwingungen auch immer das liegt, ich spüre es.

»Willst du uns helfen?«

Habe ich das gerade wirklich gesagt?

»Ja, will ich.«

Tatsächlich.

»Fein, Sinja, du bist hiermit in die geheime Hochzeitsrettungsgruppe aufgenommen.«

»Und was kann ich jetzt machen?«

»Weißt du zufällig etwas über einen Vorgang, den man Bananentanz nennt?«

GROSSTANTE GERLINDE

Sinja, unser neues Mitglied, hat mir erklärt, dass die Banane unter anderem ein Symbol für Tagträume, Regenwolken und wichtige Wendepunkte im Leben sei, aber über den Bananentanz wusste sie nichts. Irgendwann habe ich mich schweren Herzens aus ihrer gemütlichen Anglergruppe verabschiedet und bei meinen Piratentanzkollegen vorbeigeschaut. Dass ich Miss Potentielle-Zerstörungskraft-9-Sinja einfach so bei uns aufgenommen habe, brachte mir kritische Blicke ein. Nur Jil, die sich für ein paar Momente von der Weckenpitz lösen konnte, fand die Idee gut. Wir hakten es schnell ab, denn wir haben jetzt andere Prioritäten. Die oberste: herauszukriegen, was der Bananentanz ist. Sobald einer Bescheid weiß, soll er sofort alle anderen zusammentrommeln, haben wir ausgemacht. Die Zeit drängt.

Markus' Vater ist inzwischen mit den Russen zurückgekommen. Wir fangen an, uns auf der Terrasse für die Gruppenfotos aufzustellen. Anschließend wird der Brautstrauß geworfen. Danach wird Alkohol fließen und der informelle Teil beginnt. Präziser ausgedrückt: Danach ist Polen offen. Füllkrug und Tante Otti werden wie die Hyänen auf die erste Bananentanzgelegenheit lauern.

Bis die Reihen für das Foto stehen, dauert es natürlich etwas. Der Vorschlag des Kunstfotografen, alle sollten sich mit dem Rücken zur Kamera aufstellen, ist von der breiten Mehrheit abgeschmettert worden. Das verbittert ihn sehr, aber keiner kümmert sich um ihn. Alle arbeiten daran, sich so um das Paar herum zu formieren, dass keine Gesichter verdeckt werden. Bei bunt gemischten Körpergrößen zwischen 1,14 und 2,02 Meter fast ein Ding der Unmöglichkeit, aber die Gästeschar gibt nicht auf. Stühle zum Draufstellen werden herbeigerückt, Sechzigjährige gehen mit knackenden Gelenken in die Hocke, und Frauen in hellen Kleidern setzen sich furchtlos auf den Boden. Der tapfere Hobbyfotograf steht breitbeinig vor der Bescherung und gibt Kommandos. Im Eifer des Gefechts merkt er zum Glück nicht, dass der Kunstfotograf zwischen seinen Beinen liegt und ihm in den Schritt fotografiert.

Ich sehe mir Markus' Vater an. Ich finde, er hat ein viel zu mies gelauntes Gesicht dafür, dass sein Porsche wieder da ist. Gab es da vielleicht den ein oder anderen Kratzer im Lack? Muss ich später mal nachhaken. Vladimir und seine Russen wirken zum Glück überhaupt nicht so, als hätten sie schon drei Kneipen abgeklappert. Gerader Gang, klare Artikulation, nicht einmal eine Fahne ist zu erschnuppern. Drei Kneipen ist wahrscheinlich das gewöhnliche Aufwärmprogramm für sie. Hoffentlich kriegen sie nachher keine schlechte Laune mit unseren leichten Sommerweinen. Aber die sollen sich nur zusammenreißen. Werde ich ihnen später schon mal in einer ruhigen Minute erzählen, was sie da alles angerichtet haben mit ihrer Brautoentführung, denke ich mir und taste nach meinem Auge.

Eigentlich stehen wir jetzt perfekt für das Foto. Ich bin in der zweiten Reihe zwischen Jil und Patrick gelandet. Oh Mann. Wieder der Duft, wieder die Schultern, die aneinanderstupsen. Kann uns die Kamera nicht einfach aus der Gruppe herauslösen und an einen fernen Strand beamen? Weg von all dem Hochzeitsgedöns, das uns mit jeder Minute mehr auseinanderbringt. Es ist wirklich zum Heulen. Wir waren doch nur noch einen Kuss weit entfernt! In Zeit gerechnet vielleicht nicht einmal eine Minute, aber in Gefühl gerechnet Lichtjahre. Die magische Tür in die andere Dimension, die nur einmal alle drölf Millionen Sternzeitalter kurz auftaucht und dann wieder verschwindet, war offen. Wir standen schon auf der Schwelle und sind dann doch weggespült worden. Am Anfang habe wir uns noch irgendwo in der Nähe festgeklammert, aber mit jeder blöden kleinen Uneinigkeit über das doofe Hochzeitsthema wurden unsere Hände müder.

Der Fotomann sollte jetzt lieber schnell auf den Auslöser drücken. Die hintere Reihe kippt gleich von ihren Stühlen. Doch noch ist es nicht so weit, noch fehlt Markus' greise Großtante Gerlinde vom konservativen Tisch. Nach dem aktuellen Stand der Forschung ist sie auf dem Klo. Ihre jüngere Schwester wurde ausgeschickt, um ihr Dampf zu machen. Nicht die feine englische Art, aber Gruppenfoto ist nun mal Gruppenfoto. Das sah Großtante Gerlinde wohl auch ein und beeilte sich. Als sie in der Tür auftaucht, zollt ihr die versammelte Gästeschaft wohlwollende Anerkennung dafür. Bald darauf aber, als Großtante Gerlinde sich weiter nähert, wünscht jeder doch still für sich, man hätte die alte Dame nicht so zur Eile angetrieben. Dann hätte sie nämlich rechtzeitig bemerkt, dass sie sich beim Anziehen den hinteren Teil ihres Rocks in den Schlüpfer gesteckt hat. Pietät und Geschmack verbieten es, sie öffentlich darauf hinzuweisen. Selbst Diethart Füllkrug hält die Klappe und senkt seinen großen Kopf.

Aber was sollen wir tun? Einerseits möchte jeder, dass der Po von Großtante Gerlinde so schnell wie möglich wieder bedeckt ist. Andererseits möchte ihr jeder ersparen, dass sie erfährt, was die Leute in diesen Momenten alles sehen können. Am besten wäre es, ihr Schlüpfer würde einfach den Rock von selbst wieder freigeben, und Schwamm drüber. Aber Großtante Gerlindes Schlüpfergummi hält ihren Rocksaum so hartnäckig fest wie ein Tiger seine Beute.

Nur zwei Leute wissen genau, was sie zu tun haben. Der Erste ist der Kunstfotograf. Schon klar. Was für ein Motiv! Da steckt so viel Wahrheit drin, so viel Authentizität und das ganze Zeug. Schon pirscht er sich heran. Zum Glück gibt es noch den Zweiten, der weiß, was er zu tun hat: Patrick. Er schiebt seinen riesigen Körper so behände zwischen die Kamera und Großtante Gerlinde, dass nichts von der peinlichen Bescherung auf dem Film ankommt. Und noch bevor Tante Gerlinde sich wundern kann, wissen auf einmal auch noch zwei andere, was sie zu tun haben: Turbo-Erich hat sein Gefährt angeworfen und fährt den Fotografenheini rückwärts über den Haufen. Vladimir hilft ihm anschließend auf. Dass er ihm dabei etwas ins Ohr raunt und dazu die altbekannte Genick-umdreh-Handgeste zeigt, kriegt kaum einer mit. Und der Künstler konzentriert sich anschließend wieder darauf, seinen weniger talentierten Fotografenkollegen zu belästigen.

Bis Patrick, Vladimir, Turbo-Erich und die immer noch unbewusst provozierend bekleidete Großtante Gerlinde in unsere Reihen eingegliedert sind, dauert es ein bisschen. Ein Stuhl, auf dem zwei Männer gleichzeitig stehen, gerät mächtig ins Wanken, überlegt es sich aber zum Glück noch einmal im letzten Moment. Wir haben auch keine Augen dafür, denn Tante Gerlinde und ihr Po stehen nun direkt vor uns. Ich halte die Luft an, die Lacher sind unterwegs. Jil, eine Ohrfeige bitte! SCHNELL! Aber nein, Jil ... streckt die Hand nach Gerlindes Rock aus! Oh Gott! Tu es nicht, das merkt sie doch! Die Angst hat meinen Lachanfall zum Glück schnell erledigt ... Jil zupft! Zwecklos. Das Ding rührt sich keinen Millimeter. Vielleicht, wenn man gleichzeitig am anderen Ende ...? Ich kann nicht glauben, was meine Finger da gerade machen. Patrick wird weiß im Gesicht. Jil schaut mich an und zählt stumm. *Eins, zwei, drei!* Wir ziehen gleichzeitig, so fest, wie unser Mut es zulässt ... Okay. Das Gute: Gerlinde hat nichts gemerkt. Das Schlechte: Es hat nichts bewirkt. Außer dass mir die Knie zittern. Wie kriegen wir das nur wieder hin? Jede Minute kann eine zu viel sein. Wenn die Arme merkt, wie sie die ganze Zeit herumläuft, fällt sie vor Scham tot um.

»Wunderbar, genau sooo bleiben und schön lächeln. Es geht los!« Der Hobbyfotograf drückt den Selbstauslöser und hastet zu uns. Ich richte meinen Stirnbandschlips und ziehe die Mundwinkel nach oben. Diese Stille auf einmal, wenn die Uhr herunterläuft und jeder sein Fotogesicht macht. Total angenehm. Ich höre, wie die Gedanken der anderen herumschweifen. *Wann gibts endlich Essen? Der Soundso könnte echt mal duschen! Habe ich den Herd ausgestellt?* Und bei mir selbst zum tausendsten Mal: *Was zur Hölle ist der Bananentanz?* Erst als wir Sekunden vor dem finalen Klick auf einmal laute Stimmen von der Seite anrücken hören, sind wir mit einem Schlag alle wieder in der Gegenwart.

»Hey! Moment mal!«

»Da müssen wir aber auch noch drauf!«

»Haha!«

Einen kurzen friedlichen Moment lang denke ich mir noch: Okay, ein paar angetrunkene Nachzügler, kein Problem. Erst als ich hinschaue, erkenne ich das gesamte Ausmaß der Katastrophe.

TITANIC

Wie soll ich anfangen? Vielleicht so: Es gibt die alte Regel, dass bei einer Hochzeit keine Frau schöner gekleidet sein soll als die Braut. Aber wer will das schon so streng auslegen? Wenn eine Dame wirklich mal in einem Kleid erscheinen sollte, das in seiner Schönheit selbst das Brautkleid überragt, schreit trotzdem keiner: »Weg mit Ihnen! Was bilden Sie sich eigentlich ein?«

Etwas ganz anderes ist es natürlich, wenn auf einmal eine zweite Braut vor der Nase des Brautpaars steht. Das ist echt ein starkes Stück. Vor allem, wenn die Frau den Bräutigam auch noch kichernd an den Arm fasst und »Hey, hast du mich etwa vergessen?« sagt.

Ist das jetzt vielleicht schon der Bananentanz? Diethart Füllkrug steht schräg vor mir. Ich bin sicher, er steckt dahinter. Meine Hände wollen an seinen Hals. Aber das muss ich auf später verschieben. Vorne gibt es nämlich schon Tumult. Markus' Mutter schlägt auf die falsche Braut ein und schreit: »Weg mit Ihnen! Was bilden Sie sich eigentlich ein?« Im Nu entsteht Getümmel um die seltsame Zweitbraut und die drei angetrunkenen Männer, die sie begleiten. Ich sehe Bülent in der Menge. Wir arbeiten uns gemeinsam vor, ohne genau zu wissen, was wir eigentlich tun wollen. Eine zweite Braut will mit auf das Hochzeitsfoto. Diesen Fall hatten wir vorher nicht durchgespielt, wir Versager. Und ich muss zugeben, ich bin nun zum ersten Mal an diesem Tag wirklich froh, als ich Frau von Weckenpitz' Stimme höre. Lustigerweise sagt sie genau das Gleiche wie Markus' Mutter: »Weg mit Ihnen! Was bilden Sie sich eigentlich ein?« Aber ihre Worte wirken viel stärker, das muss ich zugeben.

»Nur weil Sie ein Zimmer mit dem Arrangement ›romantische Brautentführung‹ gebucht haben, heißt das noch lange nicht, dass Sie das ganze Schloss benutzen dürfen, Frau Kopitzke!«

»Ja, ist ja gut, war doch nur ein Spaß.«

»Ein schöner Spaß, ich muss schon sagen. Sehen Sie zu, dass Sie auf Ihr Zimmer kommen, und warten Sie auf Ihren bedauernswerten Bräutigam.«

»Ja, ja.«

»Herr Unzicker! Begleiten Sie die Leute bitte.«

»Machich.«

Ich sortiere schnell meine Gedanken. Aber eigentlich brauche ich das gar nicht. Frau Mitscherlich spricht nämlich im gleichen Moment aus, was ich denke, auch wenn sie dabei mehr nach Luft schnappt.

»Also, Frau von Weckenpitz, haben Sie etwa tatsächlich ... für die Zeit unserer Hochzeitsfeier ... ein Zimmer auf dem Schloss ... als romantisches Versteck für eine ... Brautentführung von einer anderen Hochzeit vermietet? Das ist ja wirklich ... ein starkes Stück!«

»Ich muss Sie bitten, sich zu beruhigen, Frau Mitscherlich. So ein Schloss unterhält sich schließlich nicht von alleine. Um solche Feste wie das Ihrige zu ermöglichen, muss auf der anderen Seite auch wieder Geld hereinkommen. Dass diese Leute sich dermaßen ungebührlich aufführen würden, konnte ich nicht ahnen. Andererseits muss ich sagen«, und während sie es sagt, streift mich ein ungnädiger Blick, »*Ihre* Gäste führen sich bisher kaum weniger ungebührlich auf. Und, wie heißt doch es so schön und richtig: ›Alles, was man tut, kommt zu einem zurück.‹ Denken Sie ruhig einmal darüber nach. Und jetzt entschuldigen Sie mich, ich habe zu tun.«

Ich habe auch zu tun. Ich will zu Janina und Markus. Ich sehe von hinten, dass Markus seine Braut im Arm hält und dass Svea ihre Hand genommen hat. Und ich höre, dass Janina ... lacht. Aber kein schönes Lachen. Es wirkt mehr so, als ob ...

»Liebe Gäste, leider haben wir immer noch kein Gruppenfoto. Wenn wir es hinbekommen wollen, dann jetzt. Dürfte ich Sie bitten, noch einmal kurz Ihre Plätze einzunehmen? Gleich haben wirs.«

Der tapfere Hobbyfotograf. Recht hat er. Wir begeben uns wieder in Position. Es dauert etwas, aber, auch wenn ich es kaum glauben kann, diesmal klappt alles. Der Selbstauslöser wird bedient, der Fotograf hechtet ins Bild, und wir hören es klicken. Und das Ganze noch zwei weitere Male zur Sicherheit. Er schaut sich die Bilder auf dem Display an und nickt zufrieden. Und er verspricht, sie sofort auf seinem Laptop abzuspeichern, damit auch ja nichts verlorengeht. Na also.

Es folgt der nächste Programmpunkt: Janina soll den Brautstrauß werfen. Sie sieht nicht gut aus, finde ich. Kein Wunder. Diese komische Situation mit der Zweitbraut. Das muss man als Hauptbraut auch erst einmal verarbeiten. Und wie soll man in Ruhe verarbeiten, wenn man gleich wieder im Mittelpunkt steht? Aber hilft ja nichts, so ein Hochzeitsfeierprogramm kennt nun mal keine Rücksicht. Das haben Jil und ich ja auch schon zu spüren bekommen. Wir schwappen alle zusammen auf den Rasen, und die unverheirateten Frauen im hei-

ratsfähigen Alter werden kichernd in Straußfangposition geschubst. Auch Jil. Wenn jetzt ausgerechnet sie ...?
Plötzlich bin ich nervös.

Janina stellt sich ein paar Meter entfernt auf. Markus gibt ihr noch einen Kuss, dann tritt er ein paar Schritte zurück. Sie soll ja kräftig ausholen können. So ein Brautstrauß muss schon ordentlich geworfen werden, sonst funktioniert das mit dem Zauber, dass die Fängerin als Nächste unter die Haube kommt, womöglich nicht. Ganz abgesehen davon, was für einen schwächlichen Eindruck man als Braut macht, wenn die Blümlein nicht in hohem Bogen in die Versammlung der Schönheiten einschlagen, sondern kraftlos über den Boden schlittern. Außerdem ist es für Janina vielleicht gar nicht schlecht, jetzt mal was so richtig mit Kraft zu machen. Da kann sie sich wenigstens ein bisschen abreagieren. Und wenn ich sie mir so anschaue, wie sie den Wartenden vorschriftsmäßig den Rücken zudreht und ihren Wurfarm ein paarmal hin und her pendeln lässt, um Schwung zu holen, werde ich immer zuversichtlicher, dass es genau so funktioniert. Ob Jil vielleicht wirklich ...? Sie konzentriert sich und kriegt meinen sehnsuchtsvollen Blick nicht mit.

Diethart Füllkrug übernimmt das Kommando.

»Eins!«

Die Menge nimmt den Faden auf.

»Zwei!«

»DREI!«

Und Janina gibt alles. Meine Herren. So einen Wurf hätte ihr keiner zugetraut. Eigentlich hätte noch ein Weltklasse-Tennisspielerinnen-Schlagschrei dazu gepasst, aber da hat sie sich zurückgehalten. Dafür ist die Wurflänge Doppelweltklasse, wirklich. Die Genauigkeit dagegen, na ja. Kennt man ja von anderen Sportarten auch. Wenn der Fußballer seinen Elfmeter nur mit Kraft tritt oder der Golfer so weit ausholt, dass die Leute hinter ihm Angst kriegen, landen die Bälle auch immer sonst wo. Und sonst wo ist im Fall von Janinas Brautstrauß der Kopf von Sinja. Und das hätte nun wirklich keiner erwartet, denn Sinja stand weit abseits am Seerosenteich und war in tiefe Meditation über das goldene Vlies und die übrigen Geheimnisse des Gewässers versunken. Und dass der Brautstrauß nach dem weiten Flug über das freie Feld ausgerechnet ihren Kopf traf, das hatte schon was von dem Witz mit dem Fallschirmspringer und dem einzelnen Kaktus mitten in der Wüste.

Beim Fallschirmspringer wäre der Fall natürlich schnell erledigt gewesen. Ein paar saftige Flüche, die Stacheln aus dem Hintern gezogen, und weiter geht es. Beim Brautstraußwerfen ist es aber viel komplizierter, wegen der symbolischen Ebene. Wenn der Brautstrauß mitten in eine Frauenmenge hineinfällt und alle wild nach ihm grapschen und es mehr oder weniger Zufall ist, wer ihn am Ende hat, kann man ja noch sagen: »Pah, folkloristischer Zinnober, hat gar nichts zu bedeuten.« Wenn der Braustrauß aber auf einem Mädchen einschlägt, das ganz woanders steht und sich gar nicht für die Sache interessiert hat, kratzt man sich schon am Kopf. Und weil ein Braustrauß immer mit den harten, schräg abgeschnittenen Stielenden nach vorne fliegt, vergleiche Federball, hat er auch noch eine Schramme auf Sinjas Stirn hinterlassen. Also jetzt nichts, was nicht mit der Zeit wieder weggeht, aber zumindest für heute kann man sagen, sie ist gezeichnet. Von einem Brautstrauß. Und damit ist noch nicht Schluss. Nachdem der Brautstrauß von Sinjas Stirn abgeprallt ist, fliegt er in hohem Bogen weiter, mitten in den Teich. Und geht dort unter.

Es dauert, bis auch noch das letzte Stückchen Strauß unter der Wasseroberfläche verschwunden ist. Das macht es natürlich nicht besser, im Gegenteil. Hat was vom qualvollen Untergang der Titanic. Und ich kann keinem einen Vorwurf machen, der diese Szene mit einem traurigen, langgezogenen »Ouh!« kommentiert, aber wenn eine ganze Menschenmenge wie aus einem Mund »Ouh!« macht, wirkt es gleich noch einmal so dramatisch.

Wir sollten jetzt aufhören, schießt es mir einmal mehr durch den Kopf. Ein Brautstrauß im Teich ist vielleicht kein perfektes Ende, aber wir könnten das ja alle noch über einem Glas Wein vergessen und dann nach Hause fahren und uns freuen. Und dem blöden Wetter, das jetzt doch wieder auf sich aufmerksam macht, weil der Himmel sich erneut zugezogen hat und zu grummeln anfängt, strecken wir einfach die Zunge heraus, machen die Fenster zu und die Fernseher an. Und ab und zu denken wir an Markus und Janina, die nun ganz allein im schönen Schloss Walchenau ... mit Frau von Weckenpitz ... Nein, so funktioniert das nicht. Ich lasse meine Träumereien fahren und klatsche ein Mal fest in meine Hände. Wir müssen das bis zum Ende durchfechten. Jetzt erst recht. Piraten, an die Waffen!

Meine Piraten stehen alle brav in der Nähe des Brautpaars. Nur ist der Feind, an dem sie sich gerade abarbeiten, leider nicht mit Waffen zu bekämpfen. Janina weint. Wen wundert es. Nein, es ist nicht wegen der entführten Proletenbraut und ihres ach so lustigen Auftritts eben, sagt sie. Und auch nicht wegen des Brautstraußes. Es ist nur gerade irgendwie eben einfach alles ein bisschen zu viel. Und Patrick schlägt Markus vor, seine Braut an der Hand zu nehmen und für einen kleinen Spaziergang im Park zu verschwinden. Und Svea schlägt Janina das Gleiche vor. Und Jil, Henriette, Bülent und Markus' Trauzeuge Kurt nicken im Hintergrund dazu. Und der Fotografenheini steht irgendwo noch weiter im Hintergrund und würde gerne authentische Nahaufnahmen von Janinas verheultem Gesicht machen. Aber Vladimir steht neben ihm und strahlt ebenfalls große Authentizität aus.

Unser Zureden trägt Früchte. Janina und Markus machen sich auf den Weg. »Moment mal!«, höre ich Tante Ottis Stimme. »Ihr könnt euch doch hier nicht so einfach ver...«

»Doch, doch, das können sie, Tante Otti.«

»Du musst doch bestimmt noch deine Spiele vorbereiten.«

»Und den Bananentanz.«

»Da habt ihr auch wieder recht, Kinder.«

Die eine Hälfte meines Hirns denkt: Gut, dass wir Janina und Markus vor ihr beschützt haben. Die andere denkt: Da kommt noch etwas auf uns zu. Etwas ganz Großes.

ÄUSSERST GEFÄHRLICHE LEUTE

Eins muss ich dem Vladimir lassen, er ist wirklich eine tolle Hilfe. Einer von diesen Typen, denen man nicht groß sagen muss, was sie machen sollen, weil sie selbst sehen, wo sie zupacken müssen. Zum Beispiel vorhin das Problem mit dem Fotografenheini – sofort erkannt. Und auch jetzt wieder. Instinktiv gemerkt, dass wir Angst vor Ottis Spieleplänen haben. Schon im nächsten Moment schnappt er sie sich und schiebt sie mit einem »Iech muss Iehnen etwas zeigen« in Richtung Parkplatz. Als er den Fotografenheini im Vorbeigehen mit »Sie auch!« auffordert, ebenfalls mitzukommen, und seine Russenfreunde den Kerl von beiden Seiten unterhaken, so dass ihm gar nichts anderes übrigbleibt, wird mir allerdings etwas mulmig. Ich habe einfach zu viele »Tatorte« mit Russenbösewichtern gesehen, versuche ich mich zu beruhigen. Vladimir und sein Anhang sind doch zivilisierte Menschen. Geschäftsleute. Freunde von Markus. Und so. Nämlich. Außerdem habe ich, was Vladimir betrifft, noch ganz andere Sorgen als Tante Otti und den Fotografenheini. Er hat mir vorhin gesagt: »Hast du gesähen, Tiem? Die Loite haben auch Brautentführung gemacht! Iech verstähe niecht, wachrum niecht wier?« Und jetzt kann ich mir überlegen, wie ich ihm das erkläre.

Inzwischen sind fast alle wieder reingegangen. Sieht auch wirklich immer ungemütlicher aus, da draußen. Noch dazu hat Bülent jetzt angefangen, Musik aufzulegen. Nur so harmloses »Girl from Ipanema«-Zeug natürlich, nichts zum Ausrasten. Aber der Weißwein wurde bereits freigegeben, und ein paar Leute vom lauten Tisch fangen schon an, tanzähnliche Bewegungen zu machen. Gut, so ein bisschen Ausgelassenheit ist in Ordnung. Wir sollten einfach dieses Level beibehalten. Hochzeit im Salzminden-Stil. Vielleicht kriegen wir das ja hin. Gut finde ich auch, dass Sven Wiesenhöfer als einer der wenigen immer noch hartnäckig draußen in der Raucherecke steht, während Maik Proschitzki weit von ihm entfernt bei uns hier drinnen rumhängt. Bedenklich finde ich dagegen, dass die reizende Linda auch gerade Lust auf eine Zigarette hat und nun draußen bei Sven ist. Vorhin hatte sie noch Lust auf Yogagespräche. Wenn es mit dem Teufel zugeht, interessieren sich demnächst tatsächlich beide Kraftpakete gleichzeitig für Linda und ... Nun, malen wir den Teufel nicht an die Wand. Ein Schlafmittelchen in den Wein der zwei Jungs wäre natürlich prima. Warum fällt mir das jetzt erst ein?

Ich drehe mich ärgerlich um und sehe Herrn Mitscherlich. Er steht in der Ecke und nimmt einen großen Schluck Wein. Jetzt aber mal wirklich, warum guckt der so verdrießlich?

»Alles gut mit dem Wagen, Herr Mitscherlich?«
»Nein!«
»Oh. Kratzer? Beulen?«
»Schlimmer.«
»Sitze versaut?«
»Noch schlimmer.«
»Noch schlimmer?«
»Die haben hinten eine Anhängerkupplung drangeschweißt.«
»Echt? Na ja.«

»Eine Anhängerkupplung! An einen Porsche Panamera!«

»Kann doch ganz praktisch sein.«

»Der Wagen *hatte* aber schon eine Anhängerkupplung. Man musste nur einen Knopf drücken, und schon fuhr sie vollautomatisch aus. Jetzt natürlich nicht mehr, nachdem diese sibirischen Bären ihr klobiges Ding drübergeschweißt haben.«

»Ärgerlich.«

»Ja.«

»Und wozu brauchten sie die Anhängerkupplung?«

»Sie sind zu acht, und im Auto war nicht genug Platz. Da haben sie sich einen Anhänger besorgt.«

»Pragmatischer Ansatz.«

»Willst du tanzen?«

Sinjas Stimme. Na klar, warum nicht. Bevor ich mich von Herrn Mitscherlichs schlechter Laune anstecken lasse, empfehle ich mich lieber. Wenige Augenblicke später zappeln Sinja und ich voreinander herum. Sie versucht die Musik zu fühlen, ich versuche mich jung zu fühlen. Sie kriegt ihre Sache besser hin.

»Wie geht es deinem Kopf, Sinja?«

Die Schramme blutet nicht mehr, aber man sieht sie immer noch deutlich.

»Dem Kopf geht es gut. Die Frage ist, was das alles bedeutet.«

»Das mit dem Brautstrauß? Ach komm, das bedeutet gar nichts. So was braucht man doch nicht ernst nehmen.«

»Ich glaube, es bedeutet, dass ich heute meine Unschuld verlieren werde.«

Wie bitte? Wenn sie dabei wenigstens lachen würde. Aber sie meint es bierernst. Und die Schramme auf ihrer

Stirn starrt mich dazu an wie ein drittes Auge. Ohne es zu wollen, versuche ich Sinjas Alter zu schätzen. Auch wenn ich alle Augen zudrücke, mehr als sechzehn Jahre kommen nicht heraus. Und ich sehe hier auch keinen Kandidaten, in den Sinja irgendwie verliebt zu sein scheint. Macht mir irgendwie ein flaues Gefühl. Anderes Thema.

»Habt ihr denn noch das goldene Vlies geangelt?«

»Heute war nicht der vorherbestimmte Tag. Wusste ich zwar schon vorher, aber es hat trotzdem Spaß gemacht.«

»Verstehe.«

Großtante Gerlinde und ihr entblößtes Hinterteil tanzen an uns vorbei. In den vergangenen Minuten hat noch so mancher versucht, ihr unauffällig am Rock zu zupfen, damit er wieder so fällt, wie es sich gehört, aber das verflixte Ding hängt weiter in ihrem Schlüpfer, als wäre es festgetackert.

»Ich mache mir Sorgen, Tim.«

»Hm? Oh ja, ich mache mir auch Sorgen, Sinja. Wenn Tante Gerlinde das mit ihrem Rock bemerken sollte, wird sie einen Herzinfarkt kriegen. Und sie wird uns hassen, weil wir es ihr die ganze Zeit nicht gesagt haben. Und im Foyer steht der große Spiegel. Es ist nur eine Frage der Zeit, bis ...«

»Vielleicht findet sie es auch lustig. Mir macht was anderes mehr Sorgen.«

»Was denn?«

»Die zweite Braut.«

»Die Betrunkene mit ihren drei Entführer-Knalltüten? Die sind doch jetzt sicher in ihrem Zimmer verstaut und warten auf den Bräutigam.«

»Aber nun sind zwei Bräute im Haus.«

»Na und? ... Oh, ich verstehe, *zwei* ist nicht gut?«
»Genau. Es dürfte nur eine sein.«
»Klar, aber ...«
»Oder drei.«
»Drei Bräute?«
»Hauptsache, nicht zwei. Das kann Unglück bringen. Wirklich.«

Und als wollte der Himmel mir zeigen, dass Sinja völlig recht hat, kommt Henriette in diesem Moment herangestürzt. Sie ist kreidebleich.

»Tim!«
»Einsatzbereit! Was ist los?«

Meine Güte! Um jemanden wie Henriette dermaßen aus der Fassung zu bringen, muss man normalerweise eine Naturkatastrophe organisieren.

»Der Bananentanz! Wir wissen jetzt, was es ist!«
»Oh. Schlimm?«

Sie nickt. Es ist dieses Nicken, das man aus Katastrophenfilmen kennt. Als Antwort auf die Frage: »Sind sie alle tot?« Mir läuft ein Schauer über den Rücken. Sie führt mich in den Salon nebenan. Meine Piratencrew bevölkert eine Sitzgruppe rund um ein verschnörkeltes Tischlein herum und hängt in den Seilen. Bülent nimmt seine letzten Kräfte zusammen, um mir das Unheil in seinem gesamten Ausmaß zu schildern. Sein Körper ist zusammengesunken, seine Worte klingen matt, von dumpfer Verzweiflung durchwebt. Aber man kann sie dennoch deutlich verstehen. Zu deutlich.

»Ich habe den Bananentanz auf hochzeitsjux.de gefunden. Es geht so: Die Musik wird aufgedreht, und alle müssen tanzen. Und einer muss sich eine Banane in den Schritt klemmen und mit der Banane im Schritt tanzen. Und dann muss er versuchen, die Banane jemand anderem tanzend in den Schritt zu übergeben. Ohne die Hände zu Hilfe zu nehmen und ohne dass die Banane herunterfällt. Und das ist dann unheimlich lustig, weil es natürlich so aussieht, als ob ...«

»Danke, reicht. Ich möchte jetzt gehen.«

»Ich auch.«

»Wenn ich das mit ansehen muss, sterbe ich.«

Henriette haut auf den Tisch.

»Jetzt reißt euch zusammen! Wir finden eine Lösung. Zwei äußerst gefährliche Leute sind wild entschlossen, in den nächsten Stunden diesen Bananentanz anzuzetteln. Wir müssen das verhindern, und wir *werden* es verhindern. Die Frage ist nur wie? Ich brauche Vorschläge.«

Unsere Anführerin mal wieder. Als ob uns Reden hier noch weiter bringt. Die einzige Lösung wäre vermutlich, Diethart Füllkrug zum ersten Mal in seinem Leben richtigen Sex zu verschaffen. Und Tante Otti ebenso. Aber das kriegen wir auf die Schnelle nicht hin.

»Ich habe eine Idee.«

Jil? Bestimmt wieder irgendwas mit Wegsperren. Aber wie sollen wir Füllkrug und Otti unauffällig wegsperren? Ganz zu schweigen von dem Ärger, den wir uns einhandeln. Doch schon nach Jils ersten Sätzen ist klar, ihr Plan geht ganz anders. Und er ist genial. Wir schlagen Füllkrug und Tante Otti mit ihren eigenen Waffen. Allerdings ist gute Vorbereitung nötig. Jeder muss sich voll reinhängen. Wir brauchen nur etwas Zeit und ...

Mist. Genau in diesem Moment ist die Zeit bereits abgelaufen.

Ain't no Sunshine
when she's gone

Von unseren Plätzen aus können wir durch die offene Tür zum Grünen Saal die Ereignisse beobachten. Das erste: Janina und Markus kommen von ihrem Spaziergang zurück. Janina sieht wieder ganz aufgeräumt aus, wir sehen es mit großer Erleichterung. Doch mitten in das zarte Gebilde der Erleichterung hinein fällt wie ein alles zermalmender Mühlstein das zweite Ereignis: Diethart Füllkrug.

Und es ist wie in einem Film. In einem Film, in dem etwas Dramatisches passiert. Etwas, bei dem es auf jede Sekunde ankommt. Genau ab dem Moment, in dem ich Füllkrug reden höre und sehe, dass er die tödliche Banane bereits in der Hand hält, passiert für mich alles in Zeitlupe. Selbst seine Worte dehnen sich unnatürlich in die Länge. Wir stürzen, während er spricht, so schnell wir können in den Grünen Saal. Doch auch bei uns läuft alles in Zeitlupe. Jeder Schritt zieht sich endlos hin. Ich sehe die Verzweiflung und die stummen Schreie auf den Gesichtern der anderen. Ich sehe allerdings auch, dass wir eine Chance haben. Es geht um Bruchteile von Sekunden, aber die Chance ist da.

Füllkrug: »Haha! Da ist ja unser Brautpaar wieder zurück!«

Erster Schritt, zweiter Schritt, dritter Schritt.

Füllkrug: »Kleine Auszeit jenommen, wa? Gut so, gut so, haha!«

Vierter Schritt, fünfter Schritt, ich stolpere über Bülents Fuß und falle hin.

»Denn jetz geht et endlich rund! Hört gut zo, jetz kütt nämlich ...«

Ich entscheide blitzschnell, meinen Sturz nicht konventionell durch Abrollen aufzufangen. Stattdessen lasse ich mich einfach nach vorne platschen. Zum Glück bekomme ich meinen rechten Fuß kurz vorher auf den Boden und kann mich noch einmal kräftig abstoßen. Das bringt mir die entscheidenden Hundertstelsekunden. Ich lande auf meinem Bauch. Und während ein Schmerz durch meinen Brustkorb schießt, als hätte mir ein finsterer Landsknecht seine Lanze in die Seite gerammt, schieße ich bäuchlings über das blankgewienerte Parkett mitten in den Grünen Saal hinein und reiße dabei eine Bodenvase um. Volltreffer. Keiner achtet mehr auf Füllkrug. Alle Augen und alle Ohren gehören mir. Chance genutzt.

»Harhar! Genau! Jetzt kommt nämlich ... wieder Captain Timmi, der lustige Hochzeitspirat! Und ... und ...«

Ich hätte nicht gedacht, dass laut sprechen solche Schmerzen in der Brust machen kann. Aber, noch schlimmer, ich habe keinen Plan. Ich liege mitten im Grünen Saal auf dem Bauch und fuchtele mit dem Kuchenmesser herum, das ich aus meinem Gürtel gezogen habe. Aber irgendwie bringt uns das allein auch nicht so doll weiter, wie ich gehofft hatte. Noch immer geschieht alles um mich herum in Zeitlupe. Füllkrug schnappt nach Luft, Frau von Weckenpitz stampft mit dem Fuß auf, Janina hat den Mund vor Schreck weit aufgerissen, und hinter mir stürzt die restliche Piratenmeute ins Zimmer.

»Und ...«

Mist.

»Und Timmi will euch sagen, dass ... dass ...«

Henriettes Stimme. Aber sie hat auch keinen Plan. Wir sind verratzt.

»Dass ...«

Warum konnte Füllkrug nicht noch eine Stunde warten? Dann wären wir vorbereitet gewesen und hätten Jils Anti-Bananentanzprogramm umgesetzt. Aber so hat er uns kalt erwischt. Soll ich das Messer nach ihm werfen? Nein, irgendwie nicht.

»... dass der Trauzeuge jetzt seine Rede hält! Wir bitten um Ruhe!«

Was? Oh mein Gott, wie genial! Die Rede des Trauzeugen! Da muss jeder Bananentanz zurückstehen. Jil hat uns schon wieder rausgehauen. Sie hat übernatürliche Kräfte.

Natürlich hat Kurt keine Rede vorbereitet. Rechtzeitig aus dem Bett kommen, Anzug anziehen, beim Standesamt strammstehen, das ist alles schon anstrengend genug. Und Reden sind nicht sein Ding, das sieht jeder auf den ersten Blick. Aber Patrick und Bülent haben Kurt sofort in ihre Mitte genommen und ihn nach vorne geschoben. Und ich werfe ihm schräg von unten einen drohenden Piratenblick zu. Endgültig überzeugt ist Kurt aber erst, als Patrick ihm etwas ins Ohr flüstert. Ich weiß nicht genau, was, aber er guckt so, als ob er nun weiß, dass Gedeih und Verderb dieser Hochzeit ganz von ihm abhängen.

»Äääääähm ja, also, die Rede, ne.«

Kurts Frisur hat sich bis jetzt bestens gehalten. Jede einzelne Zottel liegt perfekt in Form. Auch der graue Cut sitzt noch genauso stramm wie auf dem Standesamt, keine Flecken, keine Löcher, nichts. Wirklich alles gut. Jetzt müsste er halt nur mal einen geraden Satz herausbringen. Hätte Jil doch lieber die Rede von Markus' Vater angekündigt, oder, noch besser, Bülent als guten Freund des Paars. Der schüttelt so was ganz spontan aus dem Ärmel. Aber nein, es musste der Trauzeuge sein. Blödes Traditionsdenken.

»Also, ähm, ich sag mal so, ne, also, Hochzeit und so, hmmm, da fällt einem schon einiges dazu ein, nicht wahr?«

Das war gut, Kurt! Wirklich! Komm, weiter jetzt!

»Ich, joa, na, also ich fang dann mal so an ... hmmm ...«

Mist, wenn er nicht die Kurve kriegt, dann endet das hier ganz schnell doch noch in einem Bananentanz. Noch gähnt keiner, aber sie werden ungeduldig. Seit »Vier Hochzeiten und ein Todesfall« sind die Erwartungen an eine Trauzeugenrede ziemlich hoch.

»Hmmm, ja, ne ... Oh, ich habs!«

Yes!

»Das war nämlich so, ich war ja dabei, als Markus und Janina sich kennengelernt haben.«

Na wunderbar! Mit dem Kennenlernthema kann man notfalls drei Trauzeugenreden bestreiten. Warum hat er nur so lange gebraucht, um darauf zu kommen? Egal. Ich schnaufe durch.

»Das war nämlich auf einer Party, ne. Da waren wir noch in der Zwölften und die Andrea Lackmeier hat sturmfreie Bude gehabt, ihr wisst schon, so wie in ›Die Partyschlenzer‹ Teil drei, nur die Salzminden-Version halt. Also, wo war ich stehengeblieben? Ach ja, Party, Andrea Lackmeier, ne. Ich weiß noch genau, wie Markus und ich ankamen. Waren so drei, vier Straßen von der Bushaltestelle, aber wir haben es schon von weitem gehört. Ist ja ein riesiges Haus, das von den Lackmeiers, voll so ›Citizen Kane‹-mäßig. Aber trotzdem voll bis unter die Decke mit Leuten, ne, so wie in ›Kevin mal nicht allein zu Haus‹. Wir also rein und erst mal in den Flur. Da standen der Heinz, der Flipso und der Schulle. Wir so ›Hallo‹, dann Heinz auch so ›Hallo‹ und Flipso auch ...«

Ooookay. Das hier droht zwar das größte Desaster der Langeweile seit »Die schönsten Bahnstrecken Deutschlands« zu werden, aber das ist nicht weiter schlimm. Das Gute: Egal, wie lange es dauert und wie öde es ist, keiner hat das Recht, während der Rede des Trauzeugen einen Bananentanz loszutreten. Und das andere Gute: Kurt wird noch sehr, sehr lange brauchen, bis er erzählerisch bewältigt hat, wie er und Markus sich auf Andrea Lackmeiers Party bis zu Janina vorgearbeitet haben. Und diese Zeit können wir prima für unsere Anti-Bananentanz-Vorbereitungen nutzen. Wir stecken die Köpfe zusammen und verteilen die Aufgaben. Jil kriegt Bülents Autoschlüssel und wird beauftragt, das Zeug zu holen, das wir brauchen. Sie verdrückt sich leise aus dem Raum. Hoffentlich schafft sie es schnell genug.

»... und dann haben sich Nilia und Socke noch dazugesetzt. Und dann hat Flipso den dritten Joint gebaut. Jetzt weiß ich gar nicht mehr, war das das Zeug vom Schulle oder hat das der Serkan mitgebracht. Hmm, ist jetzt vielleicht auch gar nicht so wichtig, weil, genau, es geht ja eigentlich um Janina und Markus und wie sie sich kennengelernt haben, ne. Also, wir dann erst mal so den dritten Joint geraucht, der Flipso, der Schucki, der Tobse, der Kanti, die Nilia, die Socke, der Markus und ich. Und Kanti dazu Gitarre gespielt. War irgendwie so ne Stimmung wie in ›Der Alfons, der Detlev, sein Bruder und das Känguru‹. Und Kanti hat so ein Lied gespielt, von dingens, na, mir fällts gleich ein ...«

Es dauert. Und dauert. Tante Otti und der Kunstfotograf tauchen irgendwann wieder auf. Beide sehen jetzt anders aus. Was haben die Russen auf dem Parkplatz mit ihnen gemacht? Im Gesicht des Fotomanns fehlt auf einmal die latent-aggressiv-beleidigte-Leberwursthaftigkeit, und auch Tante Otti wirkt nicht mehr so hyperaktiv wie noch vorhin am Tisch. Ich weiß nicht, ob ich russische Gehirnwäschemethoden allgemein gutheiße, aber heute finde ich sie ganz okay. Trauzeuge Kurt hat sich inzwischen in einen Rausch geredet. Sieht so aus, als hätte er alles um sich herum vergessen. Er durchlebt noch einmal eins zu eins die Party bei Andrea Lackmeier und zwischendrin immer wieder irgendwelche Filme mit vergleichbaren Szenen. Er stottert nicht mehr, kein Zögern, keine Nervosität. Wie ein alter Märchenerzähler aus dem Orient. Recht so.

»… und wir dann so irgendwann mal aufgestanden, weil mir ist der Po eingeschlafen und so. Und Markus so: ›Schaun wir doch mal ins Wohnzimmer.‹ Gute Idee, weil da waren wir noch gar nicht gewesen und Durst hatten wir auch und da war ja die Küche in der Nähe, ne. Also Markus und ich so aufgestanden und echt so volle Kanne ins Wohnzimmer. Und da waren sie am Tanzen, echt so volles Rohr, wie in ›Spongebobs Hausparty‹, und wir dann auch so gleich eingestiegen und ich so nicht aufgepasst und merke noch so auf einmal alles nass und denke mir ›Häää?‹ und dann steht da Janina da, so bisschen wie ›Meerjungfrau am Haken‹, aber in wütend und so, und total nass, aber nur Mineralwasser, ne. Jedenfalls ich so ›Du, echt, tschuldigung‹, und Markus so ›Komm, halb so wild, ich hol dir ein Neues‹ und …«

Komisch, irgendwie wird der Raum immer leerer. Gut, Kurt ist nicht der Mann, der die Menge zu fesseln weiß, klar, aber die können doch nicht einfach alle massenhaft abhauen. Hallo? Die Rede des Trauzeugen! Erstens ist das unhöflich, zweitens kommt doch jetzt endlich der spannende Teil. Irgendwas stimmt hier nicht. Mal sehen. Füllkrug und Otti sind im Raum. Mit denen kann es nichts zu tun haben. Hat Sinja irgendwas ausgefressen? Vielleicht prügeln sich auch Wiesenhöfer und Proschitzki vor der Tür, und alle rangeln sich um die besten Plätze? Aber was auch immer es ist, solange Janina und Markus nichts davon mitkriegen, ist alles gut.

Ha! Jil ist zurückgekommen. So schnell. Teufelsmädchen. Sie hält die Daumen hoch. Operation Banane, Teil zwei kann beginnen. Ich atme durch und widme mich wieder dem tiefenentspannten Redefluss von Kurt.

»... und dann wir so auf dem Heimweg. Und Markus so kein Wort gesagt, und ich dann irgendwann so ›Ey, wasn los?‹ und er so gar nichts mehr gehört und ich so dreimal nachgefragt und er dann schließlich so ›Hm, was?‹, ich so ›Ey!‹, er so ›Ach so. Okay, Kurt, hör zu, ich bin bis über beide Ohren verliebt‹. Und ich so ›Ey nee, oder?‹ und er so ›Doch, voll‹ und ich so ›Nee oder?‹ und er so ›Doch, voll‹ und da war es stockfinster, weil mitten in der Nacht im Park, und ich sowieso total zugedröhnt, aber ich schwöre, ich hab ein Strahlen in seinen Augen sehen können, echt, es war richtig hell um uns herum. Und da hab ich auf einmal erkannt: Ey ... der Markus ist total verliebt! Und dann haben wir uns ins Gras gelegt. Ganz still war es, nur die Vögel und so. Und dann hatten wir auf einmal voll den Liegeflash und sind da bis zur Morgendämmerung einfach so liegen geblieben. Und Markus hat die ganze Zeit in den Himmel zu den Sternen geschaut. Und, das habe ich noch nie jemandem erzählt und das könnt ihr jetzt mir glauben oder nicht, er hat die ganze Nacht leise ›Ain't no Sunshine when she's gone‹ gesungen. Sonst singt der nie, aber in der Nacht, in der er Janina kennengelernt hat, Alter! Immer wieder und immer wieder. Und, na ja, heute kann ich es dir ja sagen Markus, ne. Seitdem kann ich diesen Song nicht mehr hören. Ist aber echt okay. Also, auf euch. Ihr seid noch wunderbarer als Eliza Doolittle und Professor Higgins in ›My Fair Lady‹, echt jetzt. Prost!«

Kurt hat sich ein Weinglas geschnappt und ölt sich die strapazierte Kehle. Für einen ganz kurzen Moment ist Stille. Ich sehe Janinas feuchte Augen und dass sie sich fest an Markus' Arm schmiegt. Und Markus, der einen knallroten Kopf bekommen hat und tapfer in die Runde lächelt. Ich bin baff. Diese Geschichte ist schon so oft erzählt worden, aber noch nie mit dem richtigen Schluss. »Ain't no Sunshine when she's gone«. Die wenigen, die noch da sind, klatschen, und einige wischen sich ergriffen die Tränen von der Backe.

Ich ziehe meinen Stirnbandschlips fest und fühle meinen Brustkorb. Autsch! Schlimme Rippenprellung. Aber so hat Captain Timmi wenigstens den Bananentanz verhindert. Und irgendwie kriegt Captain Timmi langsam Lust, auch mal etwas richtig, richtig Böses zu tun.

»Los jetzt! Operation Banane!«

Bevölkerungsschwund

Damit Operation Banane ein Erfolg wird, ist vor allem eines wichtig: Alle Gäste müssen mitmachen. Deswegen sind wir fünf nun in sämtliche Winkel des Schlosses ausgeschwärmt, in denen sich Leute herumtreiben könnten. Natürlich stehen wir unter enormem Zeitdruck. Die beiden Humorgiganten Füllkrug und Tante Otti könnten jederzeit den nächsten Bananentanz-Angriff wagen. Allerdings sind beide gerade nicht da. Das ist einerseits ganz gut, weil es uns Zeit verschafft. Andererseits komisch, denn nicht nur die beiden sind wie vom Erdboden verschluckt, sondern mit ihnen glatt die komplette Hälfte der Gäste-Bagage. Mit Kurts Rede fing das Verschwinden an. Seitdem ist hier viel zu viel Platz. Die Russen, Turbo-Erich, Onkel Rigobert, Schnitzki, Wiese, Großtante Gerlinde, alle sind irgendwie weg.

Vielleicht schon nach Hause gegangen? Ein zu schöner Gedanke, aber bestimmt nicht wahr. Immerhin gibt es in ein paar Minuten Essen. Ich meine, hallo? Warum geht man noch mal auf Hochzeiten? Ich trabe auf die Terrasse und spähe in den Park. Nein, auch dort kein Mensch. Es ist zwar schon recht dämmerig, aber um die Leere zu erkennen, reicht das Licht dicke. Die Einzigen, die noch in voller Zahl durch den Salon und den Grünen Saal tollen, sind die Kinder. Obwohl Frau von Weckenpitz und Regula Richter die Horde geschickt von zwei Seiten eingekesselt haben und mit strengen Ermahnungen befeuern, ist der Haufen kaum zu bändigen. Kennt man ja, Kinder kriegen abends immer noch mal die zweite Luft. Ich kann die Damen ein bisschen verstehen, dass sie da gegensteuern. Schließlich wird im Grünen Saal eingedeckt, und so eine Slapsticknummer mit stürzendem Kellner und Filetspitzen in Damenfrisuren brauchen wir jetzt echt nicht. Höchste Zeit, dass Kurt jetzt mal mit der Kinderfilmbespaßung beginnt. Am Ende farzt Frau von Weckenpitz noch Karl-Eosander, Jorinde-Alexandra oder Kasimir-Mehmet-Achim an und Regula Richter kriegt das in den falschen Hals. Was dann passiert, will ich mir lieber gar nicht erst ausmalen. Großtante Gerlinde hat mir vorhin erzählt, dass Regula schon mal einer anderen Mutter auf dem Spielplatz eine Plastikschaufel an den Kopf geworfen hat, nur weil sie in Hörweite von Jorinde-Alexandra »Hundescheiße« gesagt hatte. Irgendwas stimmt nicht mit ihrem Stoffwechsel, meine Theorie.

Zum Glück gehört Kurt zu den wenigen, die noch nicht dem geheimnisvollen Gästeschwund zum Opfer gefallen sind. Ich nehme ihn beiseite und schildere mein Anliegen. Er ist begeistert. Anscheinend freut er sich schon den ganzen Tag auf diesen Moment. Filmfreaks halt. Müssen mindestens zwei Streifen pro Tag gucken, sonst fühlen sie sich leer. Können auch Kinderfilme sein, da sind sie offen für alles. Und Kurt stellt auch noch großzügig sein Trauzeugenschlafzimmer als Kinderkino zur Verfügung. Was will man mehr. Er geht voran und schmeißt schon in Gedanken seinen Laptop mit dem Riesenbildschirm an. Wenige Augenblicke später sind Salon und Grüner Saal nur noch von Leuten über 1 Meter 50 bevölkert, die nicht rennen und kreischen. Wobei, »bevölkert« ist, wie gesagt, stark übertrieben. Aber was solls. Solange das Brautpaar sich amüsiert, ist alles gut. Und das tun Markus und Janina ohne Zweifel. Sie haben es sich in der größten Sitzgruppe des Salons gemütlich gemacht und sind von so vielen Leuten umgeben, dass sie gar nicht mitbekommen, wie sehr sich die Reihen dahinter gelichtet haben.

Bülent gesellt sich zu mir.

»Kommt es dir auch so vor ...«

»... als ob es auf einmal viel weniger Leute sind? Das kommt mir nicht nur so vor, das ist so. Wo sind die alle hinverschwunden?«

»Verschwunden ist nicht ganz richtig, Tim.«

»Wieso?«

»Keiner bleibt auf Dauer weg, es ist mehr so ein Kommen und Gehen, wenn man genau hinschaut.«

Stimmt, jetzt wo er es sagt ... Sven Wiesenhöfer ist zum Beispiel wieder da. Tante Otti auch. Und Schützengraben-Rigo textet Herrn Unzicker mit Kriegsgeschichten zu, die der anscheinend gar nicht so uninteressant findet. Dafür ist Regula Richter verschwunden, seit Kurt mit den Kindern ins Obergeschoss abgezogen ist.

»Komm, wir gehen zu den anderen. Wir müssen unsere Listen vergleichen, ob wir jetzt alle Leute für Operation Banane im Boot haben.«

Henriette, Jil und Patrick haben sich bereits in der anderen Ecke des Salons versammelt. Wir studieren unsere Zettel. Das Ergebnis ist phantastisch. Obwohl hier ständig große Teile der Leute verschwunden waren, haben wir mit vereinten Kräften doch fast alle für Operation Banane vorbereiten können. Teamwork halt. Jetzt können Füllkrug und Otti gerne kommen, wir sind bereit.

Stattdessen kommt aber erst einmal Trauzeugin Svea.

Und schon als sie nur zur Tür herein ist, sehen wir ihr an, dass etwas ganz Schlimmes passiert sein muss. Ihre Augen sind groß wie die Platzteller, die gerade auf die Tische gestellt werden, sie japst wie ein kleiner Hund, der in den Kanal gefallen ist, und ihre Knie sind so weich, dass sie beim Gehen schwankt. Sie versucht zwar, nicht aufzufallen, aber in dem Zustand würde jeder, der sie auch nur kurz ansieht, sofort fragen, was los ist. Und was auch immer sie antworten würde, ich bin überzeugt, es käme sofort zu einer Massenpanik. Solche Augen hat man nur, wenn eine Armee menschenfressender Aliens vor der Tür steht. Zum Glück schaut ihr keiner in die Augen, während sie zu uns huscht. So ist Henriette die Erste, die fragen kann.

»Was ist los, Svea?«

»Es ist weg!«

Ihre Stimme liegt irgendwo zwischen Fiepen, Zischen und Singen. Wusste gar nicht, dass das geht. Ist aber jetzt auch nicht wichtig.

»Was ist weg?«

»Das zweite Brautkleid! Weg! Gestohlen! Aus meinem Auto!«

Okay, nicht schön. Aber wenn man mindestens mit einer Armee menschenfressender Aliens vor der Tür gerechnet hat, dann ist es eher erleichternd, wenn es nur ein gestohlenes Ersatzbrautkleid ist. Nachdem wir die Botschaft vernommen haben, widmen wir fünf uns zunächst folgenden drei Handlungen und verhalten uns dabei perfekt synchron: 1. tief durchatmen, 2. den Kopf zu Janina drehen, 3. feststellen, dass ihr Brautkleid noch immer makellos wie ein jungfräulicher Skihang nach einer Neuschneenacht aussieht.

Anschließend ist mal wieder Patrick gefragt. Er legt

Svea die Hand auf die Schulter. Seine Stimme klingt wie eine sanfte, von Kanarienvogelgesang untermalte Meeresbrise.

»Svea, ich bin sicher, das ist überhaupt nicht schlimm.«

»Patrick hat recht. Schau dir Janina an. Wie aus dem Ei gepellt, oder?«

»Aber sie wird es heute noch brauchen, das sagt mir mein Gefühl!«

»Wenn es dich beruhigt, dann bleib einfach für den Rest des Abends an ihrer Seite und hab ein Auge auf alle Soßenschalen und Rotweingläser.«

»Genau. Mach den Brautkleidbodygard. Sobald sich irgendeine Sauerei nähert, wirfst du dich dazwischen.«

»Und wenn du gut bist, schreist du dazu ganz laut ›NEEEEIIIIIIIN!‹.«

»Ihr seid sooo witzig! Ich darf gar nicht dran denken. Das arme Kleid! Hat bestimmt einer von den Betrunkenen auf dem Parkplatz gestohlen und trampelt jetzt drauf rum.«

Wie bitte?

»Moment.«

»Svea, was für Betrunkene auf dem Parkplatz, bitte?«

Henriette klingt auf einmal wie ein Feuerwehrhauptmann, der gerade erfahren hat, dass sein eigenes Haus brennt.

»Wie? Ihr wisst nicht, was auf dem Parkplatz los ist?«

»Nein, weder *was* auf dem Parkplatz los ist, noch, *dass überhaupt etwas* auf dem Parkplatz los ist.«

»Dann solltet ihr dringend mal mitkommen.«

Wir kommen nicht mit Svea mit. Wir stürzen an ihr vorbei durch den Grünen Saal und das Foyer zur Ausgangstür. Frau von Weckenpitz sieht uns kopfschüttelnd hinterher.

»Jil, Kindchen, eine Dame rennt nicht, sie schreitet. Haben wir das nicht gerade besprochen?«

Jil bleibt mit einem Ruck stehen. Sie beißt sich so heftig auf die Lippen, dass selbst ihr großer Mund auf einmal schmal wirkt. In ihren Augen blitzt eine abenteuerliche Mischung aus Hass, Verzweiflung und Panik auf. Sie dreht sich um. Dann höre ich eine Nachtigallenstimme, die überhaupt nicht zu dem Gesicht, das ich gerade gesehen habe, passen will.

»Entschuldigung, Frau von Weckenpitz. Aus mir wird wohl nie was. Könnten Sie mir noch einmal sagen, wie ...«

Den Rest bekomme ich nicht mehr mit. Wir rennen nach draußen und halten auf den Parkplatz zu. Bülent an der Spitze, dahinter Henriette und ich und Patrick als Schlusslicht. Schon von weitem hören wir muntere Stimmen. Klingt ein bisschen nach Jahrmarkt, denke ich mir. Aber, zur Hölle, das hier ist Janinas und Markus' Hochzeit. Da hat kein Jahrmarkt auf dem Parkplatz zu sein, außer das ist ein Alptraum. Und wie um mir zu bestätigen, dass das hier ein Alptraum ist, taucht im gleichen Moment Diethart Füllkrug in meinem Blickwinkel auf.

»Höchste Zeit, dat ihr auch mal kutt. Hier gibt et dat richtige Zeug.«

»Das richtige Zeug?«

»Na, dat Gegenteil von diesem jugendfreien Sommerwein, den se da drin ausschenken.«

»Wie jetzt, das Gegenteil?«

Aber ich brauche gar nicht mehr fragen. Ich sehe nämlich im selben Augenblick, was er meint. Vladimir und seine Freunde hängen um den Porsche Panamera herum, der zusammen mit einem derben Kastenanhänger an seinem Hinterteil in der Abenddämmerung steht und sich danach sehnt, endlich wieder in sein ruhiges Autohaus zu kommen. Oder notfalls auch auf den Schrottplatz, Hauptsache weg von hier. Die Kofferraumklappe steht offen. Ich sehe Flaschen. Viele Flaschen. Und ich sehe Leute, die kleine Gläser in der Hand halten. Und sie viel zu schnell austrinken. Und Vladimirs Freunde, die unermüdlich nachschenken. Und Regula Richter, die auf dem Schoß von Turbo-Erich laut kreischend eine Runde um den Parkplatz dreht. Und den Fotografenheini, der betrunken auf dem Autodach liegt und kichernd authentische Fotos von dem ganzen Schlamassel schießt.

Vladimir winkt uns matt zu. Er sieht ein wenig zerknirscht aus, das muss man ehrenhalber einräumen. Er weist auf die gut zwei Dutzend heiteren Gestalten um ihn herum und macht mit der anderen Hand eine entschuldigende Geste.

»Vertrage niecht viel.«

BRAUTOBAR

Nicht, dass wir es gutheißen würden, was die Russen hier veranstalten. Eine geheime Wodkaquelle auf dem Parkplatz einzurichten, da hätten sie sich doch denken können, zu was das führt. Aber wie auch immer, auf diesen Schreck hin brauchen wir alle erst einmal einen ordentlichen Schluck.
»Nasdrowje.«
»Salute.«
»Cincin.«
»Oans, zwoa, xuffa.«
»Spinner.«
»*Salute* ist okay, aber *oans, zwoa, xuffa* nicht, oder was?«
»Lass uns nicht streiten, Bülent.«
»Ihr Deutschen seid komisch.«
»Wie viel Prozent hat der Wodka, Vladimir?«
»Weiß nicht genau. Iest Hausbrand.«
Na schön.
Irgendwie hat das Ganze ja auch was. Erst Brautoentführung, dann Brautobar. Vladimir ist schon eine coole Sau. Wäre das hier nicht die Hochzeit, würden wir einfach das Autoradio aufdrehen, auf dem Parkplatz weiterfeiern und die Weckenpitz nicht einmal mehr mit dem Hintern anschauen. Aber es ist nun mal die Hochzeit. Und damit sie gut zu Ende geht, wäre es schön, wenn wir die Leute wieder ins Schloss kriegen würden. Nur wie?

Man müsste den Wodka-Ausschank auf die Schlossterrasse verlegen, schießt es mir durch den Kopf. Und genau das ist keine gute Idee, schießt es sofort hinterher. Wenn auch noch der Weg zum Parkplatz wegfällt, um an Stoff zu kommen, gerät endgültig alles außer Kontrolle.

Ich lasse mir noch ein Mal, also, wirklich ein letztes Mal von Vladimir nachschenken. Während ich den Kopf in den Nacken lege, sehe ich Linda gackernd zusammen mit Maik Proschitzki an uns vorbeitaumeln und ihm den Arm um die Hüfte legen.

»Scheiße.«

Jeder von uns hat es ganz leise gesagt. Weil wir es alle gleichzeitig gesagt haben, war es dann am Ende doch ziemlich laut. Aber zurück zum Hauptproblem: Wie kriegen wir die Leute wieder ins Schloss? Wir nehmen alle noch einen allerletzten Schluck und stecken die Köpfe zusammen.

»Ich könnte einfach den Kofferraum zuschlagen und abschließen.«

»Das würdest du nicht wirklich übers Herz bringen, Tim, oder?«

»Vermutlich nicht.«

»Außerdem würde es Markus' Vater den Rest geben, wenn jetzt auch noch der Kofferraum aufgebrochen wird.«

»Vielleicht können wir es ja auch einfach so lassen. Die Leute pendeln hin und her und haben irgendwann einen Pegel erreicht, auf dem ihre Beine sie gar nicht mehr zum Parkplatz tragen.«

»Gefällt mir zwar nicht wirklich, aber ich fürchte, du hast recht, Patrick.«

Was ich gerade vom Schloss her auf uns zuschwanken sehe, gefällt mir ebenfalls nicht. Der Große von den beiden ist ohne Zweifel Sven Wiesenhöfer. Und als sie näher dran sind, erkenne ich Schützengraben-Rigo an seiner Seite.

»Hallo. Also, wir wollten euch nur sagen, gibt jetzt gleich Essen.«

Essen. Natürlich. Warum zerbrechen wir uns eigentlich den Kopf? Kaum ist das Wort ausgesprochen, kommt Hektik auf. Alle strecken ein letztes Mal ihre Gläser in Richtung Vladimir und Freunde. Und wer ausgetrunken hat, sprintet, so schnell es sein Alkoholpegel zulässt, los. Turbo-Erich führt das Feld mit einer verwegenen Schlangenlinienfahrt an. Die anderen folgen. Mit Schrecken sehen wir, dass Linda Schnitzki loslässt und drei Schritte weiter ihren Arm um Wiese schlingt. Einerseits logisch, denn der Kerl ist im Moment deutlich stabiler auf den Beinen als sein Erzfeind, weil einige Gläser im Rückstand. Andererseits brandgefährlich. Egal ob Wiese oder Schnitzki, wenn Linda sich in einen von denen verliebt, hat sie ein Riesenproblem, und wenn die beiden sich gleich um sie kloppen, haben wir alle ein Riesenproblem. Dass sie keine Uniformen tragen, bleibt der letzte kleine Hoffnungsschimmer.

Während die Menge zur Mahlzeit stürmt und Vladimir den Kofferraum schließt, schauen wir uns noch einmal um. Nein, keine herumliegenden Schnapsleichen. Nur Svea, die ihren Brautkleidkummer gründlich im Alkohol ertränkt hat und sich auf der Motorhaube fläzt, muss etwas gestützt werden. Patrick nimmt sich ihrer an. Schützengraben-Rigo tappelt ungeduldig mit seinem Gehstock auf den Boden.

»Beeilt euch. Dann kriegt ihr noch was vom Schoßsitzen mit!«

Wir starren ihn an. Am liebsten würde ich ihn am Kragen packen und durchschütteln, aber ich beherrsche mich.

»Was ist bitte Schoßsitzen?«, presse ich heraus. Und noch bevor er antwortet, geht mir ein Licht auf, und das Herz fällt mir in die Hose. Wir sind Versager! Wir haben das Brautpaar mit Tante Otti allein gelassen!

Luftballons und Kunstkenner

Schoßsitzen. Alles, was wir davon noch mitbekommen, ist, dass ein paar Stühle wieder an die Tische geschoben werden und dass Janina dreinguckt, als hätte man ihr einen mittelgroßen Holzhammer auf den Kopf gehauen. Jil hat aber alles mitbekommen. Zum Glück hat sie gerade Pause. Frau von Weckenpitz, ihre neue Lehrmeisterin, musste sich kurz in die Toilettengemächer zurückziehen. Wir fühlen uns klein, elend und schuldig. Und mit jedem Wort von Jils Bericht wird es noch schlimmer. Während wir kopflos auf den Parkplatz gestürmt sind, hat Tante Otti sieben Stühle in einer Reihe aufgestellt. Anschließend hat sie mit großem Hallo Janina die Augen verbunden und auf die sieben Stühle sieben Männer gesetzt. Und Janina musste unter noch größerem Hallo auf den sieben Schößen Platz nehmen und blind sagen, welcher davon zu ihrem Bräutigam gehört. Und, ganz besonders lustig, Markus war gar nicht unter den sieben Männern. Haha. Nach ein paar Gläschen Wodka hat Tante Otti anscheinend noch pfiffigere Ideen als sonst.

Um uns herum nehmen die Leute an den Tischen Platz. Nur Großtante Gerlinde steht mit ihrem immer noch entblößten Hinterteil vor Tante Otti und erklärt, dass sie frivole Hochzeitsspiele nicht so gut findet. Wir verharren in unserer Ecke und gucken wie begossene Pudel, während die Kellner mit den ersten Suppentellern herumhuschen. Ich traue mich kaum, in Janinas

Richtung zu schauen, tue es aber am Ende doch. Sie lächelt mir zu. Das schlimmste Lächeln, das ich je von ihr gesehen habe. Ich taste nach dem Tortenmesser in meinem Gürtel. Wenn das verdammte Ding nur etwas helfen würde.

»Aber warum hat Frau von Weckenpitz einfach so zugeguckt, Jil? Eine solche Darbietung muss ihr doch gehörig gegen den Etepetete-Strich gegangen sein, will ich meinen.«

»Sie hat mir gesagt, dass sie dieses Fest schon längst aufgegeben hat, Patrick. Sie will es nur noch zusammen mit mir vom Rand beobachten. Als Anschauungsmaterial für mich, wie man sich nicht benimmt.«

Zum Heulen. Jetzt ist der fürchterliche Schlossdrachen also dank Jil ganz elegant aus dem Spiel geschlenzt, aber was hilft das, wenn die, die das Spiel nun an sich reißen, auf andere Art genauso grausam sind? Henriette legt den Arm um Bülents und meine Schulter. Wir schließen spontan einen Kreis, wie eine Fußballmannschaft vor dem Anpfiff. Sie schaut jedem von uns in die Augen.

»So ein Fehler darf uns nie wieder passieren.«

Und sie klingt wieder wie ein Feuerwehrhauptmann. Aber diesmal wie einer, der wild entschlossen ist, seine verlorene Ehre wiederherzustellen. Das gibt uns genügend Kraft für die Vorspeise. Jeder geht an seinen Platz. Als ich mich hinsetze, begrüßt mich Tischgenosse Füllkrug aus vollem Hals.

»Na, endlich e paar Weiber klargemacht mit deinem Piratenstirnband?«

Ich schaufele mir noch im Stehen den Mund voll Suppe, um nicht antworten zu müssen. Ganz köstliche Apfel-Möhren-Irgendwassuppe. Nur ein bisschen heiß.

Wäre gut gewesen, wenn ich vorher noch hätte pusten können, so wie Vladimir, der jetzt auf dem Platz neben mir sitzt.

»Waißt du, iech fiende, iest niecht so schliem, dass wier keine Brautentführung gemacht habe. Brautoentführung war viel luustiger.«

»Na also.«

»Aber iech mache mir Sorge. Ein Gewietter wierd komme. Ein starke Gewietter. Iech chabe siebte Sienn fier Wetter.«

»Kein Problem. Hier drin sind wir in Sicherheit.«

Nur der Zugang zu deinem Wodka-Hausbrand wird dann schwieriger, wenn es draußen schüttet. Du machst dir doch nur deshalb Sorgen, Vladimir. Obwohl ich sagen muss, den anderen merkt man den Wodka viel mehr an als dir. Bei einigen hat er positive Folgen. Paradebeispiel Regula Richter. Die macht jetzt nebenan in der Klugscheißerrunde Stimmung, alter Schwede. Was lautes Lachen betrifft, laufen die meinem Tisch noch glatt den Rang ab. Bei einigen anderen bin ich dagegen eher beunruhigt. Der Künstlerfotograf sitzt am Brauttisch, hat seine prähistorische Kamera auseinandergebaut und erklärt lallend, warum sie die beste der Welt ist. Dazu schwenkt er den Leuten die Einzelteile vor der Nase herum. Einmal hätte er fast ein Objektiv in Janinas Suppe fallen lassen, wenn nicht Nashashuk Ziegler noch schneller als Lucky Luke reagiert hätte. Und dass Linda heimlich die Sitzordnung nachkorrigiert hat, so, dass sie nun zwischen Wiese und Schnitzki am Normalotisch sitzt, will mir auch überhaupt nicht gefallen. Die beiden Testosteronbolzen können jetzt ja gar nicht mehr anders, als einen gigantischen Balzwettbewerb um sie zu starten.

Aber der wichtigste Grund, warum mir die Suppe nicht schmecken will, ist mal wieder Frau von Weckenpitz. Sie kauert mit Jil an einem Stehtisch in einer Wandnische direkt hinter mir und kommentiert das Geschehen. Jil soll ja schließlich was lernen.

»Wenn ich mir das hier betrachte, weiß ich gar nicht, wo ich anfangen soll, Kindchen. Nehmen wir nur mal dies Mädchen dort. Schauen Sie nur, das sind Plastikohrringe aus dem Kaugummiautomaten. Und die trägt sie auf einer Hochzeit! Mit ihrer Mutter würde ich wirklich gern mal ein Wörtchen reden.«

Dass Sinja, das Mädchen mit den Plastikohrringen, in Hörweite sitzt, kümmert sie ebenso wenig wie dass Jil bestimmt Hunger hat. Aber Jil sagt weiter tapfer alle zehn Sekunden »Ja, Frau von Weckenpitz« und leidet stumm. Eine Märtyrerin. Sie nimmt das alles auf sich, nur um diese vermaledeite Hochzeit ein klein wenig erträglicher zu machen. Wenn ich ihr wenigstens ein Stück Brot zustecken könnte. Und wenn ich sie ...

»Und schauen Sie sich ihre Haare an. Ich möchte nicht wissen, wann die zum letzten Mal eine Bürste gesehen haben. Mit Ihren Haaren müssen Sie übrigens auch unbedingt etwas machen, Kindchen. Gegen Locken kann man zwar nichts tun, aber das sieht mir doch viel zu ungezähmt aus bei Ihnen. Und wo wir gerade dabei sind, Ihre Augen liegen viel zu tief in den Höhlen. Die müssen Sie mehr hervorheben. Da hilft nur ein kräftiger Lidstrich. Und, wenn ich Ihnen das sagen darf, achten Sie ein wenig mehr auf Ihre Linie, Kindchen. Sie haben keine langen Beine wie ich, da ist es umso wichtiger, dass sie wenigstens schlank sind.«

»Ja, Frau von Weckenpitz.«

»Keine Ursache.«

Ich koche vor Wut. Sie soll aufhören, auf meiner wunderbaren Löwenzahndame herumzutrampeln! *Meiner wunderbaren Löwenzahndame?* Ach ja, schön wärs. Im Moment fühle ich mich nicht wie ihr künftiger Geliebter, sondern wie einer, der sie abgrundtief enttäuscht hat. Wir hatten uns so viel vorgenommen, aber die Einzige, die hier wirklich was schafft, ist sie. Aber warum müssen es uns auch alle so schwermachen? Ihr Blick streift meinen. Sie sieht traurig aus. Unendlich traurig. Rachevisionen wabern durch meinen Kopf. Ich sehe mich vor einer schweren Panzertür stehen. Hinter der Panzertür habe ich Frau von Weckenpitz und Diethart Füllkrug zusammen in einen leeren Raum gesperrt. Ich pfeife ein Liedchen und warte. Irgendwann wird es einen großen Knall geben, und die beiden Monster haben sich gegenseitig neutralisiert. Vielleicht sollte ich das wirklich machen.

»Und jetzt sehen Sie sich das einmal an, Kindchen. Luftballons. Das hier ist der berühmte historische Grüne Saal von Schloss Walchenau. Eine Augenweide für jeden Kunstkenner. Aber nein, diese Kreatur da drüben meint, sie müsse bunte Luftballons aufhängen. Ich frage mich, was in ihrem Kopf vorgeht.«

Ausnahmsweise frage ich mich gerade das Gleiche. Die Kreatur ist nämlich niemand anderes als Tante Otti. Und wenn Tante Otti eine Schnur spannt und bunte Luftballons daran aufhängt, dann hat das einen Grund. Und auch wenn ich den Grund noch nicht kenne, ich habe jetzt schon Angst davor. Und als bräuchte ich noch einen Verstärker für meine böse Ahnung, höre ich, wie draußen starke Windböen mit Schmackes die ersten Regentropfen gegen die Scheiben schleudern.

Sind das überhaupt
noch Menschen?

Es ist noch schlimmer, als ich dachte. Meine Augen sind weit aufgerissen, und meine Hände umklammern die Tischkante. Stellt euch vor, ihr seid Braut oder Bräutigam, und eure Hochzeitsfeier auf dem wunderschönen Schloss Walchenau war bisher, trotz eines verschwundenen Brautautos, einer keifenden Frau von Weckenpitz, einer plötzlich aufgetauchten zweiten Braut, Schoßsitzens und manch anderer Unbill halbwegs gelungen. Und jetzt wird plötzlich, zwischen Vorspeise und Hauptgericht, von euch verlangt, dass ihr euch Bademützen aufsetzen sollt. Ja, Bademützen. Kunstvolle Frisuren hin, menschliche Würde her, Tante Otti findet, dass ihr euch Bademützen aufsetzen sollt. Aber es hat natürlich alles seinen Grund. Tante Ottis Bademützen haben nämlich eine Nadel obendrauf. Und wenn man mit der Nadelbademütze unter den Ballons steht, die sie aufgehängt hat, und hochhüpft, dann, schon klar, platzen die Ballons. Und in jedem ist ein kleines Geschenk für das Bademützen-Brautpaar drin. Und um die Sache abzurunden, wird nicht einfach so gehüpft, sondern zu Musik. Genauer gesagt zu »Ein bisschen Spaß muss sein« von Roberto Blanco.

So ist die Lage. Markus versucht zu lächeln, während Janinas Gesicht mehr und mehr zu Stein wird. Am liebsten würde ich laut schreien. Nichte Sinja, ein paar Plätze neben mir, guckt sich das schlimme Schauspiel gar nicht erst an. Sie konzentriert sich lieber darauf, aus ihrer Serviette einen Schwan oder so etwas Ähnliches zu falten. Ich schaue zu Patrick am Klugscheißertisch, er schaut entsetzt zurück. Wir schauen zusammen zu Bülent, er schaut auch entsetzt zurück. Wir drei schauen zu Henriette. Unsere letzte Hoffnung. Nein, sie hat auch keinen Trumpf in der Hinterhand. Sie schaut ebenfalls einfach nur entsetzt zurück. Und verbiegt dabei, ohne es zu merken, die Gabel in ihren Händen. Es ist zum Kotzen. Wir können nichts tun.

Zu allem Überfluss kriege ich auch noch die ganze Zeit weiter Dauerfeuer von der verhassten Stimme hinter mir.

»Nun sehen Sie sich das nur an, Kindchen. Dazu fällt mir doch einfach nichts mehr ein. Bademützen. Was sagen Sie, sind das überhaupt noch Menschen?«

»Ja, Frau von Weckenpitz.«

»Wie sind Sie nur an diese Leute geraten? Ich empfehle Ihnen dringend, suchen Sie sich andere Freunde. In unserer Gesellschaft hat jeder eine Chance. Aber ein bisschen Haltung, ein bisschen Wille und das richtige Umfeld, das muss schon da sein.«

»Ja, Frau von Weckenpitz.«

»Heute haben wir allerdings auch wirklich einen ganz schlimmen Tag erwischt, Kindchen. Hier unten ist diese Schmutzfeier, und oben sitzt diese schreckliche entführte Braut auf ihrem Zimmer. Ihr Bräutigam ist immer noch nicht aufgetaucht. Bestimmt schon zu betrunken. Oder vielleicht will er dieses Monstrum von Braut auch gar nicht finden, ich könnte es ihm nicht verdenken. Kommen Sie doch nächstes Wochenende vorbei, Kindchen. Da ist die Hochzeit von Dominik von der Blagen, dem Sohn des Präsidenten des Golfclubs Walchenau. Ich weise Sie ein, dann können Sie ein wenig mithelfen und zuschauen, wie Leute mit Klasse feiern.«

Die ersten drei Ballons sind inzwischen geplatzt. Eine Krawatte, ein paar Geldscheine und ein Stringtanga sind auf die Häupter von Janina und Markus gesegelt. Noch drei weitere Knalls, dann ist es überstanden. Hoffentlich rechtzeitig, bevor »Ein bisschen Spaß muss sein« zu Ende ist. Ich will gar nicht wissen, was die CD von Tante Otti noch alles ausspuckt. Markus zieht die Leine, an der die Ballons hängen, etwas herunter, damit Janina mit ihrer Nadelmütze überhaupt heranreicht. Was wird diesmal drin sein? Eine Plastikrose? Ein Wackeldackel? Ein gehäkeltes Präservativ? Was bin ich froh, dass wir inzwischen wenigstens für den Bananentanz einen Abwehrplan in der Tasche haben.

Der rote Ballon gibt nun endlich den Geist auf. Eine riesige Ladung Mehl segelt auf Janina herab. Sehr komisch. Sie friert mitten in der Bewegung ein. Markus eilt dazu und versucht zu retten, was zu retten ist. Diethart Füllkrug guckt Tante Otti ehrfürchtig an und klatscht Applaus. Die anderen sind geteilter Meinung. Einige schauen entsetzt, andere lachen kurz und schrill, wieder andere lang und ausdauernd. Nur eine lacht schrill *und* lang *und* ausdauernd. Und so laut, dass sie damit sogar Roberto Blanco übertönt.

»Hahaha! Entschuldigung, Kindchen, aber das finde ich jetzt wirklich lustig. Hahaha!«

Blöde Schnepfe!

Aber soll keiner sagen, dass Tante Otti nicht weiß, wann es genug ist. Sie erlässt dem Brautpaar jetzt gnädig die letzten beiden Ballons und zersticht sie selbst. Zum Vorschein kommen ein Schwall Wasser und, tatsächlich, ein gehäkeltes Präservativ.

»Wie schade! Das mit dem Wasser hätte ich wirklich noch gerne gesehen, Kindchen.«

»Ja, Frau von Weckenpitz.«

Die Leute klatschen und Tante Otti knickst neckisch.

»Und schaut euch unsere Janina an: Sie ist immer noch schön!«

Noch mehr Applaus, während Markus weiter gegen das Mehlinferno auf seiner Braut ankämpft und beide darüber ganz vergessen, die blöden Badmützen abzunehmen. Ich kann kaum noch hinsehen. Neben mir lässt Sinja ihren verunglückten Serviettenschwan sein und steht auf.

»So klappt das nicht. Ich muss Plan B machen. Du kannst meinen Hauptgang haben, wenn du magst«, raunt sie mir im Vorbeigehen zu.

»Moment, was ...?«

Aber sie ist schon außer Hörweite. Hm. So klappt das nicht? Sinja hat einen Plan B? Laut unserer geheimen Liste heißt das Alarmstufe rot. Aber erstens ist Sinja jetzt eine von uns und ich vertraue ihr, zweitens bin ich im Moment viel zu wütend, um ein verrücktes sechzehnjähriges Mädchen heimlich zu beobachten. Sie würde mein Stampfen hinter sich hören.

Der Hauptgang, Rochenflügel an Petersilienwurzel und Zitronensauce, wird aufgetragen. Herr Mitscherlich klopft gegen sein Glas und beginnt seine langerwartete Rede. Der geballte Charme eines altgedienten Autoverkäufers prasselt auf die Gäste nieder. Das Gute daran ist, dass die Aufmerksamkeit endlich nicht mehr auf dem armen Brautpaar liegt. Was er genau sagt, kriege ich nicht mit. Ich starre Janina an. Sie fummelt sich endlich die Badmütze vom Kopf.

»Fast schade, das mit den Kopfbedeckungen, Kindchen. Sonst wären die Haare jetzt auch noch voll Mehl. Haha, wäre das ulkig!«

Von Janinas Frisur ist nicht viel geblieben. Von der ruhigen Eiche auch nicht. Mehr so eine Eiche, der man gerade einen Stahlspaten in die empfindlichste Wurzelpartie getrieben hat. Alle tun immer so, als ginge es bei einer Hochzeitsfeier darum, das Brautpaar hochleben zu lassen. Aber langsam verstehe ich den wahren Sinn. Es geht in Wirklichkeit darum, die beiden einen Abend lang bis aufs Blut zu quälen. Abwechselnd unter den Deckmänteln von Romantik und Lustigkeit.

Und ich ahne auch, warum. Neid. Natürlich Neid. Hochzeit, da stellt man sein Glück öffentlich zur Schau. Hat was Aufdringliches. Deswegen sollen sie gefälligst auch ein bisschen leiden. Denn tief im Innersten gönnt man es ihnen nicht. In manchen Gegenden mauert man dem Brautpaar sogar die Haustür zu und baut ihr Bett auseinander. Klare Botschaft. Wenn wir schon keinen Sex haben, sollt ihr auch keinen haben. So sieht es doch aus. Otti, Füllkrug und wie ihr alle heißt, ich habe euch durchschaut. Aber jetzt werden andere Saiten aufgezogen, das schwöre ich. Und wieder greife ich nach dem völlig nutzlosen Messer in meinem Gürtel.

Herr Mitscherlich hebt sein Glas auf das geschundene Brautpaar. Wir stehen alle auf und tun es ihm nach. Während ich zusammen mit den anderen meinen Schoppen Wein in die Luft recke, bekräftige ich meinen Schwur noch einmal im Stillen. Andere Saiten. Endgültig.

Mit der Stille ist es allerdings im nächsten Moment schon wieder vorbei. Just als alle im Saal ihre Gläser oben haben, knallt draußen ein Donnerschlag, so laut, wie ich ihn in meinem ganzen Leben noch nicht gehört habe. Der Kronleuchter klirrt, Wände zittern und, ein kleines Detail, das die ungeheure Wucht am besten zeigt: Großtante Gerlindes widerspenstiger Rocksaum rutscht endlich wieder dahin zurück, wo er hingehört.

Rochenflügel

Der Regen vor dem Fenster ist jetzt eine massive Wand. Schade, dass Janina und Markus bei ihrer Garantie-Wettervorhersage nicht noch einen Extra-Bonus für hohe Niederschlagsmengen ausgehandelt haben. Man mag sich kaum vorstellen, wie ein Mensch aussehen würde, den man jetzt auch nur eine Minute vor die Tür jagen würde. Wir brauchen es uns aber auch gar nicht vorzustellen. Wir sehen nämlich zwei Menschen, die sich unglücklicherweise gerade selbst vor die Tür gejagt hatten, als der Gewittersturm losbrach. Sven Wiesenhöfer war eine rauchen. Und dann kam Regula Richter und hat ihn sich geschnappt, um mit ihm zusammen Vladimirs Wodkakiste reinzuschleppen, bevor es richtig losgeht. Und gerade als sie die Kiste aus dem Kofferraum gewuchtet hatten, kam der Knall.

Ist natürlich ein Ding, hier einfach so mit einer Kiste voll Wodka mitten ins Abendessen zu platzen. Wollten sie gar nicht. Hatten wohl eher geplant, sie wieder an einen geheimen Ort zu bringen, der sich dann herumspricht. Aber der Donner hat sie so erschreckt, dass sie nicht mehr groß nachgedacht haben. Beide sind kreidebleich und pitschnass. Und es ist nur natürlich, dass etwa fünf Leute gleichzeitig aufstehen, um den beiden armen Gestalten erst einmal ein Glas aus der Kiste, die sie mitgebracht haben, einzuschenken.

Linda ist auch dabei. Nicht gut. Erstens trinkt sie

gleich mit, zweitens macht der arme triefende Wiese diesen ganz besonders hilfsbedürftigen Eindruck, der ungeheuer gefährlich für Frauenherzen ist. Muss man nur mal dran denken, wie die Eltern von Marty McFly in »Zurück in die Zukunft« zusammenkamen und so.

»Da können Sie mich jetzt für verrückt erklären, Kindchen, aber ich sage, das mit dem Unwetter ist kein Zufall. Diese Hochzeit hat es einfach nicht anders verdient. Mir tun nur die armen Zwergpetunien im Schlosspark leid. Haben Sie die gesehen? Importware. Sehr empfindlich.«

»Ja, Frau von Weckenpitz.«

»Herr Unzicker, Herr Unzicker! Machen Sie bitte sofort einen Rundgang und sehen Sie nach, ob alle Fenster zu sind.«

»Machich.«

»Wissen Sie, Kindchen, Herr Unzicker ist ein ziemlich einfach gestrickter Mann. Aber er ist zuverlässig und diskutiert nicht. Das haben sie gelernt, früher in der DDR. Da hat Herr Unzicker ... egal. Jedenfalls, so jemanden braucht man an der Seite, wenn man große Aufgaben hat.«

»Ja, Frau von Weckenpitz.«

Wenn die Schlosstrulla jetzt nicht bald die Klappe hält und Jil gehen lässt ...

»Hey, Pirat. Dat Essen wird kalt.«

Ja. Da hat Füllkrug recht. Mein Rochenflügel hat schon ein wenig Patina. Aber Piraten essen nicht, wenn es Zeit ist zu kämpfen. Und ich spüre, jetzt ist es Zeit zu kämpfen. Für Jil. Höchste Zeit. Langsam, aber unaufhaltsam beginnt vor meinem inneren Auge ein Schlachtplan aus dem Nebel heraus aufzutauchen. Ich lehne mich zu Vladimir hinüber und raune ihm ein paar Worte zu. Erst hält er mich für bekloppt, aber ich sage einfach die Zauberworte »alter deutscher Hochzeitsbrauch«, und sofort habe ich ihn im Boot. Er steht ganz beiläufig auf und schlendert zur Wodka-Ausgabestelle. Dort haben sich inzwischen die beiden durchnässten Gestalten Wiese und Regula ausgiebig gestärkt. Nun kommt die nächstwichtigste Aufgabe für sie: trockene Sachen finden. Ich stelle mir kichernd vor, dass sich Regula Richter einfach das Ersatzbrautkleid anzieht. Hätte doch was. Dann wäre die gute Sinja beruhigt, weil endlich drei Bräute im Haus herumlungerten. Aber das gute Stück ist ja leider verschwunden. Macht nichts.

Linda hat sich Herrn Unzicker geschnappt, der gerade auf seiner Kontrollrunde des Wegs kam. Keine Ahnung, wie er normalerweise auf die Bitte nach einer Notausstattung für durchnässte Gäste reagiert, aber Lindas Lächeln kann nur ein Stein widerstehen. Ich höre, dass er »Ich schau mal nach. Wir haben da noch ein paar alte Faschingskostüme« zu den beiden nassen Ratten sagt.

Das kann ja was werden. Aber egal, jetzt volle Konzentration auf meinen Plan. Er ist nicht ohne Tücken. Soll ich die anderen noch einweihen? Nein, sie können mir nicht helfen. Entweder es klappt, oder es klappt nicht. Ich stehe auf und verziehe mich in die Toilette. Vor dem Spiegel knöpfe ich mir mein Hemd wieder zu und stecke es in die Hose. Messer und Gabeln verschwinden aus meinem Gürtel, und der Schlips kommt auch wieder dorthin, wo er heute Vormittag war. Die Haare noch ein wenig gerichtet. Fein.

Ich bin nicht mehr Captain Timmi, der lustige Hochzeitspirat. Ich bin Tim, der Hochzeitsninja. Eine perfekt getarnte Bestie, die alle vernichtet, die Janina den schönsten Tag ihres Lebens versauen und Jil »Kindchen« nennen.

Rsmbokwja kchrk

Ich schlendere durch den Grünen Saal und lächele nach rechts und links. Ganz Lebemann, ganz Weltbürger, der ganze Mist, der man nicht ist, wenn man sein Leben in Salzminden verbracht hat. Ohne Hast nähere ich mich Frau von Weckenpitz, die an ihrem kleinen Stehtisch weiter auf Jil einredet. Wenn ich es richtig verstehe, geht es gerade um gute Weine und wie man sie am besten vor unwürdigen Gästen versteckt. Nicht mehr lange.

»Pardon, Madame? Graf Grinzki-Schrottkaroff hat mich gebeten, dass ich Sie ihm vorstelle.«

Sie dreht sich um. Ein schiefer Blick. Ja, sie weiß noch ganz genau, wer ich bin. Ein »Sie wollen mich wohl veralbern?« drängt sich unaufhaltsam auf ihre Lippen. Aber ich blicke weiter seriös drein und biete ihr galant den Arm an, genau wie es die Trottel in »Stolz und Großkopfheil«, oder wie der Film gleich wieder hieß, tun. Hoffentlich reicht das.

»Nun gut. Entschuldigen Sie mich bitte, Kindchen.«

Ha! Sie hakt sich tatsächlich bei mit unter.

»Ach, und sehen Sie doch inzwischen nach, in welchem Zustand der Salon ist. Sollten Sie noch leere Gläser finden, sagen Sie bitte der Küche Bescheid, sind Sie so gut, Kindchen?«

»Ja, Frau von Weckenpitz.«

Jil starrt mich an, als wäre ich ein Geist. Ich nicke ihr freundlich zu und trage einen Ausdruck des unendlichen Bedauerns auf dem Gesicht, ganz so, wie es sich für einen Gentleman gehört, der einer Dame die Gesprächspartnerin entführt. Wenig später stehen die Weckenpitz und ich an der neuen Indoor-Wodka-Ausgabestelle Vladimir gegenüber. Er macht seine Sache sehr gut. Tadellos gekleidet war er schon vorher, aber nun hat er sich auch noch einen steifen Stock im Rücken wachsen lassen.

»Ich darf vorstellen? Freifrau von Weckenpitz, Graf Grinzki-Schrottkaroff.«

»Angenehm, Herr Graf.«

»Я цаже описатъ не могу, как вы меня раздражаете, противная баба.«

»Leider spricht Graf Grinzki-Schrottkaroff nur Russisch. Er sagt, er freut sich, Sie kennenzulernen. Er bewundert Ihr großartiges Schloss in all seiner unermesslichen Pracht.«

»Я бњ с удоволъствием зарядил вами пушку и вњстрелил на Љуну.«

»Der Grüne Saal erinnert ihn an die Bilder seines Ahnenschlosses in Katharinorod. Dort lebte sein Geschlecht, bis es von den Bolschewiken vertrieben wurde.«

»Wie tragisch. Können Sie den Grafen fragen, wo er und seine Familie heute leben?«

»Ich bedaure, mein Russisch bewegt sich nur in engen Grenzen. Ich weiß aber, dass die Grinzki-Schrottkaroffs in den Revolutionswirren nach Amerika übergesiedelt sind. Sie brachten nur das mit, was sie am Leib trugen, aber mit eisernem Willen, Weitblick, Geschäftssinn und ihrem untrüglichen Sinn für Klasse haben sie es auch dort wieder zu großem Wohlstand gebracht. Man sagt, ihnen gehört halb Buffalo. Jedenfalls ist der Graf der jüngste Spross einer Linie der Grinzki-Schrottkaroffs, die sich nach dem Fall des Eisernen Vorhangs wieder in Russland angesiedelt haben. Lassen Sie doch einfach Herrn Unzicker übersetzen. Er müsste des Russischen mächtig sein.«

»Eine glanzvolle Idee, Herr ...?«

»Von Timborowski. Der Graf und ich sind entfernt verwandt.«

»Herr Unzicker! Herr Unzicker! Wo steckt denn dieser Mensch nur schon wieder?«

»Хорошо, давайте просто питъ до тех пор, пока один из нас не упадет. Я оченъ надеюсъ, что зто будите вњ, дура невњносимая.«

»Der Graf wüsste es zu schätzen, wenn Sie einstweilen ein Gläschen Wodka mit ihm tränken.«

»Nun ...«

»Sie wissen ja, gewisse Dinge darf man nicht ausschlagen.«

»Ach ja. Nach all den schauderhaften Vorgängen hier kommt mir ein Seelentröster ohnehin ganz recht.«

Ich fülle flugs zwei Gläser und reiche sie mit steifer Geste Vladimir und Frau von Weckenpitz.

»Die Hausmarke der Grinzki-Schrottkaroffs. In Deutschland nicht zu haben, in Russland unerschwinglich.«

Er prostet ihr freundlich zu.

» Ваше здоровъе!«

»Zum Wohl, Herr Graf.«

Na also, sie legt den Kopf in den Nacken. Einen Tick zu hastig, aber eine Dame von Welt kann ohne weiteres ein Husten unterdrücken. Dafür bekommen ihre Wangen sofort Farbe.

»Können Sie dem Grafen sagen, dass sein Wodka ganz vorzüglich schmeckt?«

»Natürlich. Freifrau von Weckenpitz näswrbolonsk wodkaski wrsborokchr rsmbokwja kchrk.«

Vladimir muss lachen, aber Frau von Weckenpitz denkt natürlich, er freut sich über das Wodka-Kompliment. Tut er ja vielleicht auch in Wirklichkeit, aber ganz egal. Hauptsache, ich kann nachschenken.

»Aber nur noch ein kleines Schlückchen, Herr von Timborowski.«

»Liebe Frau von Weckenpitz, ein Russe kennt keine kleinen Schlückchen.«

»Da haben Sie auch wieder recht. Zum Wohl, Herr Graf.«

»Ваше здоровъе!«

»Herr Unzicker, da sind Sie ja. Würden Sie bitte herkommen? Was tragen Sie denn da herum?«

»Die beiden nassen Personen hatten um trockene Kleider gebeten.«

»Lassen Sie mal sehen. Na ja, das alte Revuetänzerinnenkleid geht in Ordnung. Aber die schöne Generalsuniform? Sagen Sie dem Herrn, er soll ja gut darauf achtgeben. Und wir schicken ihm die Rechnung für die Reinigung.«

»Machich.«

Haha! ... Nein, gar nicht haha! Eine Generalsuniform! Mit Schulterklappen, Orden und allem Drum und Dran. Als hätten sie es darauf abgesehen, Linda mit Wiese zu verkuppeln! Mist. Kann man nur noch hoffen, dass er sich beim Umziehen einen Hexenschuss holt.

»Я был бы счастлив выпитъ с вами еще один стакан.«

»Sie können Russisch, Herr Unzicker. Was hat der Graf gesagt?«

»Der Graf?«

»Herrgott, der Mann, der vor Ihnen steht, ist Graf

Grinzki-Schrottkaroff! Was hat er gesagt? Lassen Sie mich doch nicht so lange warten!«

»Die Person hat gesagt, sie wäre glücklich, wenn Sie noch ein weiteres Glas mit ihr trinken würden.«

Rochenflügel II

Hört das noch einmal auf mit dem Gewitter? Uns krachen die Böllerschläge im Minutentakt um die Ohren, und der Sturmwind schmettert die Regentropfen gegen die Scheiben, dass man schon froh sein kann, wenn alle heil bleiben. Schade eigentlich. Etwas weniger brutal, und das Gewitter hätte wirklich was Romantisches. Aber so sind die Leute nun doch ein bisschen eingeschüchtert. Dafür läuft mit Frau von Weckenpitz alles nach Plan, sprich sie unterhält sich weiter mit meinem falschen Grafen und ist kurz vor stockbetrunken.

»Herr Unzicker, fragen Sie den Grafen, ob er die Revolution 1971 selbst miterlebt hat. Vorwärts.«

»Die Revolution war 1917 und nicht 1971, Frau von Weckenpitz.«

»Lassen Sie mich doch mit Zahlen in Ruhe, Herr Unzicker. Ich habe Ihnen schon so oft gesagt, dass ich törichte und langweilige Sachen wie Zahlen dauernd durcheinanderbringe. Ein kultivierter Geist kümmert sich nur um das Wesentliche. Und jetzt fragen Sie den Grafen endlich, wie er die Revolution erlebt hat. Hat man auf den Ärmsten geschossen?«

Ich muss vor Lachen beinahe den Wodka ausspucken, den ich mir gerade selbst genehmigt habe, aber Vladimir verzieht keine Miene, während Herr Unzicker diesen Blödsinn ins Russische übersetzt. Wenn es ihm gleich auch noch gelingt, die Weckenpitz und den Unzicker wie geplant auf eine Spritztour in »seinem« Porsche Panamera einzuladen, ist alles geritzt. Dann ist Jil endlich ...

»Frau von Weckenpitz?«

»Kommen Sie ruhig dazu, Kindchen, der Graf erzählt gerade von der Revolution.«

»Wie aufregend. Ich wollte nur sagen, Sie sollten vielleicht nicht so viel ...«

»Herr Unzicker, schenken Sie Fräulein Jil ein Glas ein!«

»Danke, Frau von Weckenpitz, aber ich denke ...«

Kann ja wohl nicht wahr sein! Ich nehme sie sanft am Arm und ziehe sie ein paar Meter beiseite.

»Nun lass sie doch. Ich ...«

»Ich hab es schon kapiert, Tim, du willst sie betrunken machen. Ich glaube nur, dass es keine gute Idee ist.«

»Ich kann aber nicht zusehen, wie sie dich den ganzen Abend vollsabbelt und ›Kindchen‹ nennt.«

»Das ist nett von dir, aber heute geht es doch gar nicht um mich.«

»Hey! Irgendwann ist auch mal Schluss. Ich will, dass du jetzt endlich eine Pause kriegst. Und ein gutes Essen in den Bauch. Wenn alles gut läuft, hat sich das Weckenpitz-Problem sogar gleich von selbst gelöst.«

»Das glaube ich nicht. Ich fürchte vielmehr ...«

»Es gibt nichts zu fürchten. Ich habe alles im Griff. Du isst jetzt was.«

»Aber bist du sicher, dass ...?«

»Hier, nimm einfach Vladimirs Platz. Hallo, Kellner, bringen Sie der Dame bitte noch einmal den Rochenflügel mit Zitronensauce und ein frisches Glas.«

Mist. Sie sieht nicht gerade entspannt aus. Ich war zu autoritär. Hatte ja schon fast was von der Weckenpitz, mein Auftritt. Aber was soll ich machen? Sie einfach weiter leiden lassen? Auf keinen Fall. Auch wenn ich sie vielleicht niemals küssen werde.

»Lass es dir schmecken, Jil.«

Fast hätte ich noch »bitte« dazugesagt. Alles in mir will, dass sich dieses bezaubernde Wesen gut fühlt. Ich will ihren großen Mund wieder lächeln sehen. Ich will ...

»Das ist echt toll von dir, Tim, und ich habe auch wirklich Hunger. Ich mache mir nur Sorgen, dass ...«

Ich kann fast zusehen, wie eine verführerische Duftschwade aus der Zitronensauce aufsteigt und ihre kleine Nase umarmt.

»Ach, egal. Du hast recht, Tim. Ein paar Bissen für uns müssen drin sein.«

Doch, mit etwas gutem Willen kann man sagen, dass das schon ein halbes Lächeln war. Ich betrachte meinen eigenen, inzwischen hoffnungslos kalt gewordenen Rochenflügel. Appetit habe ich keinen. Aber die anderen sind alle schon fertig, und Jil fühlt sich bestimmt wohler, wenn sie wenigstens nicht ganz alleine isst. Ich lade mir meine Gabel voll. Ob mir der kalte Flachfisch geschmeckt hätte, werde ich allerdings nie erfahren. Der Bissen kommt nicht in meinem Mund an. Füllkrug und Tante Otti sind nämlich im selben Moment aufgestanden und haben sich in der Mitte des Raums aufgebaut.

»Liebe Leute, die charmante Otti und ich, mer han uns wat überlegt. Mer han uns jetz alle die Bäuche volljehaue. Und damit mer wieder Appetit op den Nachtisch kriegen, brauchen mer vorher e bissche Bewegung.«

»Genau, Diethart. Steht schon mal alle auf und verteilt euch im Raum. Ich erkläre kurz die Regeln. Das Spiel heißt Bananentanz.«

UH! AH!

Bananentanz! Es ist so weit!

Jeder weiß, was er zu tun hat. Bülent springt hinter das DJ-Pult und stößt den Gast zur Seite, der gerade Tante Ottis Stimmungslieder-CD anwerfen will. In Bruchteilen von Sekunden legt er stattdessen Manu Dibango auf. Irgend so ein Stück mit vielen afrikanischen Kriegstrommeln. Alle anderen Gäste tun genau das, was wir ihnen gesagt haben: Sie ziehen die Bananen heraus, die Jil besorgt hat und die wir heimlich ausgeteilt haben. Wir bilden einen Kreis um Otti und Füllkrug. Die Einzigen, die sich raushalten, sind der Brauttisch, Frau von Weckenpitz, Herr Unzicker und Vladimir. Ich sehe an den Gesten meines falschen Grafen, dass er gerade hastig das Thema Spritztour mit dem Porsche anschneidet. Hoffentlich springt die Weckenpitz darauf an. Das, was hier jetzt gleich passieren wird, ist nämlich gar nicht gut für ihre Augen.

Die afrikanischen Trommeln tönen so laut, dass selbst der Donner da draußen ein bisschen staunt. Mein Team und ich stehen in vorderster Reihe, Auge in Auge mit Füllkrug und Tante Otti, denen gerade das Lachen vergangen ist. Wir vollführen wilde Tanzschritte zur lauten Musik. Wenige Sekunden später macht der gesamte Menschenpulk um uns herum mit. Alle im Takt. Die Schritte krachen laut auf dem blanken Parkett. Unsere Bananen halten wir bedrohlich in die Höhe gereckt, wie

Buschkrieger ihre Lanzen. Sehr schön, fast noch besser, als ich es mir vorgestellt habe. Jetzt kriegen sie ihren Bananentanz, aber einen echten! Hm, irgendwie reicht mir das noch nicht. Ich fange an, laut im Rhythmus »Uh! Ah!« zu schreien. Und wieder zieren sich die anderen nicht lange und machen mit. Unser Kreis schließt sich immer enger um die beiden Spaßvögel.

»UH! AH! UH! AH!«

Nein, sie finden unsere Version des Bananentanzes nicht so spaßig. Spaß ist ja eigentlich ganz prima, aber das hier ist halt nicht ihr Spaß. Im Gegenteil, das hier ist ein Spaß auf ihre Kosten. Und auch noch ein ziemlich bedrohlicher Spaß. Unser Geschrei füllt den ganzen Raum, und wo die beiden auch hinsehen, überall sind verrückte Bananenkrieger, die näher und näher vorrücken. Und wer sagt, dass das wirklich nur ein Spaß ist? Wer sagt, dass sie nicht alle auf einmal ihre wilde Urmenschen-Natur zeigen? Wie wird das enden? Das sind die großen Fragen, die Füllkrug und Tante Otti in diesen Momenten auf ihre Gesichter tätowiert vor sich her tragen.

Tja, wie wird das enden? Eine gute Frage. Das Ende ist der große Schwachpunkt in unserem Bananentanz-Plan. Unser Bananentanz hat nämlich kein richtiges Ende. Oder sagen wir so, er hat ein viel zu harmloses Ende. Die Menge soll sich einfach verausgaben und wieder hinsetzen, wenn die Musik vorbei ist. Und alle sollen glauben, dass es das nun mit dem Bananentanz gewesen sei. Und Füllkrug und Otti sollen viel zu viel Angst haben, sich noch ein zweites Mal hinzustellen und ihre Version des Bananentanzes anzuzetteln, weil wer weiß, was nächstes Mal passiert. Aber wenn man eine Weile zu afrikanischen Kriegstrommeln getanzt und »Uh! Ah!« geschrien hat, passieren seltsame Dinge mit einem, merke ich jetzt. Da ist man nicht mehr zufrieden damit, sich einfach wieder hinzusetzen. Da denkt man nicht mehr an Janina und dass diese Lösung die beste für sie und ihre Hochzeit ist. Da ist man heiß auf Krieg. Und wenn man dann auch noch eine Waffe in der Hand hat, wird es wirklich gefährlich. Ich schüttele meine Banane in der Luft. Ich fühle, dass sie unter meinem Griff weich und matschig geworden ist. Und ich stehe direkt vor Füllkrug und sehe sein Gesicht. Und ich denke an die Stripperin in der Torte, an seine Hände auf meiner Schulter vor dem Einzug ins Schloss und an den echten Bananentanz, den er und Otti geplant hatten. Hat es dieser Mensch verdient, mit dem Leben davonzukommen? Hat er es wirklich verdient?

»UH! AH! UH! AH!«

Nein! Er hat es nicht verdient!

Blitzschnell schäle ich die Banane, stoße einen Schrei aus wie John Lennon am Anfang von »Revolution 1« und stürze mich auf ihn.

AFFENSTALL

Das ging jetzt irgendwie alles doch sehr schnell. Die afrikanischen Trommeln dröhnen immer noch im Hintergrund, und die meisten tanzen einfach weiter, weil sie gar nichts mitbekommen haben. Aber in der ersten Reihe haben alle entsetzt aufgehört und beugen sich über den umgestürzten Füllkrug. Taschentücher werden herausgeholt, und man versucht sein Gesicht von dem klebrigen Bananenschmadder zu befreien. Ich knie immer noch auf seiner Brust und starre abwechselnd auf meine rechte Hand und das, was sie angerichtet hat. Links neben mir steht Henriette und schüttelt den Kopf, daneben Patrick und klappt den Mund auf und zu, und rechts neben mir Jil. Und sie schaut so traurig wie noch nie an diesem blöden Tag. Wie ein Eichhörnchen, dem ich gerade die letzte Nuss gestohlen habe.

Ist schon komisch, das mit der Kriegsstimmung. Vor ein paar Sekunden dachte ich noch, dass alle mitmachen würden und dass wir Füllkrug und Tante Otti in einem gigantischen Meer aus Bananenschmadder ertränken. Und dass das alles völlig richtig ist. Aber dann hat keiner mitgemacht. Und ich bin mir jetzt auch wirklich nicht mehr ganz sicher, dass es wirklich richtig war. Und je länger ich mir Jil so anschaue, umso mehr bin ich mir sicher, dass ich, nun ja, mehr so einen Fehler gemacht habe. Einen großen Fehler sogar. Aber die Wut, die Musik, der Wodka, eine ganz fiese Mischung halt.

Nur zwei Menschen scheinen das anders zu sehen. Tante Otti haut sich auf die Schenkel und lacht sich kaputt. Und auch der betrunkene Kunstfotograf kann der Szene einiges abgewinnen, hat es nur leider noch nicht geschafft, seine Kamera wieder richtig zusammenzubauen. Aber was will ich mit Tante Otti und dem Kunstfotografen, wenn Jil wütend auf mich ist. So wütend, dass ich es richtig spüren kann. Und wenn Janina jetzt auch noch mitbekommt, was für ein Gewaltexzess da gerade im Zentrum des Bananentanzes stattgefunden hat, ist alles zu spät. Wir müssen Füllkrug wirklich ganz schnell wieder sauberkriegen und auf die Beine stellen, bevor der Tanzkreis sich auflöst und die Sicht freigibt. Über alles andere kann ich mir später Gedanken machen.

Leider ist die Füllkrug-Saubermachung schon im nächsten Moment gar nicht mehr so wichtig. Die Musik reißt auf einmal mitten im Takt ab, und die Menge hinter uns teilt sich in zwei Hälften. Durch die Gasse marschiert eine Gestalt. Und jetzt wundert es mich auch nicht mehr, dass sich die Menge so plötzlich geteilt hat, denn die Gestalt schwingt ein Schwert. Und die Gestalt ist nicht irgendwer, sondern Frau von Weckenpitz. Stockbetrunken und ebenfalls in Angriffsstimmung. Oder soll ich sagen, in Angriffsstimmung, weil stockbetrunken?

»ES REICHT MIR JETZT! DAS HIER IST DER STAMMSITZ MEINER FAMILIE UND KEIN AFFENSTALL! HERR GRAF, HERR UNZICKER UND KINDCHEN, STELLT EUCH HINTER MICH! ALLE ANDEREN VERLASSEN JETZT DAS SCHLOSS! SOFORT!!!«

Und das »SOFORT!!!« klingt fast so laut wie der Donner vorhin.

Aber ist ja zum Glück nicht so, dass sich hier alle sofort ins Bockshorn jagen lassen. Einige Mutige treten vor und versuchen die richtigen Worte zu finden, um die rasende Schlossziege wieder auf normal zu stellen. Dummerweise reden sie alle gleichzeitig. Die Satzanfänge versteht man jeweils noch, aber dann vermischt sich alles zu einem unverständlichen Wortbrei.

Herr Mitscherlich: »Aber Frau von Weckenpitz, wir können doch nichts dafür, dass hier ein paar rhabarberhabarberhabarber ...«

Henriette: »Ein unschöner Zwischenfall, zugegeben, aber rhabarberhabarberhabarber ...«

Nashashuk Ziegler: »Das liegt alles daran, dass die Sternformation des Bison heute sehr ungünstig rhabarberhabarberhabarber ...«

Maik Proschitzki: »Sie sollten Yoga machen. Früher habe ich mich auch immer viel zu schnell rhabarberhabarberhabarber ...«

Patrick: »Bitte, vermeiden wir doch wenigstens einen bewaffneten Konflikt. Sie könnten das Schwert doch rhabarberhabarberhabarber ...«

Leider ist das kaum geeignet, um diese Furie zu stoppen. Sie holt bereits tief Luft für die nächste Attacke. Und dabei richtet sie die Schwertspitze auch noch ausgerechnet auf die in diesem Moment dazugekommene Janina, die vor Schreck leichenblass im Gesicht ist. Ich dränge mich, ohne groß nachzudenken, zwischen die Braut und die Klinge. Das Grübeln setzt erst ein, als ich auf den spitzen Stahl vor meinem Kinn blicke, der im Schein des Kronleuchters bedrohlich aufblitzt. Noch weiß keiner, wie scharf das Ding wirklich ist, aber jetzt, so kaum eine Armlänge von meinem Hals entfernt, habe ich ganz schön Angst. Sie wird es doch nicht wirklich benutzen, oder? Sie hat es doch nur in der Hand, um ihrem Geschrei mehr Nachdruck zu verleihen, nicht wahr? Oder liege ich da ganz falsch?

»Frau von Weckenpitz.«

Jil! Ja, bitte, tu etwas!

»Bleiben Sie ruhig, Kindchen, in fünf Minuten ist das Pack hier draußen.«

»Ich wollte Ihnen nur sagen, da machen sich gerade ein paar Leute über Ihren Weinkeller her.«

»WAS?!!!«

Und als würden wir alle nicht mehr existieren, als hätte es hier nie primitive Trommelmusik, unkultivierte Menschen und einen animalischen Bananentanz gegeben, dreht sich Frau von Weckenpitz auf dem Absatz um und stampft, das Schwert fest mit beiden Händen gepackt, aus dem Saal in Richtung Kellerabgang. Jil und Stasi-Unzicker trippeln hinterher. Wer auch immer es ist, der sich da gerade am Weckenpitz-Wein vergreift, ich möchte jetzt nicht in seiner Haut stecken. Vor allem bin ich den Weinplünderern aber dankbar. Meine Situation hat sich durch sie entschieden verbessert. Ich atme durch und drehe mich zu Janina um.

»Puh, da sind wir ja noch mal mit dem Leben davon...«

Aber Janina steht gar nicht mehr hinter mir. Sie sitzt wieder am Tisch. Ihr Gesicht hat sie hinter ihren Haaren versteckt. Markus und ihre Mutter kauern neben ihr und reden sanft auf sie ein. Es ist zum Verzweifeln. Wir sind angetreten, um die Hochzeit zu retten, und wir haben es mit allen Kräften versucht. Aber wir sind gescheitert. Im Moment stellt sich nur noch die Frage, ob wir sofort gehen oder ob wir warten, bis die Schlossziege wieder aus dem Keller zurück ist und uns eigenhändig rausschmeißt. Und es spricht eigentlich alles dafür, sofort zu gehen. Einen weiteren Auftritt der Weckenpitz braucht hier keiner auf die Ohren.

»Okay, hört mal kurz zu. Ich schlage vor, dass …«

Weiter komme ich nicht, denn in diesem Moment kommt Jil zurück durch die Tür. Allein. Alle drehen sich zu ihr um. Sie sieht müde und abgekämpft aus. Und unzufrieden. Das ist allerdings schwer zu verstehen, wenn man den Satz hört, den sie als Nächstes sagt.

»Ich habe die Weckenpitz und den Unzicker im Weinkeller eingeschlossen.«

Wagenräder für General Wiese

Die gute Jil! Sie ist aber auch ein raffiniertes Biest. Lockt die beiden einfach in den Keller. Nach der ganzen »Ja, Frau von Weckenpitz«-Nummer in den vergangenen Stunden habe ich ihr so was gar nicht mehr zugetraut.

Der Jubel kennt keine Grenzen. Bülent legt »I feel good« von James Brown auf, die Leute rufen wild durcheinander und schenken sich literweise Wein und Wodka ein. Selbst der beschmadderte Füllkrug ist wieder aufgestanden und lacht über das ganze Gesicht. Warum haben wir das mit dem Einsperren eigentlich nicht schon viel früher gemacht?

Ich gehe zum Oberkellner und bitte ihn, noch schnell den Nachtisch zu servieren, bevor die Party so hochkocht, dass es keinen mehr am Tisch hält. Den Passionsfruchtpudding mit Macadamiamousse sollten wir uns als Lohn für die ganzen Mühen wirklich nicht entgehen lassen. Vor allem Janina wird er guttun. Vielleicht sollte ich ihr dazu noch ein Gläschen von Vladimirs Wodka vorbeibringen?

Aber während ich darüber nachdenke, bietet sich mir ein Anblick, der mich selbst schleunigst nach einem Glas Wodka greifen lässt. Kann denn nicht einmal einen Moment lang alles in Ordnung sein? Aber nein, Regula Richter, das betrunkene Huhn, das durch die Sankt-Martinhafte Gnade von Herrn Unzicker nun ein Revuetänzerinnenkleid trägt, ist auf den konservativen Tisch geklettert. Und tanzt dort Cancan. Ich hänge mich jetzt nicht daran auf, dass Cancan kein passender Tanz zu »I feel good« ist. Nein, im Gegenteil, warum eigentlich nicht? Das soll wirklich jeder für sich entscheiden.

Aber Cancan ist nun mal der Tanz, bei dem die Beine hochgeworfen werden und alle einem unter den Rock schauen können. Und allein schon deswegen kann man sich darüber streiten, ob das die passende Nummer für eine Hochzeit ist, auf der die Braut gerade kurz vor dem finalen Nervenzusammenbruch steht. Wenn dann noch hinzukommt, dass die Tänzerin keine Unterwäsche trägt, nun ja. Aber Regula hat es natürlich auch nicht leicht, immer alleine mit den drei Kindern. Und, auch klar, man soll die Feste feiern, wie sie fallen. Und dass sie jetzt hier mit ihrem kleinen Cancan ihre makellosen schlanken Beine und noch etwas mehr zeigt, damit kann sie wunderbar demonstrieren, was ihr geschiedener Mann doch für ein Depp ist, meine Theorie.

Trotzdem, das kann man nicht so lassen. Ich fasse mir ein Herz und nähere mich ihr. Als sie das nächste Mal kurz verschnaufen muss, raune ich ihr schräg von der Seite zu, dass Kasimir-Mehmet-Achim nach ihr verlangt. In wenigen Sekunden wird die überdrehte Revuetänzerin wieder zum Muttertier. Sie verbeugt sich kurz und verschwindet dann blitzschnell vom Tisch und aus dem Raum. Turbo-Erich, Schützengraben-Rigo und ein paar andere Männer buhen mich zwar aus, aber trotzdem, ich finde, das war richtig.

Janina sitzt nun wieder mit Markus, Svea und dem Elternquartett am Tisch. Ich glaube, sie hat mir kurz dankbar zugeblinzelt. Das Brautpaar hat natürlich als Erstes den Nachtisch bekommen. Markus und Svea versuchen Janina zu überreden, den Passionsfruchtpudding wenigstens einmal zu probieren. Quasi als Eröffnung des guten Teils des Abends. Wobei, da sehe ich am Nachbartisch schon wieder das nächste Unglück heraufziehen. Linda hat, wie erwartet, nur noch Augen für General Wiese. Und was für Augen. Wagenräder trifft es schon kaum noch. Ist ja auch wirklich ein Prachtstück, dieser feine Zwirn mit dem bunten Gebamsel, da hat Frau von Weckenpitz schon recht. Und wenn Linda sich jetzt wirklich mit diesem mutierten Ochsen von Mann einlässt, ist das genau genommen erst mal kein Problem für die Hochzeit, sondern mehr so hinterher. Nur sehe ich, dass Maik Proschitzki, der mit seinem stinknormalen Anzug jetzt Linda-technisch natürlich völlig abgemeldet ist, ziemlich griesgrämig dreinguckt. Kann man verstehen. Ist schon blöd, wenn man sich in einer guten Startposition gewähnt hat und einem dann ganz unverhofft die Felle davonschwimmen. Und das auch noch in Richtung des alten Feindes. Das bringt einen ins Grübeln. Und, Yoga hin oder her, Schnitzki ist nicht der Mann, der gerne lang grübelt.

Wir müssen das im Auge behalten. Am besten, irgendjemand kippt im allgemeinen Trubel Wiese einen Eimer Wasser über die Generalskluft. Dann muss er das Ding wieder ausziehen, und die beiden sind wieder gleichauf. Müsste sich halt nur jemand trauen, das mit dem Wassereimer. Vielleicht doch besser eine andere Idee? Muss ich mal mit dem Team durchdiskutieren. Nach kurzem Suchen und einem weiteren Glas bei Graf Grinzki-Schrottkaroff finde ich meine Leute im Salon. Sie haben sich wieder um den kleinen Tisch herum versammelt.

»Na, Freunde, sieht doch alles gar nicht so schlecht aus.«

Nanu?

Erstens: Schaut doch nicht so ernst!

Zweitens: Sagt was!

»Okay, das haben wir natürlich alles nur Jil zu verdanken«, breche ich die Stille. »Ich finde, wir sollten erst einmal ein Glas Wodka auf sie ...«

»Setz dich hin, Tim.«

Okay. Wenn Henriette »Setz dich hin, Tim« sagt, dann setzt man sich besser hin, wenn man Tim heißt.

»Fakt ist«, fährt sie mit dem gleichen ernsten Gesicht fort, »Jil hat die Weckenpitz und den Unzicker im Keller eingesperrt. Hört sich toll an, aber wir erörtern hier gerade die Wahrscheinlichkeit, dass einer von den beiden ein Handy dabeihat und die Polizei anruft.«

Oh. Stimmt. Mist.

»Na ja, die Mauern da unten sind so dick, vielleicht haben sie da keinen Empfang?«

»Auf dem Dach steht ein Handymast, Tim. Hier hast du überall Empfang.«

»Bei dem Gewittersturm, der gerade da draußen um die Häuser tobt, wagt sich die Polizei vielleicht gar nicht in ihre Wagen?«

»Auch darauf können wir uns auf keinen Fall verlassen, Patrick. Jeden Augenblick kann eine ganze Heerschar von Polizeibussen vor der Tür stehen. Und dann ist nicht nur die Hochzeit beim Teufel, dann sitzt auch noch Jil ganz tief in der Tinte. Oder glaubt irgendjemand im Ernst, dass die Weckenpitz keine Anzeige erstattet?«

Alle schütteln den Kopf.

»Und das Blödeste ist, dass Jil dieses Schicksal auf jeden Fall blüht, ganz egal, ob die Weckenpitz früher oder später befreit wird.«

Also vorhin, bei dem gigantischen ersten Donnerknall, da habe ich nach langer Zeit zum ersten Mal wieder gemerkt, wie das ist, wenn einem das Herz in die Hose rutscht. Aber so schlimm das auch war, das Herz war halt kurz in der Hose verschwunden und kam dann wieder hervorgeklettert, kein Problem. Doch jetzt, als Henriette das mit Jil und der Anzeige sagt, da findet mein Herz in der Hose einfach keinen Halt. Es rutscht tiefer und tiefer und kullert schließlich unten aus meinem Hosenbein heraus. Und da ist noch lange nicht Schluss. Es rutscht weiter, durch den Fußboden hindurch in den Keller. Und vielleicht sagt es dort Frau von Weckenpitz und Herrn Unzicker hallo, ich weiß es nicht. Ich fühle vor Schreck gar nichts mehr.

»Das ... ist natürlich nicht so gut.«

Die anderen sehen es wohl auch so. Keiner sagt ein Wort, alle starren nur auf den großen Schlüssel, den Jil auf den kleinen runden Tisch in unserer Mitte gelegt hat. Wir müssen Frau von Weckenpitz nun also doch töten. Auch wenn es im Moment noch keiner wahrhaben will.

»Wir könnten doch versuchen, mit ihr zu reden.«

»Wir denken uns eine Geschichte aus, warum Jil sie in den Weinkeller locken *musste*.«

»Aber was für eine?«

Und da sind sie schon wieder mit ihrem Latein am Ende. Nein, wir müssen sie töten. Ist zwar nicht schön, aber ich habe es gleich von Anfang an gesagt. Und das Schlimme an allem ist, ich bin schuld. Hätte ich Jil ihr Spiel weitermachen lassen, dann stünde sie jetzt immer noch ganz friedlich mit der Weckenpitz am Tisch in der Nische und würde sich erklären lassen, was wir alle für Freaks sind. Aber nein, ich musste mich ja unbedingt einmischen und sie betrunken machen. Und ich habe natürlich keinen Gedanken daran verschwendet, wie sie sein wird, wenn sie erst einmal betrunken *ist*. Aber jetzt ist alles zu spät. Jetzt müssen wir sie töten. Und weil ich an der Sache schuld bin, werde ich es wohl sein, der ... Halt! Doch nicht. Ich habe eine Idee.

»Hey! Wir erzählen ihr einfach, dass wir sie in den Keller gelockt haben, weil Graf Grinzki-Schrottkaroff eine Überraschung für sie vorbereitet hat.«

Ich sehe, wie Jil zusammenzuckt, als ich wieder mit meinem Grafen anfange.

»Und was für eine Überraschung, Tim?«

»Na ja, zum Beispiel ... Die Stripperin aus der Torte! Nein, wartet ... Wir ziehen uns alle Louis-XIV-Kostüme an und tanzen für sie Menuett! Nein, geht nicht ... Patrick ist Fürst Reinhold von Rheinfelden-Donaueschingen und ... und ... Okay, wir müssen sie töten. Ich tue es.«

Dafür, dass ich versucht habe, heldenhaft zu klingen, rollen alle viel zu sehr mit den Augen. Ja, ja, nehmt mich nur nicht ernst. Ich bin schuld, ich töte sie, ihr werdet schon sehen. Und ein paar Jahre später komme ich wegen guter Führung wieder raus, und vielleicht ist Jil dann ja immer noch ...

»Habt ihr schon mal darüber nachgedacht, dat et Notwehr gewesen sein künnt?«

Oha. Diethart Füllkrug und Torsten Mitscherlich haben uns die ganze Zeit interessiert über die Schulter geschaut und zugehört. Wir sind also nicht die Einzigen, die sich Gedanken machen. Und komisch, je mehr ich darüber nachdenke, umso mehr sehe ich, dass der grässliche Witzemann völlig recht hat. Patrick nickt bedächtig, Bülent zeigt mit beiden Daumen nach oben, und Henriette klatscht in die Hände.

»Na klar, es war Notwehr, Jil! Die Weckenpitz ist mit

dem Schwert auf uns losgegangen. Alle können es bezeugen.«

»Aber wenn sie trotzdem schon die Polizei geholt hat?«

»Wollen mer nit lang reden. Ich geh jetz runter und rede mit der Frau. Und ihr feiert inzwischen gefälligst weiter.«

Und noch bevor es einer von uns verhindern kann, hat sich Füllkrug den Schlüssel vom Tisch gegrabscht und stampft los. Sofort schwebt mir wieder meine Vision in den Kopf: Was würde passieren, wenn man die Weckenpitz und den Füllkrug zusammen in einen Raum sperrt? Gleich werden wir es erleben. Aber bis dahin will ich lieber an etwas anderes denken, denn es wird auf jeden Fall schrecklich. Patrick ist blass, Henriette atmet schwer, und Jil hat sich die Hände vor den Mund geschlagen. Nur Herr Mitscherlich sieht die Sache ganz anders.

»Lasst den Diethart nur machen, Kinder. Der kann gut mit Frauen, hähä.«

Zum Abschied verpasst er Henriette und Bülent aufmunternde Klapse auf die Schultern, doch sie scheinen es kaum zu spüren.

Gary Cooper

Wir dürfen uns jetzt nicht von den Ereignissen überrollen lassen. Ich muss mein Team aus der Lethargie reißen.

»Okay. Stellen wir uns erst mal ganz nüchtern vor, was gleich passieren wird.«

»Will ich gar nicht.«

»Ruhe, Bülent. Also, es wird in etwa so laufen: Füllkrug macht unten die Tür auf, grinst die Weckenpitz breit an und reißt zur Gesprächseröffnung einen Witz. Die Weckenpitz verpasst ihm daraufhin eins mit dem Schwert und stürmt zusammen mit Unzicker auf kürzestem Weg in den Grünen Saal, wo sie wie eine Furie wüten wird. Und möglicherweise ist auch noch gerade eine halbe Hundertschaft Polizisten unterwegs hierher. Was können wir tun?«

»Gar nichts. Ich mache jetzt einfach meinen Job und lege Musik auf, bis man mich rausschmeißt.«

Bülent schreitet mit grimmiger Miene von dannen.

»Und ich kehre wieder an meinen Platz am Brauttisch zurück und beschütze Janina und Markus. So gut es geht.«

Henriette auch.

»Und ich beziehe an der Saaltür Posten. Wenn Frau von Weckenpitz kommt, versuche ich sie zu überzeugen, dass es dieses bäuerliche Hochzeitsgesindel nicht wert ist, das edle Schwert ihrer Ahnen zu schmecken.«

Patrick ebenfalls.

Ich sehe Jil an. Ihre Augen kommen mir zum ersten Mal, seit ich sie kenne, so groß vor wie ihr schöner Mund. Ich möchte mich in sie hineinfallen lassen. Das ist der einzige Sinn dieses ganzen verflixten Tages. Aber so groß sie auch sind, es sind keine Augen, die einen hineinlassen. Es ist nämlich kein schöner Grund, warum sie so groß sind. Nur Furcht und Entsetzen. Genau wie bei mir.

Ich sollte etwas sagen.

»Vielleicht versteckst du dich lieber, Jil? Die Weckenpitz hat sicher einen ziemlichen Brast auf dich. Und wenn jetzt auch noch tatsächlich die Polizei ...«

»Danke, dass du dir Sorgen machst.«

Sie schaut mich gar nicht mehr richtig an.

»Du, Jil, also, ich weiß schon, dass ich da gerade ziemlichen Mist gebaut habe. Nur ...«

»Sagt doch keiner, dass du Mist gebaut hast.«

»Na ja, ich habe schließlich angeleiert, dass die irre Schlosstrulla sich betrinkt und ...«

»Na und? Weiß ja keiner, was passiert wäre, wenn sie sich *nicht* betrunken hätte.«

»Dann hätte sie sich weiter mit dir unterhalten und wäre friedlich geblieben, oder?«

»Schon möglich. Kann aber keiner wissen.«

»Hm, stimmt schon. Ganz sicher kann das echt keiner wissen. Ist aber schon eher wahrscheinlich, dass *meine* Idee nicht so gut war.«

»Was weiß ich. Vielleicht hätte sie irgendwann spontan das ganze Schloss in die Luft gejagt, wenn ich mich weiter mit ihr unterhalten hätte?«

»Quatsch, hätte sie natürlich nicht. Jetzt mal im Ernst.«

»Kann keiner wissen.«

Sie macht mich wahnsinnig. Kann sie mich nicht einfach anbrüllen und eine Vase nach mir werfen? Dann wäre so ein bisschen wieder alles in Ordnung. Macht sie aber nicht. Sie tut einfach so, als wären wir zwei gleich kluge Menschen und als wäre mein Plan kein bisschen dümmer gewesen als ihrer. Schlimmer kann ein schlauer Mensch einen dämlichen kaum demütigen. Ich werde wütend.

»Hast recht. Kann schon sein, dass sie das ganze Schloss in die Luft gejagt hätte. Ist sogar ziemlich wahrscheinlich, oder?«

Im gleichen Moment kracht es, dass der Boden unter meinen Füßen wackelt und die Leute nebenan im Grünen Saal aufkreischen. Das Licht geht für einen kurzen Moment aus und dann wieder an. Wäre ich nicht sicher, dass ich noch lebe und sogar aufrecht stehe und Jil klar vor mir erkenne, würde ich tatsächlich glauben, dass Frau von Weckenpitz gerade das Schloss in die Luft gejagt hat. Aber es war wohl ein Blitz. Klar, der Handymast auf den Dach. Sehen wir es positiv. Wenn wir Frau von Weckenpitz heute noch einmal im Keller einsperren, kann sie nicht mehr per Telefon die Polizei herbeirufen. Und dank super Blitzableitertechnik steht hier nicht alles in Flammen. Und noch etwas ist an der Sache gut. Jil gibt sich auf den Schreck hin spontan einen Stoß und redet wieder vernünftig.

»Weißt du, Tim, wir sind einfach sehr verschieden.«

»Ja, wahrscheinlich hast du recht.«

Und im gleichen Moment wünsche ich mir, sie hätte mit diesem blöden Vernünftig-Reden nie angefangen. *Wir sind einfach sehr verschieden.* Mannomann. Der Killersatz. Normalerweise müsste jetzt noch »Lass uns

Freunde bleiben« folgen, aber wir haben uns ja nie geküsst, ist also nicht unbedingt nötig.

Klar, natürlich hat mich keiner gezwungen, mit »Wahrscheinlich hast du recht« zu antworten. Ein Gary Cooper hätte in diesem Moment gar nichts gesagt, sondern sie einfach spontan über den Haufen geküsst wie ein Tier. Im ersten Moment hätte sie noch protestierend »Mmmpf!« gemacht und effektvoll mit den Fäusten auf seine Brust eingetrommelt, aber nur, um im nächsten Augenblick umso ergebener in seine Arme zu sinken. So läuft es doch im wahren Leben, weit weg von Salzminden mit seinen hübschen Standesämtern, verschnarchten Kneipen und seinem tollen Betonfertigteilwerk, oder?

»Und du hast übrigens auch recht. Ich verstecke mich lieber.«

Damit verschwindet Jil im Billardsalon und mit ihr jede Hoffnung, sie irgendwann noch einmal über den Haufen zu küssen. Der unendlich traurige Blick auf ihrem Gesicht lässt meine Knie weich werden. Schon komisch. Sie kennt Janina und Markus am wenigsten, aber sie nimmt sich das Desaster wohl am meisten zu Herzen. Ich kapiere jetzt erst, wie wichtig ihr das Ganze war. Sie wollte einen Ausgleich für die Horrorhochzeit von ihren Freunden, die auch hier geheiratet haben. Seelisches Gleichgewicht und so. Und sie hat alles getan, damit es klappt, und wir haben trotzdem versagt. Vor allem ich. Hochzeitsninja. Pah. Meine Tagesbilanz: Mich verliebt, es mir gleich wieder versaut, mich betrunken, jemanden mit Bananenschmadder beschmaddert und die Hochzeitsrettung sabotiert. Hätte selbst Mr. Bean kaum besser hingekriegt. Mal sehen, was noch alles kommt.

Es kracht schon wieder. Nicht mehr ganz so laut wie eben, aber immer noch so, dass alles scheppert. Im Grünen Saal wird gejohlt. Sie haben sich daran gewöhnt. Endzeitstimmung. Komisch. Wo bleibt die rasende Weckenpitz? War Füllkrug zu besoffen, um das Weinkellerschloss aufzukriegen? Und noch viel komischer, was ist mit mir? Immer wenn ich deprimiert daherrede und die Flinte ins Korn werfen will, bäumt sich normalerweise irgendwas in mir dagegen auf, egal ob es Hoffnung gibt oder nicht. Ich warte die ganze Zeit auf die Stimme, die mir sagt: »Geh da rein, schnapp dir Graf Grinzki-Schrottkaroff, und wenn die Weckenpitz kommt, bearbeitet ihr sie so lange mit eurem Charme, bis sie Ruhe gibt.« Aber ich höre nichts und denke immer nur an Jils trauriges Gesicht.

Die Rückkehr der Todeskralle

Natürlich sollte ich jetzt trotzdem endlich in den Grünen Saal zurück. Wenigstens nach Janina sehen, oder Patrick helfen, die Weckenpitz abzufangen. Oder mich einfach von der guten Stimmung der Betrunkenen anstecken lassen und zu »Le Freak« tanzen, das Bülent gerade aufgelegt hat. Aber nein, irgendwie will ich allein sein, irgendwie tragen mich meine Füße aus dem Salon in den einsamen Flur. Warum auch nicht, rede ich mir ein. Ich muss sowieso zur Toilette. Und wer sagt, dass ich mich dabei beeilen muss?

Ich bin allerdings keine drei Sekunden auf dem Flur, als ich erkennen muss, dass es mit der Einsamkeit hier nicht weit her ist. Ich bekomme Gesellschaft. Und was für eine. Eine Frau im Brautkleid kommt plötzlich von der Seite hereingeschwebt wie ein Geist. Sie sucht irgendwas. Typische Geisterbeschäftigung, sollte man meinen. Ich weiß es aber besser.

»He, Sie entführte Braut. Nichts für ungut, aber Sie sollten auf Ihrem Zimmer bleiben. Wir sind zwar nicht ungastlich, aber eine zweite Braut – Sie wissen schon. Und unsere Braut ist im Moment ohnehin ein wenig mit den Nerven ...«

Der Rest meines Satzes wird von einem heftigen Stöhnlaut aufgefressen, den mein Mund ganz plötzlich ausstoßen muss, als sich die Braut umdreht. Ich kann es nicht fassen. Das ist wirklich ein Geist! Oder wie ist es sonst zu erklären, dass Sinja auf einmal ... auf einmal ... ach ... Moment.

»Hallo, Tim.«

»Du hast echt Nerven, Sinja! Svea ist vorhin fast ausgerastet, als das Ersatzbrautkleid aus ihrem Auto verschwunden war.«

»Ich wusste halt nicht, wem das Auto gehört. Ich habe nur das Kleid gesehen und gefühlt, dass das ein Zeichen ist. Wir brauchten eine dritte Braut. Und ich war es, die den Brautstrauß an den Kopf gekriegt hatte, verstehst du? Das ergibt alles Sinn.«

»Na ja, aber ...«

»Ich habe ja noch versucht, einfach aus meiner Serviette eine dritte Braut zu falten, aber der fehlten die richtigen Schwingungen. Deswegen habe ich dann doch ...«

»Okay, okay, wie du meinst. Aber du solltest jetzt schleunigst verschwinden, wenn du das Kleid unbedingt anbehalten willst. Noch so eine Szene mit Konkurrenzbraut fände Janina bestimmt nicht so toll.«

»Ich weiß, ich wollte mir nur mein Buch holen. Dann verstecke ich mich wieder auf dem Zimmer.«

»Okay, aber mach hin! Ich stehe so lange Schmiere.«

Ist ja schön, dass unser neustes Teammitglied sich um die zahlenmystischen Belange kümmert, aber wäre schon blöd, wenn dadurch noch mehr Chaos entstünde. Während Sinja nach ihrem Rucksack an der Garderobe sucht und ich meinen Posten am Ende des Flurs beziehe, der zum Foyer und zum Grünen Saal führt, nähert sich allerdings schon die nächste Attacke. Kurt Langmuth kommt die Treppe heruntergefegt. Und das in einem Tempo, das ihm kein Mensch, der ihn kennt, jemals zutrauen würde. In seinen Augen flackert Furcht.

»Schnell! Du musst mich beschützen, Tim!«

»Wieso?«

»Regula Richter!«

»Was?«

»Sie ist sauer, weil ich den Kindern ›Die Rückkehr der Todeskralle‹ gezeigt habe.«

»Spinnst du? Du kannst doch Kindern nicht ›Die Rückkehr der Todeskralle‹ zeigen!«

»Der ist doch total lustig. Weißt du noch? Den ersten Kampf verpasst Bruce Lee, weil er zu viel Suppe gegessen hat und mit Durchfall auf dem Klo sitzt. Uah! Da kommt sie!«

Kurt rennt los und verschwindet im Grünen Saal. Auf der anderen Seite des Flurs erscheint Regula Richter. Sie ist nicht ganz so schnell, weil der Wodka sie wackelig auf den Beinen gemacht hat. Dafür ist sie weiß im Gesicht vor Wut. Und sie hat die DVD-Hülle hoch über ihren Kopf erhoben und kennt offensichtlich nur noch ein Ziel: sie Kurt auf den Kopf zu schmettern. Und auch wenn es durchaus schlimmere Dinge als eine DVD-Hülle gibt, die man auf den Kopf geschmettert bekommen kann, wirkt Regula unglaublich furchteinflößend. Ihre Stimme halt. Und ich kann kann sie schon verstehen. »Die Rückkehr der Todeskralle« ist zwar wirklich nicht so schlimm, wie sich der Titel anhört, aber deswegen ist er trotzdem noch lange nichts für Kinder. Da hat Kurt sich echt was geleistet. Und die gute Regula hat sich in einen Schreikrampf hineingesteigert.

»DIE RÜCKKEHR DER TODESKRALLÄÄÄ! DIE RÜCKKEHR DER TODESKRALLÄÄÄ! DIE RÜCKKEHR DER TODESKRALLÄÄÄ!«

Sinja drückt sich an die rechte Wand des Flurs, ich an die linke. Als Regula vorbei ist, schnaufen wir erst einmal durch. Danach lasse ich Sinja Sinja sein und gehe nun doch recht zügig in den Grünen Saal. Von dort kommt mir Linda schwankend entgegen.

»Also ehrlich, das ist die abgefahrenste Party, auf der ich je war, Tim.«

Ich gehe noch zügiger.

HALLÖCHEN

Im Grünen Saal angekommen, finde ich das vor, was ich erwartet habe. Die Tische sind an den Rand geschoben, und in der Mitte des Raums bewegt sich ein wilder Tanzmob zu »Whatta Man«. Dank Vladimirs Wodka ziehen sogar die Klugscheißer und die Konservativen voll mit, ganz besonders Turbo-Erich samt seinem wendigen Rollstuhl und Großtante Gerlinde. Und hin und wieder taucht ein verängstigter Kurt zwischen den Menschen auf, verfolgt von Regula Richter, die mit einer DVD-Hülle nach ihm schlägt und dazu »DIE RÜCKKEHR DER TODESKRALLÄÄÄ!« brüllt. Mit anderen Worten, das Ganze hier entwickelt sich gerade zu einer sehr gelungenen Party. Aber scheiß auf gelungene Partys. Es sollte ja der schönste Tag in Janinas Leben werden, und das hat definitiv nicht geklappt. Und wenn jetzt auch noch die Frau mit dem Schwert befreit wird und hereinkommt, bricht hier eine Hölle los, noch schlimmer als der Gewittersturm da draußen.

Doch wenigstens höre ich jetzt wieder die Stimme in mir, die mich antreibt. Aber diesmal raunt sie mir keinen abenteuerlichen Plan zu, mit dem man alles noch umbiegen kann. Sie sagt nur einen Satz. Und sie spricht ihn entschlossen und unüberhörbar aus: »Es ist Zeit, von hier zu verschwinden.« Und was auch immer mir die Stimme heute schon alles weismachen wollte, diesmal hat sie recht.

Ich gehe am Tanzpulk vorbei und weiche allen Armen

aus, die mich hineinziehen wollen. Ein andermal gerne, aber ich muss jetzt dringend zum Brauttisch. Hier hat sich nicht viel verändert. Alle sitzen noch so wie vorhin, nur Vladimir ist neu dazugekommen, und man trinkt jetzt auch hier Wodka. Den Gesichtern nach geht es den Anwesenden sehr unterschiedlich. Die Markus-Eltern sind halbwegs gut gelaunt und scheinen fest daran zu glauben, dass Diethart Füllkrug Frau von Weckenpitz ruhigstellen wird. Die Janina-Eltern sehen sowieso immer total entspannt aus, weil es ist ja nur wichtig, was gerade in diesem Moment geschieht, und Sorgen machen ist schlecht für das Karma und widerspricht irgendwelchen Banisho-Ogi-sonstwas-Prinzipien. Ganz anders Markus. Der scheint die Feier aufgegeben zu haben. Sein Gesicht sagt, dass er am liebsten noch ein letztes Glas trinken würde, um sich dann mit seiner Braut zu verziehen, sei es auf ihr Zimmer im Schloss oder zurück nach Salzminden. Gleichzeitig ist er tieftraurig, weil es Janina neben ihm nicht gutgeht, auch wenn sie eisern versucht, es sich nicht anmerken zu lassen. Sie hat angefangen, von dem Nachtisch zu löffeln, aber sie kriegt kaum einen Bissen herunter. Der Kloß in ihrem Hals muss groß wie ein Medizinball sein. Vladimir bietet ihr mit warmem Blick ein Glas Wodka an, aber Janina will sich ihre Hochzeitsfeier nicht schöntrinken. Und man muss nicht lange drüber nachdenken, um sie zu verstehen. Es ist zu viel passiert, und es wird gleich noch viel mehr passieren. Da können ein paar Minuten Partystrohfeuer nicht drüber hinwegtäuschen. Henriette sitzt stumm neben Svea. Sie schaut mich an und lächelt eisern. Keine Frage, es brodelt in ihr. Henriette ist nicht der Typ, der sich gern geschlagen gibt. Und das ist gut. Solche Leute brauche ich jetzt.

»Henriette, es ist Zeit, von hier zu ver...«

»Hallöchen, meine Lieben!«

Oh, Füllkrug ist zurück. Und – ich muss zwei Mal hinschauen – er hat das Schwert in der Hand!

»Ich han gute Nachrichten för üch.«

Er grinst über das ganze Gesicht. Meine Gedanken rasen. Gute Nachrichten? Meine Erfahrung sagt, dass es nichts Gutes bedeuten kann, wenn dieser Mann grinst. Andererseits steht er hier leibhaftig vor uns, und von der wütenden Weckenpitz ist weit und breit nichts zu sehen. Und das ist unbestreitbar richtig gut. Kann man nicht von der Hand weisen. Und er hat das Schwert. Das heißt, Frau von Weckenpitz hat jetzt kein Schwert mehr. Und das ist noch mal extra spezial richtig gut.

Markus' Vater lacht uns an.

»Hab ichs nicht gesagt? Der Diethart kann gut mit Frauen!«

»Jetzt übertreib mal nicht, Torsten. Oh, danke schön, Vladi.«

Der Humorwanst lässt sich auf einen Stuhl fallen und kippt ein Glas Wodka in sich hinein. Und er denkt nicht daran, etwas zu erzählen. Stattdessen Grinsen. Nichts als Grinsen. Hat er eine riesige Stinkbombe unter dem Tisch installiert? Oder eine Prostituierte in Janinas und Markus' Hochzeitsbett gelegt? Ekelhaft, wie er unsere Anspannung genießt. Aber irgendwann muss er doch mit der Sprache herausrücken.

»Wollt ihr et wisse?«

»Ja.«

»Wollt ihr et wirklich wisse?«

»Ja!«

»Nit, dat ihr mir nachher noch bös seid.«

»Nein!«

Dieses Zwinkern. Zum Reinschlagen.

»Gut. Wenn ihr et wiiirklich wollt, dann zeigt der Diethart et euch.«

Zeigen? Er zieht sein Smartphone aus der Brusttasche, tippt kurz darauf herum und legt es direkt vor Janinas und Markus' Nase auf den Tisch. Ich sehe Henriette an. Keine Ahnung, was jetzt kommt, aber wir haben beide ein ganz mieses Gefühl.

»Nit drängeln, Leute. Et ist genug für alle da.«

Ich spähe zwischen Janina und Svea hindurch auf den kleinen Bildschirm. Der Film geht los.

...

Okay. Ich mache es kurz. Hintergrund: Weinkeller. An den Rändern: der Türspalt, durch den Füllkrug gefilmt hat. Im Zentrum: Frau von Weckenpitz. Und sie treibt es mit Herrn Unzicker. Auf einem alten Holzschemel.

In wenigen Sekunden brennen sich die Bilder für alle Ewigkeit in unsere Gehirne. Wer auch immer an diesem Tisch vorhatte, heute noch mit jemandem zu schlafen, kann es nun vergessen. Janina springt auf. Ohne darüber nachzudenken, was ich tue, nehme ich ihre Hand und ziehe sie weg. Doch auch wenn wir nun nicht mehr auf Füllkrugs fieses kleines Handkino schauen, verfolgt uns immer noch Frau von Weckenpitzens Stimme aus dem Lautsprecher.

»Unzucht mit einem Knecht! Oh Gott! Ich treibe Unzucht mit einem Knecht! Von Kosaken im Weinkeller eingeschlossen! Oh ja!«

Während die anderen immer noch wie gebannt auf den Film starren, den keiner wirklich sehen will, sausen Janina und ich außer Reichweite. Dass Füllkrug mir »Jetzt lass doch der Braut ihren Spass, Jung!« hinterherruft, höre ich kaum noch, denn Bülent hat gerade in voller Lautstärke »Run for your life« von den Beatles aufgelegt. *Es ist Zeit zu verschwinden.* Ein Glück, dass ich den Gedanken schon vorher im Kopf hatte, sonst würde ich vielleicht immer noch wie die anderen gebannt vor dem blöden Film stehen. Dieser Mann ist ein Monster. Er hätte die ganze Angelegenheit diskret in Markus' oder Herrn Mitscherlichs Ohr flüstern können. Aber Füllkrug ist halt Füllkrug. Ich bringe Janina in den Salon. Nein, noch nicht weit genug weg. Wir gehen in den Flur. Vor einem kleinen antiken Sofa mit rotem Bezug bleiben wir stehen. Doch statt mich hinzusetzen, umarme ich Janina und drücke sie fest an mich.

»Es tut mir so leid.«

Sie drückt mich nur kurz und macht sich dann los.

»Hey, schon okay. Kann doch keiner was dafür. Wir haben halt mit ein paar Sachen ein bisschen Pech gehabt, aber davon lassen wir uns doch nicht die Feier vermiesen. Und das mit der Weckenpitz und dem Unzicker ist ja auch irgendwie lustig, wenn ich so drüber nachdenke.«

»Du hast völlig recht.«

»Und man sagt doch, eine vermasselte Hochzeit heißt, dass man ganz viel Glück in ... in ...«

Doch schon bei »vermasselte Hochzeit« läuft ihr die erste Träne über die Wange. Sie merkt es und wischt sie weg, aber da kommt schon die nächste. Und die übernächste. Ich kann nicht anders, ich muss sie wieder in den Arm nehmen. Diesmal presst sie ihr Gesicht an meinen Hals und schluchzt hemmungslos. Und irgendwie läuft mir jetzt selbst eine Träne über die Wange.

Doch so traurig ich auch bin, ich merke auf einmal, dass ich mich gut fühle. Besser als je zuvor an diesem ganzen vermaledeiten Tag. Zum ersten Mal bin ich ein

Mensch mit Gefühlen und kein Schießhund, der nur aufpasst und reagiert. Und in diesen Momenten helfe ich Janina vielleicht auch zum ersten Mal wirklich. Ich sage lange gar nichts und streiche ihr nur über den Rücken. Dieser Hochzeitskleidstoff fasst sich komisch an. Es dauert eine Weile, bis sie sich wieder so vertraut anfühlt wie immer.

»Janina, ich finde, die Hochzeit war überhaupt nicht vermasselt. Es war nur anstrengend, und es reicht dir jetzt halt langsam. Du und Markus, ihr macht jetzt einfach noch einen kleinen Tanz und sagt dann tschüss. Die anderen können feiern, sich totsaufen und sich mit der Schlossherrin rumschlagen, so lange sie wollen. Aber was euch betrifft, mir hat euer Hochzeitszimmer vorhin gesagt, dass es schon ganz ungeduldig auf euch wartet.«

Den letzten Satz flüstere ich ihr ins Ohr und versuche verrucht zu klingen.

»Aber Tim, Markus und ich können doch nicht einfach abhauen. Schließlich ...«

»Ihr könnte heute alles, was ihr wollt. Es ist verdammt noch mal EURE Hochzeit.«

»Aber das Feuerwerk von meinem Vater.«

»Das schaut ihr euch vom Fenster aus an. Du kannst es ihm ja vorher sagen. Oder ich sage es ihm.«

»Hm.«

»Pass auf, du ziehst dich jetzt auf jeden Fall mal kurz in euer Gemach zurück und schnaufst ganz tief durch. Du brauchst dringend fünf Minuten allein, das seh ich dir doch an.«

Sie lächelt dankbar und nickt.

»Okay, du hast recht.«

»Komm, setz dich. Ich hol dir schnell euren Zimmerschlüssel.«

Ein paar Sekunden später stehe ich in Frau von Weckenpitz' Büro. Auf dem Grüner-Saal-Monitor sehe ich beunruhigende Dinge. Regula Richter hat Kurt in eine Ecke getrieben und nähert sich langsam mit einer Torte in der Hand. Linda ist noch immer nicht zurück von der Toilette. Schnitzki nutzt die Gelegenheit und spielt an dem Gebamsel von Wieses Generalsuniform herum. Ich starre gebannt auf seine Mundbewegungen. Eins ist klar: Sollte irgendwann das Wort »Schwuchtel« fallen, ist alles zu spät. Und wenn man eine Generalsuniform mit Gebamsel vor sich hat, da drängt sich so einem Typen wie Schnitzki das böse Wort geradezu auf die Lippen. Und wenn man dann noch Frauenfrust und Wodka im Blut hat ... Oh, und da sehe ich noch etwas am oberen Bildrand. Markus hat sich erhoben und schüttelt alle Arme, die ihn festhalten wollen, ab. Er will natürlich nach seiner Braut sehen, so wie es sich für einen ordentlichen Bräutigam gehört. Er sollte sich lieber noch Zeit lassen. Janina braucht jetzt wirklich ihre fünf Minuten allein, dann kann er kommen.

Also schnell den Schlüssel geschnappt. Fragt sich nur welcher. Am großen Schlüsselbrett hängen nur Täfelchen mit Nummern. Nichts mit »Hochzeitszimmer« oder so. Ich wühle auf dem Schreibtisch herum und finde zum Glück eine Liste: *Herr und Frau Mitscherlich (Brautpaar) – Zimmer 12.* Bestens. Schlüssel Nummer 12 gegrapscht und schnell rüber zum Grünen Saal. Ich kann Markus gerade noch vor der Tür abfangen. Ich sage ihm, dass es Janina gutgeht, dass sie aber nur mal fünf Minuten ohne Menschen braucht. Er ist halbwegs beruhigt und dreht wieder um. Ich kehre in den Flur zurück und hole Janina ab. Zusammen steigen wir die Treppe hoch.

»Ich bin so gespannt, Tim.«

»Sag bloß, ihr habt das Zimmer noch gar nicht gesehen?«

»Nein. Papa hat unser Gepäck raufgebracht.«

»Na, dann wird es höchste Zeit, würde ich sagen. Da wären wir schon. Zimmer zwölf. In Walchenau nennt man es auch ›Halle der ewigen Liebe‹.«

»Du Spinner.«

Ich schließe auf.

»Bitte sehr. Hier stört dich keiner.«

»Wow, es ist wirklich toll. Guck, hast du schon einmal so ein Bett gesehen?«

»Ich schaue da nicht rein, das ist *euer* Hochzeitszimmer.«

»Ach, Tim. Na ja, jedenfalls danke, dass du mich entführt hast. Es ist ... Ach, schon okay, mir geht es jetzt schon viel besser.«

Ich würde ihr gern glauben, aber ich kann nicht. Da ist was. Irgendwas ganz anderes. Etwas, das gar nichts mit der ganzen chaotischen Feier mit Mehl, Bananen und Schlossdrachen zu tun hat. Wir stehen auf der Schwelle. Ich schaue tief in ihre Augen. Irgendwas zuckt unsichtbar hinter ihren Pupillen.

»Janina, was ist los? Sag es mir.«

Sie senkt den Kopf. Genau die Bewegung, die Bräute immer in den Fernseh-Hochzeitskitschdramen machen, bevor sie unter Tränen »Ich habe den Falschen geheiratet« stammeln. Oh Gott! Aber das kann doch nicht stimmen! Wie soll Markus der Falsche sein?

»Tim.«

»Ja?«

»Kann ich dir was anvertrauen?«

Was dein Herz sagt

»Ja, klar, kannst du.«
Sie schaut mich wieder mit riesigen Augen an. Ich spüre, dass sie gerade einen wichtigen Beschluss gefasst hat. Und wenn Eichen einen wichtigen Beschluss gefasst haben, machen sie den unter keinen Umständen wieder rückgängig.
»Lass uns bitte reingehen, Tim.«
»Was? Auf keinen Fall! Das ist euer Hochzeitszimmer.«
»Ich kann es dir aber nicht auf dem Flur erzählen. Ich hab viel zu viel Angst, dass einer mithört.«
»Wenn du weiter so leise flüsterst, werde nicht einmal ich es hören.«
»Jetzt stell dich nicht so an. Komm rein.«
Die Frau, die die absolut perfekte Hochzeit feiern wollte, schubst mich in ihr jungfräuliches Hochzeitszimmer. Irgendwas muss ich an der ganzen Sache falsch verstanden haben. Sie schließt die Tür hinter uns und schaut mich wieder an. Wieder erkenne ich das unerklärbare Zucken tief in ihren Augen. Sie holt Luft, öffnet den Mund und ... stößt die Luft wieder aus und schaut weg. Ich sage nichts. Sie setzt noch einmal an. Diesmal gibt es kein Zurück.
»Also ... aber du sagst es keinem weiter, ja?«
»Natürlich nicht.«
»Es ist so, Markus hat mir vor ein paar Tagen etwas

gestanden. Es ... es war in seiner Zeit in Barcelona. Stell dir vor, hm ...«

Ach so.

»Ja?«

Und Janina erzählt mir stockend, was ich schon weiß. Markus' One-Night-Stand mit der Frau, die ihren Junggesellinnenabschied in seiner Bar feierte. Als sie fertig ist, glühen ihre Wangen ein wenig. Soll ich ihr sagen, dass ich die Geschichte schon kenne? Besser nicht. Ich strenge mich an, überrascht auszusehen. Hoffentlich hören die Blitze da draußen endlich auf. Wenn mein Gesicht so hell angestrahlt wird, verrät es mich womöglich.

»Wow, das ist wirklich eine wilde Geschichte, Janina. Aber in der Zeit wart ihr doch eh getrennt. Und es ist auch schon ganz schön lange her, oder?«

»Genau. Es gibt überhaupt keinen Grund, deswegen wütend zu sein.«

Sag ich doch. Und wenn Markus nichts von dem kleinen, unromantischen Detail erzählt hat, dass er seitdem Frauen in Brautkleidern scharf findet, ist doch alles geritzt. Nebenbei, je länger ich Janina so von ganz Nahem anschaue, umso mehr merke ich, dass ich auf dem besten Weg bin, selber eine Schwäche für Frauen in Brautkleidern zu entwickeln. Ich stelle mir Jil im Brautkleid vor. Aber im nächsten Moment kommt ein dicker schwarzer Stift und stricht das Bild durch. Dazu höre ich noch einmal: »Weißt du, Tim, wir sind einfach sehr verschieden.« Und jedes Wort ist eine Eisenfaust, die mir in den Magen schlägt. Ich zwinge meine Gedanken zurück zu Janina. War es das jetzt schon, was sie mir anvertrauen wollte? Warum dann immer noch dieses Zucken in der Tiefe ihrer Augen?

»Aber irgendwie habe ich ihm die Affäre doch nachgetragen. Obwohl ich weiß, dass es schwachsinnig ist, Tim.«

»Okay.«

»Und dann ...«

»Ja?«

»Und dann ...«

»Sag doch.«

»Und dann ... kam *mein* Junggesellinnenabschied. Vorgestern in Paderborn.«

Janinas Junggesellinnenabschied! Mir ist, als hätte einer der Blitze vor dem Fenster direkt in meinen Kopf eingeschlagen. Das kann doch nicht wahr sein!

»Ist ...? Hast ...? Du ...?«

»Es war so bescheuert von mir, Tim.«

Sie schlägt die Augen nieder und schüttelt den Kopf. Erst nach einer riesigen Pause redet sie weiter.

»Wir ... wir waren halt alle total betrunken. Und wir waren in einer Bar, und mir ging aus irgendeinem Grund die ganze Zeit das mit Markus und der Frau in Barcelona durch den Kopf. Und dass Junggesellinnenabschied ja theoretisch heißt, dass man an diesem Abend zum letzten Mal ... Und, scheiße, ich hab wohl einfach ...« Und genau in diesem Moment ist es vorbei. »... eine Schwäche für Barkeeper«, bringt sie gerade noch heraus, dann schlägt sie die Hände vor das Gesicht. Der Weinkrampf, der sie schüttelt, ist so stark, dass mir das Zucken in ihren Augen vorhin viel zu harmlos vorkommt als Zeichen für das, was sie die ganze Zeit mit sich herumträgt.

»Hey, schon gut.«

Ich nehme sie wieder in den Arm und murmele unbeholfen etwas von »hätte jedem passieren können«, »Kirche im Dorf lassen« und »muss man doch aus einer Mücke keinen Elefanten machen«. Sie schluchzt aber etwas von »fand es sogar schön«, »schäme mich so« und »hab mir selbst alles versaut«.

Ich will was von »kann man nicht mehr rückgängig machen« und »versuche, nach vorne zu schauen« murmeln, verkneife es mir aber, weil es schon beim Denken so doof klingt. Stattdessen frage ich nach einer Weile: »Weiß denn noch jemand davon?« Sie kann jedoch vor Schluchzen nicht mehr sprechen. Komisch. Den ganzen Tag hatten wir keine Zeit für uns, obwohl wir dauernd an den gleichen Orten, in den gleichen Räumen oder im gleichen Auto waren. Trotzdem halte ich sie nun in den Armen, als hätte der Tag nur dies eine Ziel gehabt. Ganz langsam sickert es bei mir durch. Wir hatten von vornherein keine Chance, die Hochzeit zu retten. Janina hatte diesen blöden kleinen Seitensprung und macht sich jetzt fertig.

»Svea.«

Svea? Ach so, Svea weiß noch davon. Der aufgescheuchte Kolibrischwarm. Deswegen also.

Oh Mann. Jeder hat ja seine Meinung zu dem Treue-Thema. Und jeder findet Fremdsex irgendwie doof. Aber jetzt, genau in diesem Moment, als ich die weinende Janina im Arm halte, tut sie mir einfach nur leid. Muss man das denn grundsätzlich, immer und auf jeden Fall so hoch hängen?

»Wenn es dich so quält, dann beichte es Markus doch einfach.«

Einfach. Ich habe einfach gesagt.

»Ich kann das nicht.«

»Du wirst sonst deines Lebens nicht mehr froh. Ich merke es doch.«

»Aber er wird mich zum Teufel schicken.«

»Erstens wird er das nicht. Zweitens weißt du das

auch. Drittens, wenn er das täte, wäre er es gar nicht wert, dich zu heiraten. Und außerdem würde ich ihm in den Hintern treten, dass man es bis nach Hannover hört. Tu es, Janina. Heute geht doch eh schon alles drunter und drüber. Du machst nichts kaputt. Es kann nur besser werden.«

»Eben. Es geht alles drunter und drüber. Und warum wohl?«

»Jetzt sei doch nicht abergläubisch. Das hat überhaupt nichts mit Paderborn zu tun. Komm, sprich mit ihm.«

»Aber ... ich kann das nicht.«

Und ich kann sie verstehen. Wenn man so mit den Nerven runter ist, wie soll man dann auch noch mutig sein?

»Wir machen es so. Du holst jetzt noch mal ganz tief Luft, und ich gehe derweil und schicke dir Markus rauf. Der wollte nämlich eh schon nach dir gucken. Und wenn ihr zusammen seid, tust du einfach, was dein Herz sagt.«

Was dein Herz sagt. Schon wieder zu einfach, oder?

»Ich glaube wirklich, ich kann das nicht.«

»Keiner zwingt dich. Du kannst es auch morgen oder übermorgen noch beichten.«

Aber heute wäre es am besten. Das ist es, was *mein* Herz *mir* sagt.

»Und es gibt ja auch noch andere Sachen für euch zu entscheiden, Janina. Zum Beispiel, ob ihr einfach die Tür hinter euch zuschließt und in eurem kuscheligen Hochzeitszimmer bleibt und alle Gäste nur noch oh là là denken. Oder ob ihr doch noch einmal zusammen in die Party eintaucht und beim Tanzen den ganzen Mist vergesst. Oder ob ihr einfach meinen Admiral nehmt und nach Hause in euer Nest fahrt. Hier ist der Zündschlüssel. Die Fahrertür ist eh immer offen.«

»Danke, Tim.«

»Hey, ich würde alles für dich tun.«

»Aber ... am besten wäre schon, ich erzähle ihm jetzt gleich alles, oder?«

»Wenn du kannst, ja, wenn nicht, dann halt nicht.«

Sie drückt sich noch einmal ganz fest an mich. Meine geprellte Rippe gibt mir einen Stich wie das Horn eines wilden Stiers, und ich frage mich zum tausendsten Mal in meinem Leben, warum das eigentlich nichts geworden ist mit Janina und mir. Dann gehe ich.

HELLS BELLS

Auf dem Flur höre ich die Stimmen der Kinder durch die Tür von Kurts Zimmer. Ich linse hinein. Alles gut. Sie gucken jetzt »Pettersson und Findus«, und zwei von den kleineren sind friedlich auf seinem Bett eingeschlummert. In irgendeinem der anderen Zimmer muss jetzt Sinja sitzen und lesen. Hoffentlich ist ihr Buch spannend genug, um sie für den Rest des Abends dort zu halten. Nicht, dass sie später doch noch einen Auftritt im Ersatzbrautkleid hinlegt.

Nachdem ich die Treppe hinunter bin, laufe ich fast in Linda, die gerade vom stillen Örtchen kommt.

»Boa, Tim, ich sag nur, der Wodka. Aber jetzt geht es mir wieder einigermaßen. Sehe ich okay aus?«

Viel zu okay. Trotzdem ist es besser, sie huscht jetzt schnell wieder rein. Vor ihren Augen werden Wiese und Schnitzki sich wohl kaum prügeln. Oder liege ich da ganz falsch?

»Ehrlich gesagt, den Sven finde ich ja total süß.«

»Na ja, schon. Aber, auch ehrlich gesagt, ich finde, da gibt es noch viel Süßere.«

Aber wen?

»Und er hat eine kleine Speditionsfirma.«

»›Selbstständiger Lastwagenfahrer‹ könnte man auch sagen.«

Wen? Wen?

»Und in der Uniform sieht er echt schnieke aus.«

»Der Kurt! Schau dir doch lieber den Kurt an. Du weißt schon, der Trauzeuge, der diese romantische Rede gehalten hat. Der sieht auch richtig schnieke aus, finde ich.«

»Die Rede war echt schön. Ich hab fast geweint. Aber irgendwie ...«

»Ich stelle ihn dir gleich mal vor.«

Einen Versuch ist es wert. Und was auch immer Schnitzki und Wiese noch anrichten werden, Janina ist erst einmal oben im Hochzeitszimmer und in Sicherheit. Das ist so wunderbar beruhigend. Ich wüsste nur gerne, wo Jil ist. Sobald ich Markus nach oben geschickt habe, werde ich nach ihr suchen. Sie weiß wahrscheinlich noch gar nicht, dass die Weckenpitz jetzt eine neue Beschäftigung gefunden hat.

Wir sind da. Bülent hat »Love Shack« aufgelegt, und wie es der Zufall will, kommt uns als Erster Kurt entgegengetaumelt.

»Kurt, ich möchte dir gerne jemand vorstellen. Das ist Lin... Oh!«

»Ihhh!«

Ist natürlich blöd, dass Kurt ausgerechnet jetzt, als ich ihn Linda vorstellen will, von oben bis unten mit Torte eingesaut ist. Regula Richter hat aber auch wirklich keine Gefangenen gemacht. Sie steht in ihrem Revuetänzerinnenkleid hinter ihm und lacht sich kaputt. Zwischendrin prustet sie immer wieder irgendwas von »Die Rückkehr der Todestorte«. Ich versuche die Situation zu retten.

»Jetzt stell dich nicht so an, Linda. Wo gibt es schon Männer, von denen man Sahnetorte ablecken kann?« Dazu stippe ich meinen Finger genüsslich in einen besonders großen Brocken auf Kurts Brust.

»Hast recht, so habe ich es noch gar nicht betrachtet, Tim, hihi.«

»Ah, da bist du ja wieder, Mäuschen. Tuts dir jetzt besser gehn?«

Mist.

»Viel besser, mein General. Trinken wir noch einen?« Und schon lässt Linda den wunderbaren Tortenmann stehen und verschwindet mit Wiese um die Ecke.

»Tim, ich ...«

»Du brauchst neue Klamotten, Kurt. Aber erst einmal solltest du dir auch einen genehmigen.«

Ich führe ihn zum Brauttisch. Dort sorgt er kaum für Aufsehen, denn Füllkrug steht immer noch im Mittelpunkt des Interesses. Er zeigt der interessierten Öffentlichkeit sein Weinkellersexvideo in Endlosschleife und kippt sich dazu selbstgefällig einen Wodka nach dem anderen in den Rachen. Sogar Vladimir hat inzwischen Respekt vor ihm. Kurt bekommt ein Glas gereicht und gesellt sich zu den Filmguckern. Ich werde in der Zwischenzeit von Janinas Mutter, Henriette, Patrick und Markus umringt, die alle große Fragezeichen in die Gesichter gemalt tragen. Ich erzähle scheinheilig, dass Janina wohlauf ist, aber dass sie sich mal kurz zurückziehen musste. Und dass sie auf Markus wartet. Markus will sich sofort auf den Weg machen, aber kaum, dass er den ersten Schritt getan hat, erstarrt er. Genau wie alle anderen, die zufällig in diesem Augenblick in Richtung der Eingangstür gucken. Kein Wunder, denn: Frau von Weckenpitz und Herr Unzicker sind zurück. Und jeder der beiden trägt eine Weinflasche mit abgeschlagenem Hals in der Hand. Dieser blöde Amateurfilmer Füllkrug hat doch tatsächlich vergessen, die Kellertür wieder abzuschließen!

Bülent gelingt es gerade noch, »Hells Bells« aufzulegen, bevor er ebenfalls erstarrt. Frau von Weckenpitz' Blicke schneiden durch die Luft wie Angus Youngs Gitarrenriffs. Sie sieht zerzaust aus. Was kein Wunder ist, wenn man das Video gesehen hat. Aus ihren Augen strahlt etwas, was schwer zu deuten ist, aber so, wie wir sie kennen, kann es nur Angriffslust sein. Sie öffnet den Mund. Und sie schreit. So laut, dass sie sogar die Hells Bells übertönt.

»JETZT ZEIGEN WIR DIESEN KOSAKEN MAL, WIE MAN EINE RICHTIGE KOSAKENPARTY FEIERT! LOS, HERR UNZICKER!«

Beide kippen sich einen großen Schwall Wein in den Schlund, werfen die Flaschen gegen die Wand und stürzen sich in die Menge, die sofort wieder johlend zu tanzen anfängt.

Für die Tonne

Keine Frage, eine Weckenpitz, die mitfeiert, ist auf jeden Fall besser als eine Weckenpitz, die mit dem Schwert herumfuchtelt. Trotzdem, ich bin mir gerade nicht sicher, was mir mehr Angst macht. Wenn sie weiter so wie ein angeschossener Bock auf der Tanzfläche herumhüpft, verletzt sich noch wer. Am allerwahrscheinlichsten sie sich selbst. Sie ist ja, mit Verlaub, nicht mehr die Jüngste. Hoffentlich legt Bülent was Ruhigeres auf, wenn »Hells Bells« vorbei ist.

Ich verstehe nur nicht, was Markus jetzt noch von der will. Statt schnurstracks zu Janina zu gehen, kämpft er sich durch die Tanzenden und schreit ihr irgendwas ins Ohr. Er hat Glück, dass er dabei nicht ihre hohen Absätze ins Gemächt bekommt. Die Weckenpitz brüllt irgendwas zurück, und Markus zieht ab. Na also, geht doch. Ich lasse mich auf einen Stuhl fallen, um kurz Kraft zu tanken. Patrick und Henriette sitzen links und rechts neben mir. Wir schauen uns an. Haben wir versagt, oder nicht? Wahrscheinlich wissen wir es erst in ein paar Tagen, wenn hier wieder Ruhe eingekehrt ist und selbst Frau von Weckenpitz und Regula Richter wieder nüchtern sind.

Vor unseren Augen hampelt der tortenbeschmierte Kurt herum. Dank Alkohol ist er nun, wie vorhergesehen, in die John-Travolta-Phase hinübergeglitten.

»Fuck the future, Tim!«

Ich weiß, ich müsste jetzt mit dem Originalzitat aus »Saturday Night Fever« antworten: »You can't fuck the future. The future fucks you!« Aber das scheint mir nicht so vordringlich.

»Lass uns dir lieber ein paar neue Klamotten besorgen. Ich meine, was würde John Travolta sagen, wenn er dich so sähe?«

»Oh mein Gott, du hast recht, Tim!«

Ich schnappe ihn mir, und wir gehen zu Wiese, der in einer für einen General viel zu lässigen Haltung auf dem verwaisten Normalotisch sitzt und weiter auf Teufel komm raus mit Linda flirtet, während Schnitzki daneben übellaunig auf die Tänzer starrt. Irgendwie hängt das »Schwuchtel!« zwischen den beiden schon unsichtbar in der Luft. Es ist nur noch die Frage, wann es sich materialisiert. Bülent sollte jetzt wirklich was Ruhigeres auflegen. Ein Glück nur, dass nun wenigstens beide Hälften unseres Brautpaars außer Reichweite aller Katastrophen sind. Hoffentlich haben Janina und Markus ein gutes klärendes Gespräch, dort oben. Oder was auch immer. Jedenfalls was Gutes.

Ich tippe Wiese auf die Schulter. Er ist nicht erfreut über die Störung, aber ich kann trotzdem schnell aus ihm herausleiern, dass der Kostümfundus, aus dem er seine Uniform hat, im Keller dritte Tür rechts liegt. Vielleicht gibt es da ja noch etwas Besseres für Kurt, denke ich mir. Zum Beispiel ... eine Admiralsuniform! Ich lächele. Dann höre ich in meinem Rücken Schnitzki.

»Aha, der Herr Wiese weiß, wo der Kostümfundus ist. Ja, eiteitei.«

Ich lächele nicht mehr. Der Marsch mit Kurt zum Kostümfundus kommt mir jetzt so vor wie der Marsch zum Klo, wenn einem speiübel ist, man aber verzweifelt hofft, dass man es noch schafft. Und tatsächlich, gerade als ich meine Hand auf der Klinke zur Kellertür habe, ist es so weit. Es hallen Worte durch das Foyer, so laut, dass sie wahrscheinlich sogar noch Pfarrer Kühlbrodt 300 Meter weiter in seinem Pfarrhausbett hört.

»HAST DU GERADE SCHWUCHTEL GESAGT, JA?«

Ich schiebe Kurt zum Kellereingang.

»Dritte Tür rechts. Schau selbst. Ich muss zurück.«

»Wow, sieht genauso aus wie die Treppe in ›Die Kerkerbestie zwei‹.«

Ich höre ihn kaum noch, denn ich bin mit drei großen Sätzen zurück in den Grünen Saal gestürzt. Die Lage ist hoffnungslos. Bülent schafft es zwar, in Sekundenbruchteilen die Musik von »Hells Bells« zu »How deep is your Love« von den Bee Gees zu wechseln, aber selbst das ist jetzt nur noch ein Tropfen auf den heißen Stein. Die beiden Giganten des Bizeps stehen sich Aug in Aug gegenüber. Hochzeit, Schloss, Gäste, Anzug, Generalsuniform, alles ist vergessen. Die Frage ist nur noch, was vom Grünen Saal übrig ist, wenn die beiden fertig sind. Ich sehe mich verzweifelt um, aber nirgends ist ein Hoffnungsschimmer zu sehen. Linda ist unter dem Tisch in Deckung gegangen, Frau von Weckenpitz versteckt sich hinter Herrn Unzicker, und Patrick ... Nein! Er tut es! Er fasst sich ein Herz und bewegt seine über 100 Kilo in das tödliche Kraftfeld zwischen den beiden. Er ist ein Held!

»Meine Herren ...«

Weiter kommt er nicht. Das Nächste, was wir von Patrick sehen, ist, dass er im hohen Bogen auf Bülents DJ-Pult fliegt, das unter ihm krachend in tausend Teile zerbirst. »How deep is your Love« endet abrupt in einem fiesen, lauten Kratzen, dann ist Stille. Schnitzki und Wiese haben sich nach ihrem beeindruckenden Wurf sofort wieder in ihre Ausgangsstellung begeben. Keiner wagt es mehr zu atmen.

Außer mir.

Dass die beiden den Grünen Saal auf Schloss Walchenau zerlegen, bitte, kann ich mit leben. Janina und Markus kriegen ja oben in ihrem Hochzeitszimmer nichts davon mit. Aber dass die beiden meinen besten Freund einfach so herumwerfen, macht mich ... wütend. Da hilft es auch nichts, dass Patrick sich schon wieder hochgerappelt hat. Und auch nichts, dass es vernünftiger wäre, zwei Männern die in der Lage sind, jemanden wie Patrick eben mal schnell auf eine Flugreise zu schicken, besser nicht in die Quere zu kommen. Ich stelle mich breitbeinig in die Eingangstür und schreie.

»SCHWULER ALS DU GEHT DOCH GAR NICHT!«

Genau den richtigen Ton getroffen. Und das einzige Wort, auf das die beiden noch reagieren. Sie drehen sich langsam zu mir um und brüllen dann wie aus einem Mund.

»WEN MEINST DU?«

»ALLE BEIDE!«

Sie setzen sich in Bewegung. Wie einfach man die Kerle doch steuern kann, denke ich mir. Zwei Hampelmänner, bei denen man nur an der richtigen Schnur ziehen muss. Bravo. Alles richtig gemacht. Jetzt Teil zwei des Plans: meine Zaubertrankflasche vom Gürtel nehmen und austrinken ... Okay, vielleicht reicht es ja auch, wenn ich einfach ganz fest daran glaube, dass ich übermenschliche Kräfte habe? Bei Asterix war das ja möglicherweise auch nur so ein Psychotrick ... Andererseits ... Mist!

Nur noch fünf Schritte.

Vier.

Drei.

Teil zwei des Plans war echt für die Tonne.

Ich höre Henriette schreien: »Nicht!«

Ich sehe, wie ein von Bülent geworfener Teller wirkungslos an Wieses Schädel zerschellt. Ich sehe, wie Schützengraben-Rigo Großtante Gerlinde die Augen zuhält. Und ich sehe, wie Diethart Füllkrug seine Handykamera in Position bringt.

Danach sehe ich nichts mehr.

KERKERBESTIE

Jungejunge, ich muss schon sagen, der Schlag kam völlig unerwartet. Ich weiß nicht einmal, ob es Schnitzki war oder Wiese oder beide gleichzeitig. Und ich hätte nie gedacht, dass sich diese Muskelberge auf einmal so schnell bewegen können. Ansonsten ist aber die Welt so, wie ich sie mir nach einem Schnitzki-Wiese-Hieb vorgestellt habe: Mir ist schwarz vor den Augen und ich fühle keinen Schmerz. Und ich weiß nicht, wo ich bin. Wahrscheinlich bin ich nirgends, denn ich bin bewusstlos. Oder ich war bewusstlos und komme gerade zu mir. Vielleicht ist das alles schon einen Tag her und ich liege im Salzmindener Kreiskrankenhaus?

»Jetzt renn endlich, du Trottel!«

Jil?

Oh, verstehe. Das war gar kein Hieb. Das Licht ist ausgegangen. Ich erinnere mich, wo ich bin, wirbele auf den Hacken herum und renne los. Ganz schnelle Entscheidung: Flur, Kellertreppe oder nach draußen? Nach draußen! Natürlich nach draußen, sonst lande ich am Ende noch in einer Sackgasse. Ich orientiere mich schräg nach rechts und erkenne schon bald schemenhaft die riesige Ausgangstür. Es gelingt mir, sie aufzureißen, bevor das entsetzliche Stampfen und die schnaufenden Atemzüge hinter mir nennenswert näher gekommen sind. Und es gelingt mir sogar, die Tür vor den beiden wilden Bestien wieder zuzuschlagen.

Wobei, eigentlich ist es egal, dass ich sie zugeschlagen habe. Die Tür ist kein Hindernis für sie. Und auch wenn in Actionfilmen in solchen Situationen immer zufällig irgendwelche stabilen Sachen herumliegen, mit denen man die Tür von außen verrammeln kann, die Wirklichkeit ist ganz anders. Zumindest in Walchenau. Mir bleibt genau eine Sekunde, um zu überlegen. Und ich weiß nicht, warum ich diese Sekunde ausgerechnet damit verschwende, schon wieder an Asterix zu denken, obwohl der mich gerade eben übelst im Stich gelassen hat, aber ich tue es. Blöder gallischer Schnauzbartzwerg! Ich will schon die Beine in die Hand nehmen und einen hoffnungslosen Versuch machen, den beiden Sportskanonen auf offenem Feld zu entkommen, als mein Hirn im letzten Moment die entscheidende Kurve nimmt.

Nicht Asterix.

Obelix!

Obelix musste nie Zaubertrank trinken, weil er als Kind in ein Fass mit Zaubertrank gefallen war und ... Im nächsten Augenblick ist schon alles gelaufen. In der reich verzierten Regentonne neben dem Eingang ist zwar kein Zaubertrank, aber sie bietet dafür einen recht guten Unsichtbarkeitszauber. Zumindest so lange, wie ich unter Wasser die Luft anhalten kann. Und wenn Schnitzki und Wiese hinter mir her sind, kann ich ziemlich lange die Luft anhalten, merke ich gerade. Auch das kalte Wasser macht mir überhaupt nichts aus. Am liebsten würde ich sogar für die nächsten Stunden einfach hier drin bleiben. Aber auftauchen muss schon sein, da brauche ich gar nicht erst anfangen, mit meinem Körper zu diskutieren. Vielleicht kann ich Schnitzki und Wiese ja vertreiben, indem ich sie mit einer Wasserfontäne anspucke? Oder ich kriege noch eine andere tolle Idee, während ich Luft hole, weil frischer Sauerstoff ins Gehirn und so. Jedenfalls muss ich, so bedauerlich das auch ist, jetzt hoch. Luft!

HHHHH! AAAAH! HHHHH! AAAAH! HHHHH!

Die ersten Momente wären schon mal unbeschadet überstanden. Jetzt die blöde Augenklappe weg, Wasser aus den Augen reiben und umgucken. Zu schön, um wahr zu sein. Von den beiden ist nichts mehr zu sehen. Auch nach dem zweiten und dritten Sicherheitsrundumscan nicht. Ich höre mich »Jo is denn heit scho Weihnachten?« murmeln, während ich aus der Tonne klettere, und komme mir ebenso albern wie elend vor. Aber wollen wir mal nicht so sein. Vor zwei Minuten standen die Chancen, dass ich *in* zwei Minuten unbeschadet aus einer Regentonne klettern kann, noch sehr schlecht.

Überflüssig zu erwähnen, dass ich patschnass bin. Lustig nur, dass jetzt, wo ich patschnass bin, auf einmal der Regen aufgehört hat, der in der letzten Stunde konstant als Wand heruntergefallen ist. Doch, wie gesagt, ich sollte nicht meckern.

Die Schlosstür steht einen Spaltbreit auf. In dem Spalt stapeln sich die neugierigen Köpfe von Jil, Bülent, Patrick und Henriette übereinander. Auch sie scheinen recht froh darüber, dass mir außer der Patschnässe nichts zugestoßen ist. Ich schaue mich ein letztes Mal um, aber ich sehe immer noch nichts, außer dem ausladenden französischen Ziergarten vor dem Schloss. Die beiden Kampfmaschinen bleiben weiter wie vom Erdboden verschluckt. Und man hört auch keine Kampfgeräusche. Schon irgendwie seltsam. Aber Hauptsache, sie sind weg. Ich schlüpfe zurück ins Foyer, und Bülent dreht den praktischen Sicherheitsriegel, mit dem man die Tür von innen verschließen kann, bis zum Anschlag ins Schloss. Alle atmen auf.

»Großartig, Tim! Die sind tatsächlich weg von der Bildfläche.«

»Sieht so aus. Oh, das Licht geht ja wieder.«

»Tja, so ein Hauptschalter im Sicherungskasten ist sehr praktisch. Vor allem, wenn jemand ihn genau im richtigen Moment umlegt.«

Henriette strahlt Jil an, Jil wird rot.

»Tja, Mensch, also, danke, Jil.«

»Keine Ursache, Tim. Du warst ja auf deine Art auch genau im richtigen Moment zur Stelle.«

Stimmt. Frau Löwenzahn und ich haben Schnitzki und Wiese besiegt. Endlich wieder ein Team. Ich will sie spontan umarmen, aber sie weicht zurück. Kein Wunder. Ich merke erst jetzt, wie fies sich die kalten, nassen Lappen auf meiner Haut anfühlen.

»Tja, dann gehe ich jetzt wohl auch mal schnell in den Keller. Vielleicht haben sie ja einen Taucheranzug für mich im Kostümfundus.«

»Mach das, Tim. Wir versuchen derweil, ob noch was mit der Musik zu retten ist.«

Ich tapere die Kellertreppe hinunter. Hinter der dritten Tür rechts finde ich eine Kleiderstange mit ein paar leeren Bügeln und einem Indianerkostüm und einem Putzmann-Overall als letztem verbliebenen Rest. Davor steht Kurt. In Unterwäsche.

»Hey, nichts dabei für dich, Kurt?«

»Boa, Tim, das war aber echt kein guter Scherz gerade.«

»Scherz?«

»Na ich hier so im Keller, und dann macht ihr auf einmal das Licht aus. Echt genau wie in ›Die Kerkerbestie zwei‹.«

»Oh, tut mir leid, aber das musste sein. Ich erklär es dir später. Nimmst du den Indianer oder den Putzmann?«

»Am liebsten den Putzmann, der Indianer ist mir irgendwie zu pseudo.«

Wo er recht hat, hat er recht. Überall rote Fransen dran, auf dem Rücken ein Pfeilköcher festgenäht und, total lächerlich, über der Hose noch ein Lendenschurz. Mit Leopardenfellmuster. Würde man damit in einen echten Indianerstamm geraten, käme man sofort an den Marterpfahl. Und völlig zu Recht.

»Ausknobeln?«

Stille

Gegen Kurt im Knobeln verloren! Heute ist wirklich nicht mein Tag. Ich steige maulig hinter ihm die Treppe hoch und übe in Gedanken schon mal den Satz »Ich will nichts hören!«, den ich und mein doofes Indianerkostüm in den kommenden Minuten sicher sehr oft brauchen werden. Kurt hat es auch nicht viel besser erwischt, versuche ich mich zu trösten. Ein Putzmann. Da bin ich als Indianer sogar ranghöher. Oder wird das durch den Leopardenfell-Lendenschurz wieder ausgeglichen?

Aber eigentlich ist es scheißegal, ob ich mich hier zur Witzfigur mache. Es geht um Janina und Markus, zum tausendsten Mal. Vielleicht hat für die beiden nun endlich der gute Teil des Abends begonnen. Los, Janina. Die Paderborn-Beichte. Tu es! Ich kann mir nicht vorstellen, dass Markus ihr nicht sofort verzeiht. Andererseits, nirgends sind Menschen so unberechenbar wie bei diesem komischen Ding mit der Treue.

Manno. Blöde Indianer-Lederpuschen. Ich muss echt aufpassen, dass ich nicht auf den glattgelaufenen Natursteinplatten des Foyers ausrutsche. Was bin ich froh, wenn ich heute endlich in mein kuscheliges Bett im Gästehaus komme. Ich wünschte, ich könnte einfach sicher sein, dass Janina und Markus oben bleiben. Dann würde ich jetzt tatsächlich abhauen. Sogar auf die Gefahr hin, dass Patrick sich nachher im Dunkeln in unserem Doppelbett auf mich legt. Ob ich am Ende mit einer geprellten oder drei gebrochenen Rippen aus der Sache hier herausgehe, ist mir inzwischen fast egal.

Kurt hat die Hand schon auf der Klinke der Tür zum Grünen Saal.

»Willst du nicht lieber vorgehen, Tim?«

»Nein, geh du ruhig, Kurt.«

»Aber die werden mich alle anstarren.«

»Ja mich vielleicht nicht? Geh rein, schnapp dir die Wodkaflasche, und im Nu bist du wieder John Travolta.«

»John Travolta hätte nie eine Putzm...«

»Pst!«

Schreckliche Laute dringen zu uns. Wir halten beide unsere Ohren an die Tür.

»Kurt.«

»Ja?«

»Hörst du das auch?«

»Ja.«

Selten habe ich ein »Ja« so schwach und ängstlich gehaucht gehört.

»Wir müssen jetzt da rein und etwas tun!«

»Ich will nicht!«

Ich fasse mir ein Herz, schubse ihn beiseite und reiße die Tür auf. Leider stehen die Dinge genau so schlimm, wie es die Laute angekündigt haben. Klar, die Musikanlage ist kaputt, da muss man irgendwie anders für Stimmung sorgen. Aber doch bitte nicht so! Eine Riesenschlange aus betrunkenen Menschen windet sich, angeführt von Diethart Füllkrug und einer völlig außer Kontrolle geratenen Frau von Weckenpitz, durch den Raum und grölt »HIER FLIEGEN GLEICH DIE LÖCHER AUS DEM KÄSE«. Ab und zu taumelt einer aus der Reihe und kotzt irgendwohin, um sich dann sofort wieder anzuschließen. Nur eine kleine Handvoll Leute hält sich heraus.

Die Brautpaareltern sitzen in der Ecke und schauen geknickt, Henriette presst sich neben der großen Flügeltür an die Wand und starrt schreckensbleich die grässliche Schlange an. Und Bülent und Patrick tun einfach so, als würden sie nichts mitkriegen, und basteln an der zerstörten Musikanlage herum. Keiner nimmt von dem Putzmann und dem Indianer Notiz, die gerade den Raum betreten haben. Das hier ist das Ende. Keine Frage.

Oder doch nicht? Ich sehe Jil durch die Türflucht zwei Zimmer weiter im Blauen Salon stehen. Sie versucht gerade, einen riesigen Orientteppich als Tischdecke über dem Billardtisch auszubreiten. Diese unglaubliche Frau hat es immer noch nicht aufgegeben, Janina und Markus die Hochzeit zu retten. Ich ahne ihren Plan: Wir sollen uns zu ihr flüchten. Samt Nachtisch, frischem Kaffee und dem Brautpaar. Und die Türen hinter uns abschließen. Nicht schlecht. Aber je mehr sich Jil mit dem Riesenteppich abmüht, umso verzweifelter sieht sie aus.

Ich könnte mich jetzt wirklich einfach irgendwo im hintersten Winkel von Schloss Walchenau verstecken und warten, bis alles vorbei ist, flackert es noch einmal kurz durch mein Hirn, aber Jils Anblick gibt mir einen letzten Schubs. Wir müssen ihr helfen! Ich packe Henriette an der Hand und ziehe sie hinter mir her. Mit ein paar Schritten sind wir im Blauen Salon. Jil sieht als Erstes meinen Leopardenfell-Lendenschurz und seufzt tieftraurig. Doch ich lasse mich nicht unterkriegen.

»Super Idee, das mit dem Teppich, Jil! Jetzt stellen wir noch alle Kerzen drauf, die wir finden können. Dann wird das die romantischste Tafel, die man je auf Schloss Walchenau gesehen hat. Hab ich recht, Henriette?«

»Aber Janina und Markus trauen sich eh nicht mehr aus ihrem Hochzeitszimmer heraus, Tim.«

Noch nie zuvor hat ihre Stimme so leise und verzagt geklungen.

»Wartet doch mal ab«, versuche ich zu beschwichtigen. »Vielleicht kommen sie ja gleich im nächsten Moment durch die Tür?«

Und nun das Tolle: Obwohl ich das einfach nur so dahingesagt habe und obwohl ich bis eben sogar Stoßgebete gesprochen hatte, dass Janina und Markus um Gottes willen *nicht* mehr aus ihrem Hochzeitszimmer herauskommen sollen, passiert es. Gerade als Jil und ich die gut zwei Dutzend zusammengesammelten Kerzen ohne Rücksicht auf Verluste auf der Teppichtischdecke festgetropft haben und Henriette den Kronleuchter ausschaltet und das wunderbare, warme Licht kreuz und quer über die verschlungenen Muster auf unserer improvisierten Tafel flackert, kommt Janina durch die hintere Tür. Ihr Brautkleid sieht immer noch ganz ordentlich aus, wenn man bedenkt, was schon alles passiert ist. Und dass sie geweint hat, sieht man in dem Schummerschein kaum. Aber dass sie beim Anblick unserer Teppich-Kerzenlicht-Tafel ein ganz klein wenig lächelt, das bekomme ich sehr wohl mit. Ob das heißt, dass sie das Paderborn-Ding mit Markus geklärt hat und alles gut zwischen den beiden ist? Bestimmt heißt es das. Und plötzlich hört sich das scheußliche Gegröle zwei Räume weiter nur noch halb so laut an.

Wenn es jetzt noch ein zweites Mal so gut mit dem Timing klappt, denke ich mir. Wenn Bräutigam Markus nun auch noch kommt. Und Patrick und Bülent mit der wundergeheilten Musikanlage gleich hinterher. Mit den Zieglers, den Mitscherlichs, Svea, Kurt und Linda im Schlepptau. Und wenn Bülent dann sofort »Ain't no Sunshine when she's gone« auflegt, während wir alle

Türen so fest verrammeln, dass keiner der ganzen Freaks mehr zu uns vordringen kann. Ja, dann würde diese Hochzeit am Ende doch noch unter einem goldenen Stern ins leuchtende Abendrot segeln. Ob alles gut wird, entscheidet sich nämlich in solchen kleinen Momenten.

Ich stupse Janina von der Seite an.

»He, schöne Frau. Wo bleibt Markus?«

»Keine Ahnung. Ich dachte, er ist noch bei euch. Deswegen bin ich ja runter. Toller Lendenschurz übrigens. Welcher Indianerstamm ist das? Leopachen?«

»Moment mal, Markus ist vorhin zu dir hoch. Wieso …?«

Aber bevor ich auch nur einen Takt weiterdenken kann, hören wir einen entsetzlichen Schrei durch das Schloss hallen. Natürlich ist auf diesem Fest ein Schrei schon längst kein Grund mehr, das laufende Geschäft zu unterbrechen. Spätestens seit der Sache mit der Todeskralle wird hier praktisch im Minutentakt geschrien. Aber dieser Schrei ist anders. Ein Urschrei. Pures Entsetzen in Lautform. Nur ein Mensch in höchster Agonie kann so einen Schrei ausstoßen. Sogar die Schlange zwei Türen weiter hält auf einmal still, und der schreckliche Gesang verstummt.

Und im nächsten Augenblick kommt Markus zu uns hereingestolpert. Mit zerknittertem Bräutigamfrack, tellergroßen Augen und einem zur Maske erstarrten Gesicht.

Und ohne Hose.

Er scheint uns überhaupt nicht zu bemerken. Er starrt nur geradeaus ins Leere und stammelt dabei immer wieder einen einzigen Satz:

»Ich glaube, ich habe gerade mit einer anderen Frau geschlafen.«

GROSSE BEULE

Ich glaube, ich habe gerade mit einer anderen Frau geschlafen.

Das sagt man nicht einfach so. Und vor allem nicht auf seiner eigenen Hochzeit. Jedenfalls nicht, wenn man Markus Mitscherlich heißt, aus Salzminden kommt und Janina Ziegler liebt und weder auf seiner Hochzeit noch sonst wo mit anderen Frauen zu schlafen pflegt. Aber Markus hat es gesagt, es gibt keinen Zweifel. Egal, welches Gesicht ich anschaue, alle spiegeln es mir zurück: *Er hat es gesagt.* Und wenn Markus es gesagt hat, dann muss er es getan haben, sonst hätte er es nicht gesagt, und so weiter.

Nachdem das geklärt ist, fängt mein Hirn an, richtig zu arbeiten. Und je mehr es arbeitet, umso mehr wünsche ich mir, es würde seine Arbeit sofort wieder sein lassen. Unter Stress gesetzt, stellt es sich nämlich manchmal viel schlauer an, als mir lieb ist. Es spekuliert nicht wild herum, es begibt sich eiskalt zu dem Punkt zurück, wo das Unheil begonnen hat, und geht der Sache auf den Grund: Ich hatte Markus zu Janina hochgeschickt. Er machte sich auf die Socken und ... Ja, was passierte dann?

Er wusste nicht, wo das Hochzeitszimmer war.

Und er hat beim Rausgehen Frau von Weckenpitz etwas gefragt.

Die Zimmernummer.

Und Frau von Weckenpitz bringt Zahlen immer durcheinander.

Weil Zahlen ja überhaupt nicht wichtig sind.

Jahreszahlen, Zimmernummern, wen interessiert das schon?

Und Markus hat diese ganz spezielle Affinität.

Zu Frauen in Brautkleidern.

Und an diesem Punkt klinkt sich ein Teil meines Hirns aus dem Denkprozess aus und beginnt, hysterisch herumzuschreien. Aber so laut dieser Teil auch schreit, er kann den übrigen Teil nicht davon abhalten, kühl weiterzudenken.

Wie alt war Sinja noch mal? Und was bedeutet es, wenn man auf seiner Hochzeit nicht nur mit einer anderen Frau schläft, sondern auch mit einer, die noch nicht volljährig ist, aber dank Brautstrauß fest davon überzeugt, dass sie heute noch ihre Unschuld verliert ...

Zum Glück klinkt sich nun auch der Rest meines Hirns aus und stimmt mit in das hysterische Geschrei ein, was mir für einen kurzen Moment sehr guttut. Ich sehe die Gesichter der anderen. Sie wissen nicht, was ich weiß, aber auch in ihren Köpfen scheinen die Gehirne hysterisch herumzuschreien. Das erkennt man daran, dass sie nach außen ganz still und starr sind und man eine Stecknadel, noch bevor sie auf den Boden fällt, in der Luft pfeifen hören könnte. Markus ist auf dem nächstbesten Stuhl zusammengesunken und hat die Hände vor das Gesicht geschlagen. Janina steht neben mir und hat beide Hände auf den Mund gedrückt. Dahinter höre ich sie stoßweise japsen und stöhnen. Ich schiebe ihr einen Stuhl hin und bringe sie dazu, sich zu setzen. Die Arme. Sie ahnt noch nicht einmal, wie schlimm die Wahrheit in Wirklichkeit ist.

Wie schlimm? ... Ein kleiner, sehr renitenter Teil meines Hirns arbeitet immer noch ... Wenn Markus ... Nein! ... Wenn Markus, dieser Baum von einem Mann, richtig in Wallung war ... mit etlichen Wodka in der Blutbahn ... und der festen Überzeugung im Kopf, dass er vor seinem Hochzeitsbett steht ... und darin die Frau im Brautkleid ... nur vom schummerigen Nachtischlampenlicht beleuchtet, so verführerisch wie noch nie ... Oh Gott, es ist alles noch viel schlimmer!

Ich höre mich laut »Scheiße!« schreien, während ich mit Mach 3 zur Tür renne. Und in Anbetracht der Tatsache, dass Sinja vielleicht gerade durch eine ganz blöde Fügung von Markus vergewaltigt wurde, ist »Scheiße!« ausnahmsweise völlig legitim. Aber dass das so lange nachhallt? Oder hat gerade noch jemand »Scheiße« geschrien? Egal.

Ich renne.

Es knallt.

Ich rannte.

Ich sitze auf dem Boden.

Neben mir sitzt eine Frau.

Halb nackt, halb mit einem Brautkleid bekleidet.

Und sie kriegt gerade eine etwa genauso große Beule wie ich.

Und sie schreit.

»Scheiße! Du Arsch! Ich dachte, du wärst René!«

Und sie meint Markus.

Und es ist nicht Sinja, die hier neben mir auf dem Boden sitzt und schreit, sondern die betrunkene entführte Braut, die ich schon wieder vergessen hatte. Klar, sie wartete die ganze Zeit in ihrem Zimmer auf ihren René, der erst zu dämlich war, den Entführungsort herauszufinden, und dann kam der Gewittersturm. Und so doof das Ganze auch für sie und Markus und Janina und natürlich auch für René sein mag, ich bin jetzt doch ein wenig erleichtert. Ich durchlebe ein paar richtig schöne Momente. Aus der Traufe in den leichten Nieselregen sozusagen. Eins muss man Frau von Weckenpitz lassen, denke ich mir. Sie hat von allen Zimmernummern-Verwechselungsoptionen nur die zweitschlimmste gewählt.

Erst als die drei betrunkenen Freunde von René in der Tür auftauchen, die seine Braut entführt haben und während der Entführungsphase quasi die Verantwortung für sie tragen, ist es wieder vorbei mit der Entspannung. Ich dachte zwar, wir hätten jetzt wirklich alles Denkbare und Undenkbare durch, was auf einer Hochzeit passieren kann, aber klar, eine zünftige Massenschlägerei zum Schluss darf natürlich nicht fehlen, wenn man wirklich das volle Programm haben will. Und auf einmal wünsche ich mir, Wiese und Schnitzki wären wieder hier. Die beiden wären wenigstens ein gutes Argument für die Typen in der Tür gewesen, einfach wieder zu verschwinden. Aber ich werde auch ohne Wiese und Schnitzki nicht zulassen, dass sie auf Markus losgehen. Auge hin, Rippe her, als guter Freund muss man in solchen Situationen dazwischengehen. Kann man nur beten, dass die Kerle nicht zu harte Muskeln unter ihren Anzügen verstecken.

In der vagen Hoffnung, dass sich gleich ein ganzes Rudel von Markus-Verteidigern an meine Seite begibt, rapple ich mich auf und stelle mich mitten auf die Frontlinie Markus – Brautentführer. Aber die Entführer rühren sich immer noch nicht von der Stelle. Sie starren weiter von der halbnackten Braut mit der Beule, die neben mir auf dem Boden sitzt, zu Markus, der inzwischen zu schluchzen angefangen hat, und zurück.

»Es war gar nicht René!«

»Näää, das gibts nicht! Es war gar nicht René!«

Und sie schauen wieder die sitzende Braut an. Und die Braut schaut zurück. Und sie hat auch noch etwas beizutragen.

»Espfffffffff war gar nichthihihi René!«

»Scheiße noch mal, es war gar nicht Rehehehené!«

»Typisch Cindy! Kommthihihi auf ne fremde Hochzeit und pffffffffickt erst mal den Bräutigam über den Haufen! Harharhar!«

»Hehehe! Hätt ich mir selbst nicht zugetraut!«

»Ey, du bist viel zu schade für René. Willst du nicht lieber mich heiraten? Pffffff!«

»Hihihi! Immer schön hinten anstellen.«

»Hinten! Pfffff! Sie hat hinten gesagt! Zwinkerzwinker!«

Und schon klar, eigentlich müsste man den dreien jetzt erst einmal dankbar sein, dass sie keine Schlägerei vom Zaun brechen. Aber das ändert natürlich nichts daran, dass die ganze Situation grässlich peinlich ist, und ich mache das, was man in grässlich peinlichen Situationen immer als Erstes tut. Ich schaue weg. Aber das mit dem Wegschauen ist halt so eine Sache. In Wirklichkeit schaut man gar nicht weg, sondern einfach nur woandershin. Und wo genau dieses Woanders ist, ergibt sich eher zufällig, nach dem Motto: »Überall ist es besser als hier.« Und so kommt es, dass ich, ohne es wirklich zu wollen, meinen Wegschaublick ausgerechnet auf Diethart Füllkrug richte, der soeben in der Tür erschienen ist. Und so mächtig sein Körper auch ist, er kann die Polonaiseschlange hinter ihm nicht verbergen. Angesichts von Braut-Cindy & The Entführers könnte man natürlich wieder sagen: von der Traufe in den leichten

Nieselregen, aber im ersten Moment sehe ich eindeutig die schlechte Seite. Wenn man wegschaut, weil man vier Menschen absolut unerträglich findet, ist es nicht schön, wenn man als Nächstes ausgerechnet dem fünftunerträglichsten Menschen ins Gesicht schaut und der auch noch eine ganze Polonaiseschlange im Rücken hat. Und »fünftunerträglichster Mensch« sage ich nicht ohne Grund, denn die Freude über den ganzen Schlamassel, die gerade in Füllkrugs Augen aufflackert, die ist einfach gemein, das kann man nicht anders sagen.

Andererseits hat es auch eine gute Seite, dass ich in dieser Situation meine Aufmerksamkeit auf Füllkrug richte. So merke ich wenigstens, was sich anbahnt, und falle nicht schon wieder in Schockstarre, als es passiert. Es ist nämlich so: Wenn einem unverhofft ein großes Glück in den Schoß fällt, dann will man mit seiner Freude auch nach außen. Gut zu beobachten an Füllkrug. Der dreht seinen Kopf nach hinten und betrachtet sein Gefolge. Die meisten grinsen blöd in sich hinein. Nur im Gesicht des vierten Schlangenglieds von vorne, Tante Otti, findet er ein ähnlich starkes Freudenflackern wie in seinen Augen. Die beiden sehen sich an. Und selten zuvor habe ich das Phänomen des stummen Einverständnisses so gut beobachten können wie bei den beiden in diesem Moment.

Und dann zählt Füllkrug vor.

»Zwo, drei, vier!«

Und sie beginnen zu singen.

Entführerbuam

[Anmerkung des Autors: Entgegen meinen Prinzipien muss ich an dieser Stelle meiner Hauptfigur Tim für einen kurzen Moment das Wort entziehen. Ich tue das, um die Leser zu schützen. Füllkrug und Otti stimmen nämlich ein Lied an, das zu schrecklich ist, um es genau zu beschreiben. Woher das Lied ursprünglich kommt, ist nicht geklärt. Es gibt zwei Theorien: Entweder wurde es im Auftrag einer finsteren Macht von einem Team aus hochkarätigen Terrorspezialisten ersonnen, oder, was ich für wahrscheinlicher halte, es stammt aus der Feder eines verpickelten dreizehnjährigen Jungen, den man mit vorgehaltener Waffe gezwungen hat, einen gereimten Text darüber zu schreiben, wie er sich Sex vorstellt.

Ich möchte über das Lied nur so viel sagen: Es heißt »Lieschen, Lieschen«, und es wird regelmäßig in überfüllten Skihütten nach Liftschluss gespielt, sowie an allen anderen Orten, an denen man Aliens trifft. Sollten Sie zu den glücklichen Menschen zählen, die dieses Lied noch nie gehört haben, sorgen Sie um Gottes willen dafür, dass das auch so bleibt. Sollten Sie zu den anderen gehören, stimmen Sie mir sicher zu. Ich darf Tim auf keinen Fall Raum geben, ausführlicher über »Lieschen, Lieschen« zu berichten. Womöglich würde dieser Schlumpf vollständige Textpassagen zitieren oder gar die Melodie vorsummen.

Belassen wir es also dabei: Füllkrug und Otti fangen

an, »Lieschen, Lieschen« zu singen. Die drei Entführerbuam und Cindy, die betrunkene Braut, singen als Erste mit. Dann steigt die entfesselte Frau von Weckenpitz mit ein und erweist sich als erstaunlich textsicher. Schützengraben-Rigo, Turbo-Erich und Regula Richter lassen auch nicht lange auf sich warten. Nur wenige Sekunden später grölt die gesamte Meute unisono das schreckliche Lied, gegen das »Hier fliegen gleich die Löcher aus dem Käse« eine sanfte Brise an der sommerlichen Ostsee ist.

Mit dieser Schilderung möchte ich wieder an Tim übergeben. Ich hoffe, er ist mir nicht böse.]

Hört mir überhaupt jemand zu? Wie gesagt, ich war der Einzige, der das Unheil hat kommen sehen. Und deswegen bin ich auch der Einzige von uns, der nicht starr vor Schreck und Entsetzen ist. Dass Bülent und Patrick einfach so tun, als würden sie nichts hören, und verzweifelt weiter versuchen, die Musikanlage zu reparieren, überrascht mich nicht. Dass aber jemand wie Henriette schon wieder nur noch kraftlos an der Wand klebt, den Mund stumm auf- und zuklappt und bei jedem von lautem Mitklatschen untermalten Taktschlag zusammenzuckt, schockiert mich. Und diesmal lehnt Jil neben ihr und verhält sich perfekt synchron. Ein einziges Bild des Jammers. Wirklich schwer, sich nicht davon entmutigen zu lassen. Ich sollte lieber wegschauen. Und bloß nicht darüber nachdenken, dass jetzt womöglich alles an mir hängt. Nein, nein, tut es auch gar nicht. Ich bin nur ein Blatt im Wind ...

Ich sehe, dass Putzmann-Kurt nicht mitsingt. Stattdessen geht er auf Linda zu. Und keine Ahnung, ob es Kurts, nun ja, Uniform ist oder das, was er gerade gesagt hat, jedenfalls lässt sie sich lächelnd von ihm an der Hand aus der Meute herauslösen, und sie verschwinden Richtung Terrasse. Na also, ich muss gar nichts tun. Vielleicht wenden sich die anderen Dinge auch von selbst zum Guten, wenn ich einfach warte ...

Doch Janina steht immer noch neben mir. Stumm, aber ich spüre, dass ein Zittern durch ihren Körper geht. Es wird immer stärker. Und noch bevor die erste Strophe des schaurigen Lieds zu Ende gesungen ist, hat das Blatt im Wind einen Entschluss gefasst. Ich nehme sie fest in den Arm. Zusammen mit ihr gehe ich zu Markus hinüber und ziehe ihn von seinem Sitz hoch. Anschließend geleite ich die beiden – zugegebenermaßen etwas unsanft, aber ich finde, es muss schnell gehen – zu Vladimir und seinen Kollegen. Die sind zwar immer noch dabei, mit ihren Riesenpranken den »Lieschen, Lieschen«-Takt mitzuklatschen, scheinen sich dabei aber nicht mehr ganz wohl in ihrer Haut zu fühlen. Vladimir sieht mich an. Hätte er wohl auch nicht gedacht, dass ihm heute noch ein Indianer mit lädiertem rechten Auge ein reichlich zerzaustes Brautpaar entgegenschubsen wird. Und auch wenn der Indianer nicht besonders echt aussieht, eine typisch indianische Eigenschaft verkörpert er perfekt: Er macht nicht viele Worte.

»Vladimir. Brautentführung.«

»Brautentführung?«

»Brautentführung. Sofort. Bräutigam auch.«

Die Russenbären stellen sofort die dämliche Klatscherei ein. Ohne weitere Fragen greifen sie sich Janina und Markus und ziehen mit ihnen los. Man sieht den beiden an, dass sie gerade ganz froh sind, nichts selber machen zu müssen. Und den Russen sieht man die Überzeugung an, nun wirklich das Richtige zu tun. Ich nehme Jil und

Henriette an der Hand, und wir laufen der Gruppe hinterher in Richtung Ausgang. Bevor wir durch die Tür sind, blicke ich über meine Schulter und gebe allen verbliebenen Verzweifelten einen Wink mit dem Kopf, uns zu folgen. Ich sehe Svea aufstehen. Auch die Zieglers und Mitscherlichs erheben sich. Bülent und Patrick lassen endlich die Anlagentrümmer in Ruhe und folgen uns ebenfalls. Und weil es gerade zufällig unbenutzt in der Ecke herumsteht, beschließe ich, dass auch noch das Schwert mitkommt. Ein Indianer mit auf dem Rücken festgenähtem Köcher und Leopardenfell-Lendenschurz sollte wenigstens irgendwas mit auf die Reise nehmen, das ihn stärker macht, denke ich mir, während ich zur Tür schlurfe.

Make love, not war

Erst als wir den Parkplatz erreicht haben, fällt mir ein, dass mein Zündschlüssel noch im Hochzeitszimmer liegt. Was für eine Pleite. Wir sind – kurz durchzählen – stolze 18 Leute. In den Admiral würden wir locker sieben reinkriegen. Dazu sechs in den Hochzeitsporsche und fünf in den Blumengolf der Zieglers. Dann muss ich wohl noch mal hoch. Schön blöd. Erstens passiert bestimmt wieder irgendwas Schreckliches, während ich weg bin, zweitens fürchte ich mich vor dem grässlichen Lied, das die da drin bestimmt immer noch rumgrölen. Aber hilft ja nichts. Wir müssen sehen, dass wir hier wegkommen ...

Nanu? Der Admiral scheint der gleichen Meinung zu sein. Ich muss zweimal hinsehen, aber es stimmt wirklich: Sein Hinterteil wackelt unruhig in der Parklücke hin und her. Bilde ich mir das nur ein? Sosehr ich an eine innige Seelenverbindung zwischen meinem Wagen und mir glaube, er kann doch nicht wissen, in was für einer Lage wir stecken. Oder ist heute alles möglich?

Die Blicke der anderen kleben ebenfalls am Admiralsheck fest. Es liegt also nicht an meinem Alkoholpegel. Ich breite meine Arme aus und bedeute der Gruppe, hinter mich zurückzutreten. Langsam, Schritt für Schritt, nähere ich mich meinem geliebten blauen Schiff, das Schwert fest mit der rechten Hand gepackt. Es gibt Stephen-King-Bücher mit Autos. Ich erinnere mich dunkel, dass sie da ein Eigenleben entwickeln oder von irgendwelchen dunklen Mächten beherrscht werden. Aber das sind nur Bücher, beruhige ich mich. Nur Stephen King.

Noch wenige Meter. Was auch immer mit meinem Wagen ist, gleich werde ich es wissen.

Und einen Moment später weiß ich es. Zuerst falle ich vor Schreck fast rückwärts um. Dann halte ich es für eine Vision. Aber je länger ich darüber nachdenke, umso mehr ergibt das alles Sinn. Auch wenn es noch so lange her ist ... Ich drehe mich um und gehe zurück zu meiner wartenden Flüchtlingsgruppe. Siebzehn Augenpaare wollen Antworten von mir.

»Tut mir leid, wir können den Admiral nicht nehmen.«

»Warum denn nicht, Tim?«

»Weil heute alles möglich ist.«

»Hä?«

»Schaut selbst, wenn ihr wollt. Aber pssst!«

Ich weise mit dem Schwert auf den Wagen. Und während sich nun auch die anderen leise an dessen große Fenster heranschleichen und gleich sehen werden, wie Wiese und Schnitzki sich auf dem Rücksitz gegenseitig ihre zutiefst schwulen Seelen aus dem Leib vögeln, setze ich mich auf die nächste Motorhaube. Wenn ich Raucher wäre, würde ich jetzt bestimmt erst einmal eine rauchen. Ich sollte morgen einen »Make love, not war«-Aufkleber an dem Admiralsheck anbringen, geht mir durch den Kopf. Aber vielleicht sollte ich auch einfach nur das Türschloss in Ordnung bringen lassen.

Es dauert etwas, bis auch der Letzte aus meiner Gruppe kopfschüttelnd zurückgekommen ist. Ich habe die Zeit genutzt und mir eine neue Auto-Aufteilung ausgedacht. Wir haben ja noch Sveas alten Audi, ist mir eingefallen. Und im Gegensatz zu mir hat sie ihren Zündschlüssel sogar in ihrer Tasche. Nur fahren kann sie eindeutig nicht mehr. Macht aber nichts, die Eltern Mitscherlich und Namida Ziegler können noch Lenkradverantwortung übernehmen. Ich will gerade damit beginnen, den Rest der Bagage auf sinnvolle Weise auf die Wagen zu verteilen, und habe bereits mein Schwert als Zeigestock in die Luft gehoben, als schon wieder das passiert, was an diesem Tag schon so oft passiert ist: nämlich das Schlimmste, was man sich in einem Moment überhaupt nur vorstellen kann.

Zuerst hören wir, wie die Schlosstür aufkracht. Dann hören wir von weitem das schreckliche Lied. Dann sehen wir, wie Füllkrugs grölende Polonaiseschlange direkt auf uns zukommt. Henriette kreischt auf. Uns bleiben nur wenige Sekunden für eine ungeordnete Flucht. Ich greife mir jeden, den ich am Schlafittchen kriegen kann, und stopfe ihn in irgendein Auto. Die Russen springen mutig in den Anhänger. Leider folgen schreckliche Mitgröl-Lieder wie »Lieschen, Lieschen« meist einem altbekannten Schema: Gegen Ende wird der Refrain immer schneller gesungen, so lange, bis alle durcheinanderpurzeln. Und genau in dieser Immerschneller-sing-Phase sind Füllkrug und sein Grölverein gerade. Und so kommt es, dass sich die stur im Takt marschierende Polonaiseschlange vor unseren Augen in einen tückischen Rennwurm verwandelt. Eins, zwei, drei sind sie bei uns auf dem Parkplatz angekommen, bevor wir auch nur eine unserer vollgestopften Rettungsarchen starten konnten.

»Ja, da sind se ja, unsere junge Leute!«
»Ja, da sind wir ja, Diethart.«

»Darf mer fragen, wo ihr hinwollt, Häuptling blaues Auge?«

»Och, das wissen wir selbst noch nicht so genau.«

»Ja, aber da kommen mer doch mit! Ihr sagt, wo et langgeht, und mer mache de Stimmung! In die Autos, Kinder!«

Und, ganz ehrlich, in diesem Moment wäre es mir sogar lieber gewesen, sie hätten wieder angefangen, das schreckliche Lied zu grölen, meinetwegen sogar mit Verstärkerturm und Techno-Beat. Aber nein, alles hört auf Füllkrugs Kommando. Sie holen ihre Schlüssel raus und schlüpfen wieselflink in ihre Autos, egal, wie betrunken sie sind. Sogar Frau von Weckenpitz lässt Herrn Unzicker den alten Mercedes aus der Garage holen.

Aber meine Rettungsarchenpiloten sind zum Glück auf Zack. Namida Ziegler handelt als Erste. Arche eins alias Hippiegolf prescht aus der Parklücke, dass uns der Kies nur so um die Ohren fliegt. Arche zwei, der Hochzeitsporsche samt Anhänger, folgt dem Beispiel. Margitta Mitscherlich rangiert das Gespann so souverän durch die enge Gasse, als hätte es nie Bücher mit »Warum Frauen schlecht einparken« im Titel gegeben. Und im gleichen Moment startet im hinteren Teil des Parkplatzes auch Rettungsarche drei, Sveas alter Audi mit Torsten Mitscherlich am Steuer.

»Tim! Schnell hier rein!«

Ohne lange nachzudenken, stecke ich das Schwert in meinen Pfeilköcher und hechte durch die geöffnete Tür in den Blumengolf. Namida Ziegler hetzt das Gefährt mit heulendem Motor in Richtung Ausfahrt. Hinter uns tritt Margitta Mitscherlich das Porsche-Gaspedal dermaßen durch, dass die Antriebsschlupfregelung vor Schreck in Ohnmacht fällt. Und ich sehe durch die

Heckscheibe, dass Sveas Audi direkt hinter dem Anhänger klebt. Haben wir es etwa geschafft?

Nein. So perfekt der Blitzstart der drei Archen auch gelungen ist, es war umsonst. Hinter dem Audi fädeln sich bereits die ersten Wagen aus Füllkrugs Spaßkolonne ein. Alles neuere Modelle aus der soliden Mittelklasse. Wir können ihnen nicht entkommen.

Ich lasse meinen Kopf sinken, während wir die Toreinfahrt passieren. Jetzt erst merke ich, dass ich auf Janinas und Markus' Schoß liege. Wenn ich nun einfach aussteige und mich Füllkrugs Konvoi des Todes in den Weg werfe? Vielleicht könnte ich sie lange genug aufhalten, dass die anderen doch noch fliehen können? Einen Versuch wäre es wert.

Doch dann. Fiese Geräusche hinter uns. Ein Motor heult in Todespein auf, und Reifen schrappen über den Kies. Ich ziehe mich an Roberts Schultern hoch und starre durch die Heckscheibe. Sveas Audi schleudert über den Parkplatzkies, als säße Walter Röhrl am Steuer. Schlamm und Steine spritzen hoch. Und so fies die Geräusche auch sein mögen, der Schleuderkurs, den der Wagen hinlegt, ist genial. Elegant, fast wie ein Tanz. Wie von einer unsichtbaren gütigen Hand gesteuert, dreht sich der alte Gaul ein paarmal um sich selbst und zwingt die Autos hinter sich zu bremsen. Und dann der krönende Abschluss: Die Schleuderfahrt endet exakt in der Ausfahrt. Der Wagen steht quer. Zwischen die Stoßstangen und die mächtigen steinernen Torpfeiler passt kaum noch ein Blatt. Es ist, als wäre Sveas Wagen vor zwanzig Jahren eigens dafür gebaut worden, am 21.7.2012 kurz nach Einbruch der Dunkelheit die Ausfahrt von Schloss Walchenau zu blockieren. Markus' Vater ist ein Held.

Aus den beiden der Straße zugewandten Türen des

Audis quellen Henriette, Svea und Bülent hervor. Blumengolf und Porsche werden von Namida und Margitta auf Schritttempo gedrosselt. Die drei Audi-Flüchtlinge springen zu den Russen in den Anhänger. So weit, so gut. Aber was macht Torsten Mitscherlich? ... Da steht er ja. Mist! Er ist auf der Schlossseite ausgestiegen. Hat der Kerl den Verstand verloren? Er schaut seinem alten Freund Füllkrug in die Augen, der ebenfalls aus seinem Auto ausgestiegen ist und auf ihn zukommt. Ich höre seine Stimme.

»Da stehen wir aber akkurat em Halteverbot, Torsten.«

»Ach komm, Diethart, wir gehen zurück. Die fahren nur kurz in den Wald. Was wollen wir da?«

»Na gut, wenn dä Torsten dat sagt, dann ist dat so, Kinder.«

Warum tut Herr Mitscherlich das? Warum lässt er die Irren nicht allein? Ich sehe, wie die Leute aus den anderen Autos wieder aussteigen. Ich sehe, wie sich die Schlange des Todes neu formiert. Und ich sehe, wie Markus' Vater sich einreiht. Füllkrug, Otti und Frau von Weckenpitz zählen vor.

»Zwo, drei, vier.«

»Herr Mitscherlich! Nein!«

Das war Henriette. Auch die anderen strecken ihre Köpfe aus den Fenstern.

»Das muss doch nicht sein!«

»Kommen Sie!«

»Sie können es noch schaffen!«

Zwecklos. Er ist wild entschlossen, sich zu opfern. Ist es das schlechte Gewissen? Weil er Füllkrug eingeladen hat? Oder weil er den Pfarrer gewürgt hat? Er schaut ein letztes Mal zu uns herüber und macht ein filmreifes

»Lasst mich hier liegen«-Gesicht. »Lieschen, Lieschen« wird angestimmt, und die Schlange marschiert im Takt los. Keiner von uns will sich das grausame Spiel wirklich ansehen, aber wir können den Blick nicht abwenden.

Dann geht alles sehr schnell. Ich sehe, wie eine schlanke, wieselflinke Gestalt vom Schloss her auf uns zugeschossen kommt. Sie umkurvt geschickt die Autos, lässt die Polonaiseschlange links liegen und setzt mit einem gewaltigen Sprung über die Audi-Motorhaube hinweg. Sinja! Zuerst krampft sich alles in mir zusammen, aber dann sehe ich, dass sie kein Brautkleid mehr trägt, sondern ihre Klamotten von vorher. Durchatmen.

»Rotschopf! Bleib bei uns! Schöne Mädchen wie dich könne mer nit fottlasse!«

Denkste, Füllkrug. Aber wohin mit Sinja? Der Anhänger ist mit den Russen plus Svea, Henriette und Bülent mehr als voll ... Sie rennt ganz nach vorne und reißt die Fahrertür unseres Blumengolfs auf.

»Lass mich fahren, Namida! Ich weiß, wo wir hinmüssen!«

Allerhand.

»Echt jetzt! Ich habe Venus-Konvolutströmungen gespürt! So stark wie noch nie! Sie bestimmen unser Ziel!«

Tja. Und der Zufall will es nun mal, dass mit Namida Ziegler gerade die einzige Frau im gesamten Kreis Salzminden am Steuer sitzt, die man mit dieser Argumentation restlos überzeugen kann. Ohne ein weiteres Wort räumt sie den Fahrersitz und nimmt auf dem Schoß ihres Mannes Platz. Sinja packt das Lenkrad und beschleunigt so ruckelig, wie es nur ein Teenager kann, der bisher ausschließlich auf leeren Parkplätzen gefahren ist.

Ich sehe die Münder des Brautpaars auf- und zuklappen und merke im nächsten Moment, dass mein Mund das Gleiche tut. Wo zum Teufel fährt uns dieses Mädchen hin? Ich seufze, lasse endlich Roberts Schultern los und quetsche mich neben Janina in den äußersten Winkel der Rückbank. Und weil es nichts anderes zu tun gibt, zähle ich noch einmal durch. Ja, alles gut. Wir haben wirklich nur *eine* Braut dabei. Die Zahlenmystik ist also schon mal auf unserer Seite. Und die eine Braut, die wir dabeihaben, ist sogar die richtige. Nach dem, was wir heute durchlebt haben, durchaus nicht selbstverständlich. Ein guter Anfang.

Ich kurbele mein Fenster herunter. Die Luft duftet unverschämt gut. So etwas gibt es nur nach einem Jahrhundertregen wie dem, den wir gerade hatten. Der laue Fahrtwind spielt friedlich mit den roten Fransen an meiner Indianerjacke. Und auch wenn Beule, geprellte Rippe und blaues Auge mir zu schaffen machen und ich keine Ahnung habe, wo wir hinfahren, ich halte mich daran fest: Es ist wenigstens ein guter Anfang.

Teil 3

...

HÖREN, SEHEN, LACHEN
UND ALLES

Die wichtigste Frage ist immer noch: »Wo, zur Hölle, fahren wir eigentlich hin?« Aber auch wenn diese Frage wirklich bedeutend ist, ich darf nicht zulassen, dass sie meine anderen Gedanken verdrängt, die auch ein bisschen wichtig sind. Zum Beispiel, wie wir Markus dazu bekommen, sich endlich mal wieder einzukriegen. Er ist immer noch völlig von seiner ungewollten Bettnummer mit Cindy traumatisiert. Je länger wir fahren, umso lauter schluchzt er vor sich hin, von wegen er sei es gar nicht mehr wert, neben Janina zu sitzen und so weiter. Außerdem ist es schon irgendwie blöd, dass sich unser Brautpaar in der Panik ausgerechnet hier in den Hippie-Golf geflüchtet hat. Vor allem Janina sollte nach dem ganzen Unheil jetzt nicht auch noch in diesem Wagen sitzen, den ihre Eltern damals bei der Acker-und-Schlammhochzeit dabeihatten, böse Erinnerung und alles. Außerdem macht mir Sorgen, ob Füllkrugs Truppe des Todes nicht doch noch unsere Verfolgung aufnimmt. Wenn sie sich anstrengen würden, könnten sie Sveas Audi aus der Einfahrt wegtragen, und die Autokolonne hätte wieder freie Fahrt. Wenn wir sichergehen wollen, sollten wir so schnell wie möglich von der Hauptstraße runter.

Rechter Hand beginnt der Walchenauer Forst. Am besten wäre, wir würden einfach in den erstbesten Waldweg einbiegen. Aber wir sind ja dazu verdammt, Sinjas Venus-Dingensströmungen zu folgen. Doch sieh an, die Strömungen denken anscheinend wie ich. Sinja bremst scharf und biegt tatsächlich in den erstbesten Waldweg ein. Venus, so viel Grips hätte ich dir gar nicht zugetraut.

Ich rufe: »Licht aus!« Sinja reagiert sofort. Margitta im Porsche hinter uns ebenfalls. Gut. Wäre wirklich zu blöd, wenn wir nur wegen der Schweinwerfer von der Füllkrug-Meute im Wald aufgestöbert würden. So ist es natürlich ganz schön finster hier, aber weil der Himmel inzwischen wolkenklar ist und uns ein satter Dreiviertelmond von oben beleuchtet, kann man den Weg gerade so eben noch erkennen. Ich halte wieder meine Nase in den Wind. Toller Duft, so ein Wald kurz nach dem Regen. Die Strecke ist natürlich rumpelig, und die Golfstoßdämpfer, na ja. Mit würdevoller Indianerhaltung geht im Moment gar nichts. Mein Kopf wird hin und her geworfen wie ein Flummi in einem Hamsterrad. Wenn man nicht versucht, dagegen anzuarbeiten, ist das aber gar nicht so übel. Man denkt weniger. Hoffe nur, keinem wird schlecht. Ein vollgekotztes Brautkleid wäre das Letzte, was wi... Aua!

Mein Flummikopf ist mit voller Wucht gegen die Kopfstütze vor mir geprallt. Janinas und Markus' Köpfen ergeht es zum Glück besser, denn die beiden sind brav angeschnallt. Ich höre, wie Sinja Gas gibt und die Reifen durchdrehen. War ja klar, nach so einem Mörderregen bleibt man auf einem Waldweg gerne mal stecken. Da haben ihre Venusströmungen wohl nicht dran gedacht.

»Gut. Wir sind da. Steigt aus.«

Ach ja? So kann man »Wir haben uns mitten im Wald festgefahren und kommen weder vor noch zurück« natürlich auch umschreiben. Ein Glück, dass Margitta nicht mit dem Porsche hinten auf uns draufgeknallt ist.

Aber das ist im Moment auch so ziemlich das einzige Glück, das ich feststellen kann. Also dann, raus aus der Kiste ... AUA!

Schon wieder Schmerzen. Dieser dämliche Ast ragt in die Gegend und hat nichts Besseres zu tun, als mir genau auf meine schlimme Rippe zu pieken. Und ich habe mich vor Schreck natürlich gleich mal hingesetzt. Mitten in den Schlamm. Jetzt reichts mir. Ich stehe auf, reiße das Schwert aus meinem Köcher und schlage den Ast ab. Nein, ich schlage ihn nicht ab. Dieses Drecksschwert ist total stumpf. Ich dresche noch ein paarmal mit aller Kraft zu. Zwecklos. Ich schleudere das Scheißding mit einem Wutschrei so weit ich kann von mir und falle dabei gleich noch einmal hin. Na toll. Ich will nach Hause. Jetzt sofort.

Ein paar andere sind ebenfalls aus den Rettungsarchen hervorgeklettert und äugen herum. Wenigstens war es nicht meine Idee, uns hierhin zu fahren. Mal sehen, wie Sinja das jetzt noch retten will, denke ich mir und wische meine verschlammten Hände am nächsten Baumstamm ab.

Schlamm.

Hippiehochzeit.

Okay, Sinja. Du und deine blöde Venus, ihr habt wirklich nicht euren besten Tag heute. Wahrscheinlich wollte uns der fliegende Brautstrauß genau das sagen: »Schaut her, dieses Mädchen wird am Ende alles ruinieren!« *Unschuldig* ist sie jetzt jedenfalls nicht mehr, denke ich mir bitter. Aber egal. Janina und Markus müssen einfach sofort hier weg.

»Hört her! Ich ...«

Keiner beachtet mich. Ist auch kein Wunder. Warum sollte man einen Indianer beachten, der abseits vom Geschehen im Schlamm rumsteht und seine Worte herauspresst, statt sie zu rufen, weil ihm seine verflixte Rippe weh tut. Mein gescheitertes Hochzeitsrettungsteam sitzt auf einem Haufen Baumstämme am Wegesrand und wartet erst einmal ab. Ich sehe, wie Nashashuk Ziegler in aller Seelenruhe zusammen mit der neugierigen Sinja im Kofferraum nachschaut, ob das Feuerwerk alles gut überstanden hat. Namida und Margitta diskutieren derweil, in welche Richtung man den Golf am besten aus dem Schlammloch herauskriegt. Die Russen stehen daneben, bereit zuzupacken, sobald ein Entschluss gefasst wird.

Janina und Markus sind noch im Wagen. Gut so. Da bleibt ihnen wenigstens jede Berührung mit dem Schlamm erspart. Aber es ändert nichts daran, dass Markus immer noch völlig von der Rolle ist. Janina und die hinzugekommene Svea versuchen ihn mit Engelszungen zu beruhigen. Ich schaue mich weiter um. Wir stehen am Rand einer kleinen Lichtung und können durch den kreisrunden Ausschnitt im Blätterdach direkt in den Mond schauen. Hat was, muss man zugeben. Trotzdem, Schlamm bleibt Schlamm.

Ich schlurfe zu den Baumstämmen. Jil, Henriette, Patrick und Bülent haben sich immer noch nicht bewegt.

»Ich bin zwar nur ein Depp in einem Indianerkostüm, aber darf ich zum letzten Mal für heute einen Vorschlag machen? Schritt eins: Wir koppeln den Anhänger vom Porsche ab. Schritt zwei: Wir tragen Janina und Markus in den Porsche. Schritt drei: Einer von uns fährt die beiden so schnell wie möglich nach Salzminden in ihr kuscheliges Heim. Die anderen machen derweil den Golf wieder flott. Schritt vier: Der Porschefahrer kommt zurück und die übrigen werden auch nach Hause gebracht.«

»Hm.«

»Was heißt hier ›hm‹, Henriette? Das ist die einzig sinnvolle Lösung. Schon mal auf den Boden geschaut? Schlamm. Hallo? Schla-hamm!«

»Ja, ja, schon klar, Schlamm. Aber ...«

»Kein Aber.«

»Doch aber! Und wie aber!«

Das war Jil. Sie hat ein wenig geweint. Und jetzt ist sie richtig sauer. Nicht zu überhören.

»Ihr könnt die beiden doch nicht einfach nach Hause fahren und alleine lassen! Gerade jetzt müsst ihr für sie da sein. Die Feier braucht einen schönen Schluss. Sie müssen den ganzen Mist wenigstens ein bisschen vergessen können, geht das nicht in deinen Kopf, Tim?«

Verdammt, Jil, du weißt nicht, was ich weiß. Alles, was die beiden brauchen, ist Zeit zum Reden. Die Rechnung, die ich im Stillen für mich aufgestellt habe, ist zwar ziemlich krude, aber sie wird aufgehen: Janina wird dem völlig aufgelösten Markus anvertrauen, dass sie ebenfalls etwas auf dem Kerbholz hat. Und ihre Paderborn-Beichte wird Markus helfen, sich wegen der Cindy-Nummer nicht mehr so schuldig zu fühlen und sich wieder einzukriegen. Die beiden verzeihen sich gegenseitig, und alles wird gut. Aber all das kann ich euch nicht verraten, weil die Paderborn-Affäre nur Janina und ... Aber Jil gibt keine Ruhe.

»Es ist gerade mal zehn Uhr! Wir *müssen* noch irgendwas Schönes zusammen machen! Wir schieben jetzt den Golf aus dem Schlamm und fahren los. Irgendwohin, wo wir noch mal ganz unter uns feiern können. Und so, dass es wirklich schön für Janina und Markus ist. Was sagst du, Henriette?«

Bitte nicht! Jede Minute, die wir die beiden zwingen,

weiter zu feiern, verlängert ihre Qualen. Ich muss Jil davon abbringen. Ich ... Oha. Ein lautes, scharfes Zischen beißt sich hinterrücks in unsere Ohren. Wir drehen uns um. Eine von Nashashuks Raketen steigt empor und bleibt hoch über unseren Köpfen in einem Ast hängen. Dort faucht sie noch eine Weile wütend in die Gegend, lässt am Ende aber gnädig einen funkelnden Sternenregen über uns herabsinken. Ein wunderbares Schauspiel, und die Schützen Nashashuk und Sinja kichern dazu.

Wäre zu schön, Jil würde darüber ihren Plan vergessen, aber das brauche ich gar nicht erst zu hoffen. Zum Glück schlägt sich Henriette auf meine Seite.

»Mal ehrlich, Jil, wo sollen wir jetzt noch feiern gehen? Hier gibt es nichts.«

»Ganz einfach: Wir fahren in unser gutes altes Maribu-Hotel Gillingsberg.«

Das ist doch Wahnsinn, Jil. Ich will es aussprechen, beiße mir aber im letzten Moment auf die Zunge, weil ich hoffe, dass Henriette es übernimmt.

»Das ist doch Wahnsinn, Jil.«

Na also ...

Nein, halt! Sie hat das »Das ist doch Wahnsinn, Jil« nicht so ausgesprochen, wie ich es mir vorgestellt habe. Es klang nicht ablehnend. Es klang vielmehr ... bewundernd. Oh Gott! Es ist zwar dunkel, aber ich habe das Funkeln in Henriettes Augen gesehen. Ein wahnsinniges Funkeln.

Die nächste Rakete zischt hoch. Nashashuk und Sinja sind mit der Feuerwerkskiste ein paar Schritte auf die Lichtung gegangen, so dass keine Zweige mehr im Weg sind. Hoch am Himmel fängt die Rakete auf einmal an, auf einem irren Zickzackkurs umherzuschießen, wie ein Weltraumhuhn auf Speed. Sie hinterlässt einen hell leuchtenden Streifen, der sich allmählich zu einem riesigen Zackenknäuel verdichtet. Wow, wirklich. Leider scheint der irre Kurs der Rakete Jil und Henriette in ihren irren Ideen nur noch mehr anzustacheln.

»Du meinst doch nicht etwa den Herzog-Albrecht-Saal, Jil?«

»Doch, genau den!«

»Aber da ist doch schon alles für die Hochzeit morgen vorbereitet!«

»Eben!«

»Das ist verrückt!«

»Genau. Das ist total durchgeknallt!«

»Wir werden gekündigt!«

»Na, hoffentlich!«

»Scheiße, du hast recht, Jil! Wir fahren ins Maribu!«

»Hast du den Generalschlüssel dabei?«

»Ja!«

Die dritte Rakete. Das Ding steigt hoch und höher und beginnt schließlich, mit seiner Leuchtspur eine riesige Spirale in die Luft zu zeichnen. Die beiden Zündelmeister jagen noch gleich zwei weitere Geschosse hinterher. Sekunden später haben wir drei riesige Spiralen am Himmel. Sie verschränken sich. Es sieht so wunderschön aus, dass wir »Aaah!« machen. Janina, Svea und Markus steigen nun doch aus dem Auto. Und Janina steht sofort bis zu den Knöcheln im Schlamm. Von ihren weißen Brautschuhen ist nichts mehr zu sehen.

Henriette und Jil kriegen das aber alles nicht so richtig mit. Ihre bescheuerte Idee hat sie in Trance versetzt.

»Yes, wir fahren ins Maribu!«

»Scheiße noch mal, ja, los geht's!«

Es reicht.

»Also, ihr beiden, jetzt kommt endlich runter! Ihr seid einfach total besoffen und ...«

Die nächsten Raketen zischen. Ich zwinge mich, nicht hochzusehen, auch wenn die anderen noch so sehr »Aaah!« und »Oooh!« machen. Ich muss Jil und Henriette von ihren blöden Plänen abbringen.

»... und ja, wie gesagt, ihr seid total besoffen und wisst doch gar nicht mehr, was ihr tut. Wollt ihr wirklich wegen einer Suffidee eure Jobs verlieren?«

»Ja, wollen wir!«

»Wird sowieso höchste Zeit!«

»Das ist der perfekt Abend dafür!«

»Ich freu mich schon richtig!«

Dass die beiden gekündigt werden könnten, ist natürlich gar nicht mein Hauptproblem. Mein Hauptproblem ist und bleibt, dass Janina und Markus jetzt keinen noch so schönen Abschluss brauchen, sondern einfach Zeit zum Beichten und Reden. Und dass sie deswegen möglichst schnell nach Hause geschafft werden müssen. Und am entgegengesetzten Ende meines Kopfs meldet sich noch ein zweites Hauptproblem: Wenn ich durchsetze, dass Janina und Markus nach Hause fahren, statt mit großem Hallo das Maribu-Hotel zu entern, hasst Jil mich endgültig. Klar, ich würde schon wieder ihre Idee kaputtmachen. Wenn ich nur nicht so gut wüsste, dass meine Idee diesmal wirklich besser ist. Und wenn ich nur verraten könnte, warum. Aber es bleibt dabei, Janinas Paderborn-Fehltritt geht keinen etwas an. Ich stecke gerade im übelsten Dilemma seit Humphrey Bogart in der Schlussszene von »Casablanca«.

Und es gibt keine Hoffnung. Die beiden Damen neben mir schauen sich weiter gegenseitig an wie Bonnie und Clyde beim Planen eines gigantischen Raubzugs. Das

Funkeln in ihren Augen wird immer wilder. Es wäre so einfach für mich. Ich müsste nur »Juchu! Auf ins Maribu!« schreien. Aber ich kann nicht. Wenn Janinas und Markus' Liebe einen Sprung kriegt, nur weil wir ihnen im wichtigsten Moment ihres Lebens keine Zeit gegeben haben, miteinander zu reden, würde ich mir das für immer vorwerfen. Die Würfel sind gefallen. Seufzend lege ich mir meine Worte zurecht. Wenn schon auf Jil verzichten, dann mit Größe. So wie Bogart. Oder wenigstens so ähnlich. Ich werde mich an die Schlussszene von Casablanca halten.

Jil, wenn dieser Wagen nicht gleich nach Salzminden abhebt und Markus und Janina nicht an Bord sind, werden wir es bereuen. Vielleicht nicht jetzt, vielleicht nicht morgen, aber eines Tages ... Mist, passt nicht wirklich. Was kam danach? Ach ja: *Uns bleibt immer Paris ...* Nein, auch nicht. Jil und mir bleibt nicht Paris, uns bleiben nur ein paar Minuten auf dem Flur des Salzmindener Standesamts. Nicht so wichtig. Jetzt kommt nämlich die Superhammerpassage: *Jil, die Probleme von zwei kleinen Menschen, die sich gerade zufällig verliebt haben, sind im Vergleich zum großen Glück von Janina und Markus kaum mehr als*, hm, wie war das noch mal im Film? *Ein Häuflein Bohnen?* Mist, ich kenne nur die englische Version. *A hill of beans*, doch, das hat er gesagt ... Taugt schon wieder nichts, aber egal, ich komme zum entscheidenden Punkt: *Ich seh dir in die Augen, Kleines ...* auch wenn das vielleicht ein bisschen dick aufgetragen ist. Nein, ich muss das alles ganz anders aufziehen ...

»Aaaaaaaah!«

Nashashuk und Sinja tragen gerade auch ganz schön dick auf mit ihrem Feuerwerk. Selbst Markus hat mit dem Schluchzen aufgehört. Findet er das Feuerwerk auch so schön, oder hat er Angst? Sehe ich da ein leichtes Zittern? Egal. Jetzt. Jetzt, oder nie. Ich richte mich zu voller Größe auf und sage in einem Ton, der so miesepetrig ist, dass er selbst Diethart Füllkrug für drei Sekunden die Feierstimmung ausgetrieben hätte: »Hört mal zu, ihr beiden, das mit dem Hotel ist totaler Quatsch. Markus und Janina müssen nach Hause. Alleine. Ich entscheide das jetzt einfach.«

»Du bist ein totaler Schisser, Tim! Hat dir das eigentlich schon mal einer gesagt?«

Jedes Wort von Jil schneidet mir ins Herz wie ein frisch geschliffenes Hundert-Euro-Küchenmesser. Jetzt fange ich doch an, Bogart zu beneiden. Den hat Ingrid Bergman, wenigstens mit Sehnsuchtstränen in den Augen verabschiedet.

»Nein, Jil, Tim ist kein Schisser. Denk lieber daran, was der heute schon alles durchgemacht hat. Und Tim, du wirst sehen, das wird großartig im Maribu! Du kriegst einen schönen Platz auf der Couch. Eisbeutel für deine Wehwehchen haben wir auch da.«

»Dann rufst du jetzt die Leute zusammen, Henriette?«

»Ja.«

Nein! Völlig falscher Film! Das ist ja, als wäre Ingrid Bergman, mit Major Strasser ins Flugzeug gestiegen, und Bogart würde zusammen mit Victor László hinterherwinken und dazu »Muss i denn zum Städele hinaus« singen. Was kann ich machen? Wenn ich nur nicht ...

»Oooooooooooh!«

»Alle mal herhören, Jil und ich laden euch herzl...«

»Aaaaaaaaaaaaaaaaaaaaaaah!«

Wie lange werden Nashashuk und Sinja die Leute mit ihren Raketen noch so in den Bann ziehen können, dass sie nicht auf die beiden durchgeknallten Gören hören?

Ich schiele zur Lichtung und versuche zu schätzen, wie viel Munition noch in der Kiste ist. Aber selbst wenn es noch für etliche Minuten reicht, was bringt uns das? Jil und Henriette warten wie zwei gierige Hyänen auf den richtigen Moment. So wie Füllkrug und Otti vorhin mit dem Bananentanz.

Doch heute ist wirklich ein besonderer Tag. Und weil das so ist, geschieht nun schon wieder ein Wunder. Diesmal kein Auto, das über den Schotter schleudert und die Ausfahrt blockiert. Nein, was viel Feineres, viel Angenehmeres. Vladimir und seine Freunde sind ergriffen von dem wunderbaren Feuerwerk und fangen an zu singen. Natürlich hat an diesem Tag schon ein paarmal jemand angefangen zu singen. Und bisher wurde jedes Mal, wenn einer angefangen hat zu singen, alles noch schlimmer. Aber was die Russen anstimmen, hat nichts mit »Hier fliegen gleich die Löcher aus dem Käse« oder gar »Lieschen, Lieschen« zu tun. Es ist genau das andere Ende der Skala. Wenn »Lieschen, Lieschen« das Lied ist, das man in der Eingangshalle der Hölle spielt, dann ist das Lied der Russen das, das man in dem Moment hört, wenn Petrus einen durchgewunken hat. Nie hätte ich gedacht, dass diese grobschlächtigen Kerle solches Gold in den Kehlen haben. Man kann es nicht beschreiben, man muss es gehört haben. Jedenfalls, wenn die Leute schon von Nashashuks Feuerwerk hin und weg waren, dann sind sie jetzt hin, weg, aus, vorbei und völlig vorüber, so schön ist das alles. Kein Mensch hört mehr auf Jil und Henriette. Und selbst wenn, es wäre egal, denn die beiden sagen nun auch gar nichts mehr. Alle sind aufgestanden und hören und gucken. Stumm und ergriffen.

Immer wenn eine neue Rakete startet, werden wir in Licht getaucht. Und mit jeder Lichtflut zeigt sich eine

Momentaufnahme der Ereignisse rund um mich herum. Und auch wenn ich gerade noch recht verzweifelt war, schöpfe ich nun mit jeder neuen Momentaufnahme mehr Hoffnung. Ich sehe, wie Janina den zerzausten, zitternden Markus am Ärmel zieht. Sie waten durch den Schlamm auf die Lichtung. Dann ist es wieder dunkel. Der Russengesang schwillt an. Sie halten einen endlos langen Akkord und gehen dann nahtlos in eine wunderbare Melodie über, als hätten sie seit Kindertagen nichts anderes getan, als miteinander zu singen. Jil und Henriette bleiben weiter stumm, wie alle anderen auch. Nur von etwas weiter weg höre ich, dass Janina leise mit Markus spricht. Die Paderborn-Beichte! Mein Herz fängt an zu hüpfen.

Als die nächste Rakete hochsteigt, halten die Russen wieder mit ihrem unendlich scheinenden Atem ihren Akkord. Erst als das Geschoss hoch am Himmel zerplatzt und Dutzende sich blitzschnell drehender Spiralen aussendet, die wie ein Schwarm kleiner leuchtender Ufos langsam auf die Erde niedersinken, nehmen sie den Melodiefaden wieder auf. Kein Filmkomponist hätte die Szene besser vertonen können. Im Lichtschein sehe ich wieder Janina und Markus, die sich inzwischen noch weiter von uns entfernt haben. Weder die Dunkelheit noch der Schlamm kümmern sie. Janina hat Markus den Arm um die Hüfte gelegt und redet immer noch mit ihm. Sie sehen sich beim Gehen an. Ich höre keine Worte, aber die beiden bewegen sich nicht nur vorwärts, in ihnen bewegt sich auch etwas. So was sieht man bei guten Freunden, selbst wenn sie weit weg stehen und nur für ein paar Sekunden von Nashashuks Feuerzauber beleuchtet werden.

Die fliegenden Spiralen sind nun ausgebrannt, und

die Russen singen wieder in die Dunkelheit hinein. Wir warten und lauschen. Ich lehne mich an einen Baum. Wie ein alter Waldindianer. Und einfach nur für immer als einsamer Waldindianer in seinem friedlichen Wald herumzustehen und in Ruhe gelassen zu werden, kommt mir im Moment wie ein sehr erstrebenswertes Ziel vor, keine Ahnung warum. Vielleicht, weil ich gerade den mächtigen Schattenriss von Patrick neben Jil auftauchen sehe. Halten die beiden etwa Händchen? Bei dem Gesang kann man doch gar nicht anders, als Händchen zu halten. Aber ist schon okay, wirklich.

Ich höre sie flüstern.

»Weißt du, was ›Nashashuk‹ auf Indianisch bedeutet, Jil?«

Wieder das scharfe Zischen. Mehrfach. Drei Raketen sausen gleichzeitig empor.

»Nashashuk? Nein, keine Ahnung.«

»Habs gerade nachgeschaut: Lauter Donner.«

»Haha! Na, eigentlich mehr Blitz, oder?«

Und als hätte die Rakete das gehört, spuckt sie auf einmal bizarr geformte bunte Blitze in alle Richtungen aus. Jil und Patrick strahlen sich an. Im Hintergrund sehe ich, dass Janina und Markus mitten auf der Lichtung stehen geblieben sind. Beide schauen kurz nach oben in die Blitze. Dann schauen sie sich lange in die Augen. Sie reden jetzt nichts mehr.

»Und ›Namida‹ habe ich auch gerade nachgeschaut, Jil.«

»Und?«

»Sternentänzerin.«

»Oooh, wie schön!«

Die Blitze verschwinden, und es wird wieder dunkel. Los, Patrick, du musst sie jetzt küssen. Es ist der perfekte

Moment. Und ich habe es dann endlich hinter mir. Wirklich, ich sollte schauen, dass ich Land gewinne. Einfach zu Fuß die sechzig Kilometer nach Hause laufen, das wäre wahrscheinlich das Angenehmste, was ich jetzt tun könnte. Aber ich bin dazu verdonnert, stehen zu bleiben und alles aus nächster Nähe mitzukriegen. Jils rechte Schulter stupst wie zufällig an Patricks mächtige linke Schulter. Das ist zu viel. Ich kriege einen Kloß im Hals. Jetzt bloß nicht zu weinen anfangen. Gleich preschen die nächsten Feuerdinger in den Himmel, und alle können sehen, dass ich ...

Zisch, zisch. Sing, sing.

»Aaaaaaaaaaaaa!«

Schon gut. Ist halt blöd für mich gelaufen. Aber das bedeutet ja im Großen und Ganzen nicht mehr als ein Häuflein Bohnen, hat Bogart schon richtig gesagt. Und dass ich mein »Ich seh dir in die Augen, Kleines« nicht abwerfen konnte, geschenkt. Muss ja auch nicht. Ein Indianer leidet schweigend. Und ich brauche ja nur zu Markus und Janina hinsehen, dann ist selbst für mich alles nur noch halb so schlimm. Sie liegen sich in den Armen und küssen sich. Und ein Küssen ist das, das hat rein gar nichts mehr mit den Küssen vor dem Standesamt und in der Kirche zu tun. Die haben alles rund um sich herum vergessen.

Und jetzt die beiden letzten Raketen. Als hätten sie verstanden und wollten alles noch einmal so richtig verstärken, bilden sich hoch am Himmel über uns zwei goldene Ringe, die sich ineinander verschränken. Nashashuk stößt einen Juchzer aus. Das mit den Feuerringen probiert er heute anscheinend zum ersten Mal. Namida und Sinja fallen ihm begeistert um den Hals. Besser hätte es wohl wirklich nicht klappen können. *Janina und Markus haben heute geheiratet und sind glücklich!* Diese Botschaft steht in diesen Momenten übergroß an den Himmel gemalt und wird nie wieder vergessen. Und auf Erden sehen wir das Paar fünfzig Meter von uns entfernt im Schlamm stehen, doch in ihren Köpfen sind sie ganz weit weg. Fast hätte ich gesagt an einem besseren Ort, aber, ehrlich, ich glaube, in diesem Moment gibt es für sie gar keinen besseren Ort auf der Welt als die schlammige Lichtung im Walchenauer Forst.

Und so ein Kuss wie der, den Janina und Markus sich gerade geben, vor dem hat man natürlich Respekt. Wir sehen alle zu, aber keiner muckst sich. Wir versuchen so zu tun, als wären wir Luft. Selbst Patrick und Jil turteln nicht mehr. Nur die Russen singen weiter mit ihren Zauberstimmen ihre zärtlichen Weisen, und ihr Atem scheint genauso unerschöpflich wie die Liebe unseres Brautpaars. Und ich komme mir wirklich vor wie ein Ketzer, aber irgendwann frage ich mich, wie man aus so einem Happy End wieder in die normale Zeit hineinkommt, wenn man nicht einfach von oben »Ende« ins Bild schweben lassen kann. Es eilt nicht, natürlich nicht, aber im echten Leben geht es immer irgendwann weiter. Der Athlet ist glücklich über seine Goldmedaille, aber irgendwann geht es weiter. Der alte Mann umarmt seinen verschollen geglaubten Zwillingsbruder, den er nach vierzig Jahren wiedersieht, aber irgendwann geht es weiter. Und der Surfer gleitet lächelnd auf der tollsten Welle, die er je gesehen hat, aber auch sie rollt ans Ufer, und danach geht es weiter.

Während ich noch grüble, sehe ich, wie Bülent dem singenden Vladimir etwas ins Ohr flüstert. Und wenig später fängt Vladimir an, eine neue Melodie zu singen. »Ain't no Sunshine when she's gone«. Seine Kollegen sind höchstens eine Millisekunde überrascht, dann ziehen sie sofort mit. Jeder kennt das Lied. »Ain't no Sunshine when she's gone«. Mehrstimmig. Und der Mann mit der tiefsten Stimme simuliert mit »Pom-pom-pom« den Bass. Wunderbar. Einen schöneren Weg, um Janina und Markus zurück ins Diesseits zu holen, hätten wir niemals finden können. Das Lied sickert den beiden in die Gehörgänge. Sie lächeln. Und Lächeln beim Küssen ist natürlich immer ein Kompromiss. Der wunderbarste Kompromiss, den man sich vorstellen kann, ganz klar, aber man kann sich nicht mehr auf einem Kuss in eine andere Welt tragen lassen, wenn man dabei lächeln muss. Und es ist ja auch ein ganz besonderes Lächeln. Man sieht es nicht, man fühlt es mit den Lippen. Und nichts kann die Landung in der echten Welt sanfter und zärtlicher einläuten als ein lippengefühltes Lächeln.

Als Janina und Markus kurz über dem Boden sind, schauen sie endlich wieder zu uns. Wir können es sehen, denn die beiden riesigen Feuerringe hoch am Himmel über uns leuchten noch immer. Und auf einmal stimmen wir alle wie aus einem Mund in den Russengesang mit ein. »Ain't no Sunshine when she's gone«. Ich bin sicher, in diesem Moment möchten der ganze Wald und die ganze Welt mitsingen. Und, jetzt noch das richtig große Wunder, Namida hat Indianertrommeln aus dem Kofferraum hervorgezaubert und begonnen, sanft den Takt zu schlagen. Mein Herz setzt kurz aus, aber, nein, es ist schon wieder einfach nur wunderschön, und Janinas Lächeln strahlt auf einmal noch ein wenig mehr. Wir haben nun sogar den bösen Schlammgeist, der die Hochzeit vor zwanzig Jahren in einen Alptraum verwandelt hat, besiegt. Ich muss weinen. Gar nicht so einfach, aber ich schaffe es, dabei weiterzusingen.

Janina und Markus sehen sich noch einmal frisch verliebt in die Augen, dann gehen sie Hand in Hand langsam auf uns zu, bereit, jeden Einzelnen von uns zu umarmen, um etwas von ihrem Glück abzugeben. Wirklich, mehr kann man nicht wollen. Sogar der Kloß in meinem Hals beginnt wieder abzuschwellen. So unglücklich kann man gar nicht sein, dass man sich nicht von den beiden anstecken lässt.

Aber heute ist wirklich ein besonderer Tag, das kann man gar nicht oft genug betonen. Und ob es am Ende ein besonders schöner oder ein besonders scheußlicher Tag ist, muss jeder für sich selbst entscheiden. Jedenfalls passiert schon wieder etwas. Man kennt das ja. Wenn man auf einem Waldweg mit dem Fuß auf einen kräftigen Ast steigt, dann schießt das andere Ende des Asts heimtückisch in die Höhe, wie bei einer Wippe. Und dann bleibt man mit dem Fuß, mit dem man gerade nach vorne ausschreiten will, am hochstehenden Ende des Asts hängen. Und da kann Markus jetzt noch so sehr mit den Armen rudern: Wenn so ein Riese wie er erst einmal am Fallen ist, dann fällt er. Und wie. Er kann es höchstens noch ein wenig herauszögern. Aber das bisschen Herauszögern reicht natürlich nicht dafür, dass Janina erkennt, in welcher Gefahr sie schwebt. Erst als Markus mit seinem ganzen Gewicht gegen sie fällt und sie umreißt und die beiden zusammen in den Schlamm stürzen, dass es nur so klatscht, dämmert es ihr, aber dann ist es auch schon wursch. Und weil die Feuerringe am Himmel immer noch alles hell machen, erkenne ich, dass das, worüber Markus gestolpert ist, gar kein Ast ist. Nein. Es ist das blöde Schwert, das ich vorhin weggeworfen habe.

Und genau in dem Moment, als der Schlamm um die

beiden herum aufspritzt und die anderen wie aus einer Kehle »Ouh!« rufen, geht das Feuerwerkslicht aus. Das Bild bleibt auf meiner Netzhaut hängen.

Mist. Perfektes Timing. Ich presse meine Lippen zusammen und halte die Luft an. Ich sauge beide Wangen nach innen und beiße drauf. Ich presse mir eine Hand auf den Mund. Beide Hände. Zwecklos. Janina und Markus im Matsch, weil das blöde Schwert ... Was zu viel ist, ist zu viel. Warum tut Jil nichts? Sie steht direkt neben mir, sie muss doch mitbekommen, was los ist. Ich müsste nur sehen, wie sie mit der Hand ausholt, und ich wäre erlöst. Tja. Sie kann mich halt einfach nicht mehr leiden und lässt mich im Stich. So traurig.

Die anderen eilen los, um dem armen Brautpaar aufzuhelfen. Alle. Auch Patrick. Auch die Russen. Und blöderweise haben die Kerle über dem Malheur einfach mit dem Singen aufgehört. Mist. Jetzt hört man es erst recht, wenn ich gleich loslache. Und einen unpassenderen Moment werde ich mein ganzes Leben nicht ... »Hmmmmmpfffff!« Nein, ich will nicht! Jil ist als Einzige hiergeblieben. Jetzt hilf mir doch endlich, blöde Kuh! Kann doch wohl nicht wahr sein! Muss sie das so raushängen lassen, dass sie mich inzwischen furchtbar doof findet? Ich würde ihr doch auch helfen. Obwohl ich sie inzwischen ebenfalls ziemlich doof finde.

»Hmmmmmpfffffhihihi!«

Oh! ... Verstehe.

Alles ganz anders. Deshalb steht sie auch so seltsam krumm da, jetzt sehe ich es erst. Und sie hat sich von mir abgewandt, weil sie mich auf keinen Fall anschauen will, denn das macht alles nur noch viel schlimmer. Es reicht schon, dass wir uns hören.

»Hmmmpfhihihipfffffhihihihoho!«

»Hör auf! ... Pffffffhahahahahmmmpffffhuhu!«
»HihihmmmpfffffmmHAHAHAHAHAHAHAHA ...«

Jil dreht sich blitzschnell zu mir um und presst ihr Gesicht fest in mein verschlammtes Indianerwams. Allerhand. Sie benutzt mich als Gelächterfänger. Aber geschickt. Ihr Ausbruch ist so nur wenige Meter weit zu hören. Aber jetzt natürlich ich. Mit Jil, die ihren Kopf tief in meinem Bauch vergraben hat und mit ihren Lachern meine Eingeweide durchschüttelt, gibt es natürlich kein Halten mehr. Ich lache los, dass es im ganzen Wald widerhallt. Die Bäume biegen sich vor mir zurück, und der Boden vibriert unter den Füßen der flüchtenden Tierfamilien. So kommt es mir auf jeden Fall vor. Aber, kein Zweifel, ich bin lauter als der Russenchor, die keifende Weckenpitz und die Füllkrug-Polonaise zusammen. Ich kann es fast hören, wie die anderen alle mit den Augen rollen, während sie Janina und Markus aus dem Schlamm pflücken. Und es ist mir peinlich. Oh ja, es ist mir wirklich peinlich.

Aber das mit der Peinlichkeit ist diesmal dann doch gar nicht so schlimm. Ich bin nämlich vor allem froh. Jil hat mich als Gelächterfänger benutzt. Das kann nur heißen, dass sie mich doch noch ein bisschen leiden kann. Man steckt schließlich nicht jemandem den Kopf in den Bauch, den man total doof findet, oder? Klar, Gary Cooper würde das Ruder jetzt gleich wieder richtig herumreißen. Jil packen und sie über den Haufen küssen, dass ihr Hören, Sehen, Lachen und alles vergeht. Aber wie gesagt, wir sind Salzmindener, wir machen so etwas nicht. Und selbst wenn, um jemanden im Cooper-Stil über den Haufen zu küssen, muss man mit beiden Händen zupacken und dabei gucken wie ein irrer Stier, und das klappt nicht, wenn man gerade lacht.

Aber es ist ja auch schön, wenn Jil und ich einfach wieder Freunde sind. Und ebenfalls schön wäre, wenn ich jetzt endlich mit dem Lachen aufhören könnte. Was das für Schmerzen auslöst, wenn man mit einer geprellten Rippe lacht, das wollt ihr gar nicht wissen. Echt komisch. Wenn es so höllisch weh tut, wäre es doch wirklich ein guter Grund, nicht mehr zu lachen. Aber mit vernünftigen Argumenten braucht man dem Lachen eben nicht zu kommen. Das hat seinen eigenen Kopf.

Ich schaue nach oben in die Äste und in den Nachthimmel darüber. Ich stelle mir vor, wie es sich anfühlen wird, wenn ich endlich aufgehört habe. Ich werde so zufrieden sein. Mit uns, mit mir, mit dem Tag, mit allem. Jil, Henriette, Patrick, Bülent, Sinja, Nashashuk, die Russen, ich, wir haben zusammen etwas gerettet, was beim besten Willen nicht mehr zu retten war. Wir können uns ganz, ganz groß fühlen. Nur vorher mit dem Lachen aufhören. Aber es wird schon. Ich brauche nur noch ein wenig Geduld. Nicht dagegen ankämpfen. Einfach warten, bis es von selbst aufhört. Immer noch die beste Methode. Weiß man doch.

Und jetzt kommt Jil aus meinem Bauch herausgekrochen. Und sie schaut mich an. Ohne sofort wieder loslachen zu müssen. Hat sich tatsächlich in den Griff gekriegt. Dies Teufelsmädchen von einem Löwenzahn. Respekt. Sie lächelt. Und ich wünsche mir nichts so sehr, wie dass sie mich jetzt küsst. Aber selbst wenn sie das wollte, es ginge nicht. Wie soll man einen Mann küssen, der schallend lacht? Unmöglich, selbst mit ihrem großen Mund. So einen Gewaltkuss würde nicht einmal Gary Cooper hinbekommen. Und, ganz davon abgesehen, von Gary Cooper will ich auch gar nicht geküsst werden. Und überhaupt, man kann ja auch einfach mal mit dem zufrieden sein, was man hat. Wenigstens sind wir jetzt wieder ... Warum schaut sie mich so an? Und warum muss ich schon wieder an diesen Schauspieler denken? Wie hieß er noch mal? Gibts doch gar nicht, mir fällt der Name nicht mehr ein. Gerade wusste ich ihn noch. Aber das ergibt eh keinen Sinn. Der vergessene Schauspieler war auf jeden Fall ein Mann und Jil ist eine Frau. Passt überhaupt nicht zu unserer Situation. Also wirklich, wie sie jetzt schaut. Wie ein irrer Stier. Jetzt packt sie meine Schultern mit beiden Händen. Autsch, nicht so fest. Ihr Gesicht rast auf meines zu. Ach ja, jetzt weiß ich es wieder: Gary Coo...

»Mmmpf!«

...

Und während Jil mit ihrem wunderbaren großen Mund mein Monstergelächter aufsaugt, so dass nicht einmal das kleinste Kichern mehr übrig bleibt, schlägt ein Blitz in meinem Kopf ein. Und wenn ich sage, dass mein Gelächter eben ein Monstergelächter war, dann ist dieser Blitz das Vielfache von einem Monster. Und auch wenn man sich das Vielfache von einem Monster eigentlich nicht vorstellen kann, ist damit erst recht alles über den Blitz gesagt. Selbst das fürchterliche Gewitter und das wunderbare Feuerwerk kommen mir daneben nur noch wie zwei kleine Streichholzflammen vor, die im Wind verlöschen. In so einem Monsterblitzmoment hat man keine Wünsche mehr und keine Sorgen und die Zeit steht still. Ich schwebe, getragen von den Schmetterlingen in meinem Bauch, zwischen merkwürdig geformten Wolken und habe nicht die geringste Ahnung, wo der Boden auf einmal geblieben ist. Vielleicht sucht er uns? Oder hat sich die Welt auf einmal umgedreht? Könnte alles sein. Doch ich verschwende keine Sekunde, darüber nachzugrübeln. Boden, Welt, dieses ganze Zeugs, wer braucht das schon? Ich denke gar nichts. Fast gar nichts. Nur eine winzige Kleinigkeit spukt mir ganz hinten im Kopf herum. Nicht der Rede wert, aber freuen würde ich mich schon. Ich hoffe, dass mir irgendwann wieder einfällt, wie ich heiße.

PATRICK, DREI JAHRE SPÄTER

Für einen kurzen Moment, wirklich nur für einen kurzen Moment ist mir entfallen, dass ich, trotz meiner heroischen Anstrengungen der vergangenen Monate, immer noch das Gewicht eines wohlgenährten Elefantenkinds auf die Waage bringe. Und natürlich ist der arme Stuhl zusammengebrochen, als ich mich kraftlos auf ihn habe fallen lassen. Zum Glück weilen Tim und Jil nicht hier. Sie würden bis zum Morgengrauen lachen, und wahrscheinlich noch weit darüber hinaus, ich kenne sie doch. Aber solche Gedanken sind jetzt nicht wichtig. Ich hebe die Karte vom Boden auf und lese die unglaublichen Zeilen ein zweites Mal:

> *Save the Date*
>
> *Tim Kellenberg und Jil Orthauser*
> *werden am Samstag, den 18. 7. 2015 heiraten.*
>
> *Einladung folgt.*

Ein kurzer Stich in meiner Brust. Ja, ich will nicht in Abrede stellen, dass ich mich damals, gleich als wir uns zum ersten Mal sahen, ein wenig in Jil verliebt hatte. Doch das ist lange her, und Tim und Jil sind einfach füreinander geschaffen, das ist aus heutiger Sicht klarer als Diamant. Außerdem sind meine Gefühle für Anne, die ich neulich in Maik Proschitzkis Yogakurs kennengelernt habe, ähnlich stark geworden, glaube ich. Ich sollte mich freuen.

Aber das tue ich nicht. Im Gegenteil, je mehr ich darüber nachsinne, umso mehr ergreift mich eine innere Unruhe, die schon fast an Prinz Hamlet erinnert. Natürlich werden die beiden an Janinas und Markus' Hochzeit zurückdenken. Und sie werden nach Kräften versuchen, alle Fehler zu vermeiden. Pfarrer und Standesbeamter werden nach strengster Überprüfung ausgewählt, nur die wunderbarsten aller Menschen werden es auf die Gästeliste schaffen, und die Feier wird selbstverständlich in astronomischer Entfernung von Schloss Walchenau vonstattengehen. Das steht alles außer Frage. Dennoch bleibt dieses beunruhigende Gefühl, dass irgendeine große Gefahr über dem Glück der beiden schwebt. Mir zittern die Knie. Jetzt heißt es handeln. Je schneller, umso besser.

Ich reiße mein Handy aus der Hosentasche und wähle. Als Erstes Henriette.

Ein grosser russischer Dankgesang für

Carlos Westerkamp, meinen Lektor, einmal mehr für die tolle Zusammenarbeit.

Nathalie und Kossi (www.kossis-welt.de), die mir sehr viel geholfen haben.

Paula Lambert für den großartigen Titel »Hauptsache, es knallt«.

Dr. Maria Dürig und Dr. Uwe Heldt für wichtige Anmerkungen kurz vor Torschluss.

Carmen Hentschel (www.carmen-hentschel.de) für erschütternde Hochzeitsberichte mit Bananentänzen und vielem mehr.

Dr. Rüdiger Sachau, der sich die Mühe gemacht hat, das passende Kirchenlied herauszusuchen.

Maria Barankow, die dafür gesorgt hat, dass Vladimir richtig Russisch spricht.

Flo Peil, der Diethart Füllkrug einen zarten Hauch Kölsch verpasst hat.

Alles über Hochzeiten, das Leben und mehr unter
   www.matthiassachau.de
   www.twitter.com/MatthiasSachau
   und auf Matthias Sachaus Facebookseite

Jetzt reinklicken!

Jede Woche vorab in brandaktuelle Top-Titel reinlesen, Leseeindruck verfassen, Kritiker werden und eins von 100 Vorab-Exemplaren gewinnen.